BREAK
MY
RULES

ROXY SLOANE

BREAK MY RULES

THE OXFORD LEGACY - TOME 2

Traduit de l'anglais (États-Unis) par
Juliette FUHS

ROMAN

&

Titre original :
BREAK MY RULES

HARPERCOLLINS FRANCE
83-85, boulevard Vincent-Auriol, 75646 PARIS CEDEX 13.

www.harlequin.fr

ISBN 979-1-0339-1971-1 — ISSN 2271-0256

Note aux lectrices

Ce livre met en scène un héros qui aime le *dirty talk* et on y trouve des scènes particulièrement érotiques qui en feront rougir plus d'une.

Il y a également des références à l'enlèvement et à une potentielle agression sexuelle subie par un personnage secondaire, ainsi qu'au suicide de ce personnage. Toutefois, aucun de ces événements traumatiques n'est détaillé dans ces pages, et ils sont tous antérieurs à l'histoire de nos héros.

Une lectrice avertie en vaut deux.

Précédemment

L'homme en qui j'avais confiance pourrait être le monstre que je recherche...

Je suis venue à Oxford pour révéler de sombres secrets. Au lieu de ça, j'ai découvert le désir à l'état pur auprès d'Anthony St Clair, futur duc d'Ashford.

Il m'a fait découvrir un plaisir sensuel que je n'imaginais pas possible. Seulement, je ne sais plus à qui me fier désormais.

Saint est-il mon ange gardien ? Ou le pécheur qui me conduira à ma perte ?

Chapitre 1

Tessa

Je n'arrive plus à respirer.

Je reste pétrifiée, agenouillée sur la rive.

Saint est allongé devant moi, complètement nu, le corps tendu de désir. Une seconde plus tôt, je vibrais du même besoin, impatiente de le déshabiller pour lui faire perdre la raison.

Maintenant…

Mon cœur s'est transformé en plomb dans ma poitrine, et je ne peux détourner le regard du petit tatouage sur sa cuisse. Petit mais distinctif. Une couronne entourée d'un serpent. Je le reconnaîtrais n'importe où.

Le tatouage que ma sœur a décrit. Le seul détail qui lui soit revenu de l'horrible agression qui l'a entraînée dans une spirale de dépression – jusqu'à ce qu'elle se suicide.

Je recherche ce tatouage depuis mon arrivée à Oxford. Je pensais le trouver à la soirée que j'ai infiltrée ce soir, mais certainement pas comme ça…

Pourtant, l'évidence est bien là, tatouée sur la cuisse d'Anthony St Clair.

Saint. L'homme qui fait battre mon cœur un peu trop vite. C'est lui qui m'a fait découvrir les cimes du plaisir le plus sauvage. Il est le seul en qui j'avais confiance.

Il y a quelques minutes à peine, il m'a tendrement tenue dans ses bras en attendant que mes sanglots s'apaisent, il m'a dit que je devais avancer, renoncer à ma quête de vengeance autodestructrice.

C'est *lui*.

Non.

Ça ne peut pas être réel. Je ne peux pas y croire.

— Tessa ?

Saint redresse la tête, son regard bleu assombri de désir. Il me lance ce lent sourire séducteur qui m'a fait fondre des dizaines de fois.

— Je t'ai dit d'arrêter de jouer avec moi.

Je peine à reprendre mon souffle, sous le choc.

Comment ai-je pu ne rien remarquer jusque-là ?

En fait, chacune de nos rencontres a été passionnée, des étreintes sur le vif. Je me rends compte que je n'avais encore jamais eu l'occasion de le voir entièrement nu.

Il y a eu la pénombre de la soirée de Minuit... Mes yeux bandés dans le club... Et la première fois qu'il m'a prise contre le mur, par-derrière...

Et j'ai aimé chaque seconde de toutes ces étreintes.

La nausée m'envahit.

— Désolée, balbutié-je. Je ne peux pas...

Je ne sais absolument pas quoi faire. Je sais juste que je dois m'éloigner de lui au plus vite.

En une fraction de seconde, l'inquiétude a remplacé le désir sur son beau visage.

— Tessa ?

Il s'assoit et tend les bras vers moi. J'ai un mouvement de recul et je lâche en évitant son regard :

— Pardon, je suis juste encore sous le coup de l'émotion. Je croyais que c'était ce dont j'avais besoin, mais...

— Chhht, tout va bien.

Saint enfile rapidement ses vêtements et me sourit, tellement rassurant.

— On peut simplement rester assis et discuter tranquillement. Comme tu veux...

Ce que je veux, c'est revenir en arrière, annuler les cinq dernières minutes, ne jamais avoir vu ce tatouage.

Ou même remonter plus loin, avant de l'avoir rencontré. Pour ne pas tomber amoureuse de l'homme qui a détruit la vie de ma sœur.

Quand je pense à nos rires, à la façon dont je me suis confiée à lui, au sexe complètement débridé...

Mon Dieu...

Je me relève, les jambes vacillantes.

Le bois qui m'apparaissait comme un écrin protecteur et romantique il y a un instant me semble soudain dangereusement silencieux. Nous sommes seuls ici, complètement isolés.

Je me sentais tellement en sécurité avec Saint. Mais maintenant... Je réalise que je ne peux me fier à rien, ni à personne.

— Retournons à la soirée, bredouillé-je.

Je ne veux pas lui laisser le temps de découvrir que j'ai enfin compris. Pas avant d'avoir un plan.

— Tu es sûre ?

Il fronce les sourcils et je dois puiser dans mes dernières forces pour esquisser un sourire.

— Oui, oui, j'ai besoin d'un peu de distraction. De m'amuser. Je ne veux plus rester à l'écart à pleurer ce soir.

Surtout pas avec l'homme qui a potentiellement provoqué chacune de ces larmes.

— Très bien, à tes ordres, acquiesce-t-il en souriant avec tendresse.

Il rajuste sa tenue et prend ma main. Mon corps se crispe instinctivement, mais je me force à agir normalement. Je ne sais pas comment, je parviens à marcher près de lui, vers les lumières de la soirée, comme si de rien n'était. La tête me tourne à chaque pas.

Saint... Comment est-ce possible ?

Tous ces secrets que je lui ai confiés... J'ai tout partagé. La souffrance de Wren après l'attaque, mon propre chagrin insoutenable de l'avoir perdue.

Il m'a dit que l'homme qui lui avait fait ça était un monstre. Est-ce qu'il s'est moqué de moi depuis le début ? Est-ce que c'était une sorte de jeu pervers pour m'inciter à lui faire confiance ?

Ça n'a aucun sens.

Après ce qui me semble une éternité, la maison apparaît enfin. La fête bat son plein, tous les membres de Blackthorn dansent et boivent au son de la musique qui sort bruyamment des enceintes. Toutes les bonnes manières ont disparu sous la débauche.

Je n'arrive pas à croire que j'ai pu m'imaginer trouver une sombre conspiration là où il n'y a qu'une bande d'aristos qui s'éclatent. En réalité, la menace était bien plus proche...

Je jette un regard en coin à Saint qui me guide vers la terrasse. Il est le même qu'avant : d'une beauté dévastatrice avec ses cheveux sombres, ses yeux bleus orageux et ce sourire capable de me faire oublier toutes mes inhibitions.

Je le considérais comme un ange déchu ; maintenant, je me demande si ce n'est pas le diable en personne.

— J'ai besoin d'un verre, déclaré-je en lâchant sa main. Tu veux bien me trouver quelque chose de pétillant et de quoi grignoter ? Je vais juste me rafraîchir et je reviens.

Je perçois une note d'inquiétude devant mon brutal changement d'humeur, mais il me sourit en hochant la tête.

— Plutôt sucré ou salé ?

— Surprends-moi !

Je le laisse au bar et me glisse parmi la foule pour rejoindre l'immense maison. Je passe sans un regard devant les toilettes et fonce tout droit vers la porte d'entrée, le cœur battant comme si je m'apprêtais à m'évader de prison. Je m'attends à entendre la voix de Saint dans mon dos à tout instant, ou à le voir apparaître pour me bloquer le passage. Je garde le visage baissé, sans croiser le regard des fêtards qui arrivent, jusqu'à ce qu'enfin, j'émerge de la maison.

L'entrée est pleine de voitures et d'autres arrivent encore pour déposer toujours plus de monde. L'*after* dont Saint a parlé a manifestement commencé : une fois que les petites affaires secrètes de la confrérie sont terminées, des nouveaux venus s'invitent discrètement à la fête.

C'est comme ça que Wren s'est retrouvée ici. C'est lors de cette soirée, l'an passé, qu'elle a été enlevée et retenue dans une cellule quelque part, pendant qu'un inconnu lui faisait subir des choses qu'elle était soulagée de ne pas se rappeler.

Pas un inconnu... Saint.

C'est impossible.

Je ravale la bile qui monte dans ma gorge et fonce droit sur un taxi qui vient de déposer un groupe de jeunes femmes.

— Pouvez-vous me ramener à Oxford ? demandé-je, désespérée.

Le chauffeur lève un sourcil, sans doute en train de calculer l'argent qu'il va pouvoir se faire en une nuit.

— Pas de souci, ma belle. Montez.

Je me rue à l'arrière, la tête baissée, et retiens mon souffle, les yeux rivés sur les portes d'entrée. Mais Saint ne me poursuit pas. Le conducteur roule souplement entre les voitures de luxe et file dans l'allée, loin des lumières et de la musique.

Je ne me détends pas pour autant. Pas avant d'avoir mis une bonne distance avec l'énorme bâtisse. Alors, je laisse enfin libre cours à mes larmes.

— Tout va bien ? s'inquiète le chauffeur en jetant un œil dans le rétro, pendant que je tente désespérément d'étouffer mes sanglots.

— Désolée, je... Rupture difficile, bégayé-je.

Il m'adresse un regard compatissant.

— Désolé de l'apprendre, ma belle. Ne vous inquiétez pas, vous vous sentirez déjà un peu mieux demain matin.

Avec toutes les questions qui tournent dans ma tête, je vois mal comment je pourrais me sentir mieux un jour. Je me rejoue tout ce qui s'est passé ce soir, à la recherche de réponses, seulement, rien ne fait sens.

Je croyais le connaître. Je croyais qu'il tenait à moi.

Tout ça ne peut pas être qu'un mensonge !

Qui est-il vraiment ?

De retour à Oxford, j'indique au chauffeur l'adresse de mon ancien appartement. Je l'ai quitté il y a seulement quelques jours – enfin, Saint m'y a plus ou moins forcée. Il a pris toutes mes affaires et les a apportées chez lui. Il a dit que je n'étais pas en sécurité ici, qu'il voulait me protéger.

Est-ce que c'est de lui que j'aurais dû me protéger depuis le début ?

À mon grand soulagement, mes anciens colocs, Jia et Kris, sont sortis et l'appartement est plongé dans le silence. Je rejoins directement ma chambre et me laisse tomber sur le matelas nu. Au milieu de la pièce vide, je me sens envahie par le choc.

Qu'est-ce que je fais, maintenant ?

Mon téléphone vibre dans mon sac et je le sors pour découvrir une douzaine d'appels et de messages de Saint.

Où tu es ?
Tu es partie ?
Tu vas bien ? Je t'ai cherchée partout.
Tessa, je suis inquiet. S'il te plaît, dis-moi ce qui se passe ?

Les messages sont de plus en plus anxieux, et je ressens une pointe de culpabilité traîtresse en imaginant sa confusion quand il a découvert que j'avais disparu.

Seulement, il ne mérite pas un tel sentiment ! J'éteins complètement mon téléphone. Il ne mérite rien de moi, sinon ma fureur et mon dégoût pour ce qu'il a fait.

Sauf que... ce n'est pas ce que je ressens.

En fait, je ne ressens rien d'autre que de l'hébétude et de l'incrédulité.

Allongée sur le lit, je fixe le plafond sans le voir. J'essaye de réconcilier l'homme que je connais avec le monstre que je pourchasse.

Je n'arrive pas à croire que Saint ait pu me mentir encore et encore, qu'il puisse être coupable de ce crime atroce envers ma sœur, tout en parvenant à me faire croire qu'il tenait sincèrement à moi. Il s'est montré tellement tendre, à l'écoute, passionné et drôle...

Tandis que les souvenirs reviennent à l'assaut, les larmes montent, des sanglots brûlants me terrassent à nouveau. Je reste étendue, le corps secoué par la souffrance de la trahison, brisée.

Comment ai-je pu me tromper à ce point sur lui ?

Chapitre 2

Tessa

Je passe le reste de la soirée enfermée dans ma chambre. J'ignore consciencieusement les messages qui font vibrer mon téléphone et j'essaye désespérément de donner un sens à tout ça.

Le pire, c'est de constater que je ne suis pas seulement terrassée par le choc et l'horreur d'avoir découvert que Saint est peut-être responsable de l'agression de Wren... Je suis aussi stupéfiée par la violence de mon chagrin.

Je n'avais pas mesuré à quel point j'étais tombée amoureuse de Saint. Pas avant de découvrir que toute notre relation n'était qu'un mensonge.

Maintenant, mon cœur balance constamment entre la haine et le manque. Je le maudis et, l'instant suivant, je cherche désespérément une explication qui ne fasse pas de lui le coupable.

Peut-être qu'il n'est pas le seul à porter ce tatouage... Peut-être qu'il ne m'a pas menti...

Le temps que le lundi matin arrive, je suis complètement épuisée par la bataille qui fait rage en moi.

Je sors en chancelant de ma chambre et remonte le couloir. Les chuchotements de mes colocs me parviennent depuis la cuisine :

— Tu sais ce qui s'est passé ? Elle n'a pas arrêté de pleurer de toute la nuit.

— Elle n'a rien dit. Seulement qu'ils avaient rompu.
— Ouais, il l'a larguée salement, tu veux dire. On savait que ça allait arriver.
— Apparemment, elle, elle n'a rien vu venir. Elle est au fond du trou.
— Sérieux ? Elle a cru qu'ils allaient tomber follement amoureux et qu'elle vivrait heureuse pour toujours avec son duc ?
Je perçois des gloussements moqueurs.
— On a essayé de la mettre en garde. Ces salopards de riches se foutent de tout le monde.
— Chut, je crois qu'elle arrive. Ne lui dis pas qu'on l'avait prévenue.
Je déglutis et pousse fermement la porte de la cuisine.
— Bonjour.
— Salut !
Immédiatement, Kris et Jia focalisent leur attention sur moi, m'adressant des regards pleins de sympathie qui ne font plus illusion.
— Comment tu te sens ? roucoule Jia. Tu veux du café ? Tu as réussi à dormir ?
— Un peu. Un café, ce serait top, merci.
Je fais de mon mieux pour sourire pendant que je me sers un bol de céréales, avant de m'asseoir en bout de table.
Ce sont deux hypocrites qui font semblant de se soucier de moi, alors qu'une seconde plus tôt, ils riaient de mon chagrin, mais je vais faire avec. Je préfère qu'ils me prennent pour une idiote naïve qui vient de se faire larguer, plutôt que d'avoir à leur expliquer la vérité.
— Alors quel est ton programme, aujourd'hui ? lance Kris avec un large sourire.
— Bosser, réponds-je, abattue. Ma conseillère pédagogique m'a fait un sermon la semaine dernière. Je dois sérieusement remonter la pente si je ne veux pas perdre ma bourse.
Cela dit, je ne suis plus sûre d'avoir une raison de rester à Oxford, maintenant.

— Bon, au moins tu vas avoir plein de temps libre pour te consacrer aux études, déclare Jia avec suffisance. Plus de distraction.

J'acquiesce, les sens engourdis.

— Ouais.

— Pourquoi tu ne passes pas en premier à la douche ? suggère Kris. T'auras de l'eau bien chaude.

— Merci, marmonné-je, même si je devine à son regard appuyé que je dois faire peur à voir après une nuit entière à sangloter sans jeter un œil à un miroir.

Je ne sais même plus si je pleure à cause de la trahison de Saint ou parce que je n'arrive toujours pas à me convaincre que l'homme qui me fait craquer soit capable de tels crimes.

— On va boire quelques verres au bar du campus, ce soir. C'est soirée karaoké, tu devrais venir, propose Jia.

— Je sais pas trop… réponds-je en grimaçant.

— Tu te sentiras mieux si tu vas de l'avant. Tu ne devrais pas perdre ton temps à pleurer pour ce connard.

— T'es mieux sans lui, renchérit Kris.

— Ouais, oublie-le. C'est évident qu'il est déjà passé à la prochaine.

Kris lui adresse un regard et elle lève les yeux au ciel.

— Quoi ?! Désolée, mais c'est vrai ! On a essayé de te prévenir. Ces fils de riches sont tous les mêmes. Au moins, tu connais sa vraie personnalité, maintenant. Prends-le comme une expérience et va de l'avant.

Je lui adresse un sourire aussi peu sincère que le sien. Si seulement c'était aussi simple.

— Merci. Vous avez raison.

— Merde, il est tard, faut qu'on y aille, s'exclame Kris en saisissant son sac.

J'ai le droit à un nouveau sourire supérieur de Jia.

— Prends soin de toi. Et n'oublie pas la douche !

La porte claque sur eux et je pousse un soupir de soulagement. Enfin seule !

Je prends une profonde inspiration. Je n'ai qu'une envie : me recoucher. Seulement, j'ai conscience que je suis sur une pente glissante avec mes notes catastrophiques.

Je n'ai aucune idée de ce que l'avenir me réserve à Oxford, ni même si je veux encore rester, ou pourquoi. Ce que je sais, c'est que je ne supporterai pas une nouvelle journée à ressasser la trahison de Saint. Alors je prends cette douche et je reste sous le jet d'eau chaude jusqu'à ce que je me sente à demi humaine.

Le ciel est gris et couvert, alors j'enfile mon bas de survêt le plus cosy et le sweat d'Ashford pour rejoindre la bibliothèque du campus.

— Hello, Tessa.

Ma bibliothécaire préférée, Maeve, me salue dès que je passe les portes de bois sculptées.

La bibliothèque a été installée dans une ancienne église, avec une hauteur sous plafond vertigineuse, d'épaisses poutres en bois et des vitraux colorés.

— J'ai les livres que tu m'as demandés la dernière fois, annonce-t-elle en les prenant sur une étagère derrière elle. Il y a une liste d'attente interminable, alors je compte sur toi pour me les rapporter dès que tu auras fini.

— Merci beaucoup, soufflé-je en prenant la pile.

— Tu te sens bien ? s'inquiète-t-elle.

Apparemment, j'aurais dû mettre un peu plus d'anticerne pour cacher mes yeux rougis.

— Super ! mens-je. C'est juste les allergies. Je vous rends tout ça dès que possible !

Je monte à l'étage et rejoins mon coin habituel dans l'angle le plus à l'écart. J'en ai pour la journée.

Quand j'ai décidé de venir chercher la vérité sur ce qui est arrivé à ma sœur jusqu'à Oxford, je savais bien que jouer les touristes ne me permettrait pas d'obtenir les réponses que je voulais. Je devais venir, ici, à Ashford, où Wren avait suivi ses études. Il me fallait devenir à mon tour étudiante pour comprendre ce qui lui était arrivé.

Seulement, contrairement à elle, je n'ai jamais été très studieuse. J'ai obtenu mon diplôme de justesse, avant de travailler pour des fondations caritatives dans le domaine de l'art, à Philadelphie.

Je n'avais plus étudié depuis des années, mais je me suis débrouillée pour trouver une bourse destinée aux étudiants aux cursus « non traditionnels » – des gens un peu plus normaux qui n'ont pas eu que des A partout depuis leur naissance.

J'ai réussi à passer toutes les étapes de la candidature pour obtenir la bourse, mais maintenant que je suis sur place à me débattre avec tous les cours et les disserts, c'est une autre histoire...

C'est déjà une activité à plein temps de ne pas me noyer dans les devoirs, même quand tout va bien, alors quand tout va mal...

Je vérifie mon emploi du temps de la semaine. J'ai quelques cours et deux disserts à rendre. L'une d'elles est pour le cours de Saint sur la littérature libertine. Ma gorge se serre. Hors de question que j'assiste à son cours. Je sens la panique me submerger rien qu'à l'idée de me trouver dans la même pièce que lui. Seulement, si je ne rends pas ce devoir, je vais avoir des problèmes avec ma directrice d'études.

« Les libertins et l'Église », voilà le sujet de la semaine. Tout un programme... Avec un soupir, je sors la liste des ouvrages et articles que je dois lire et me plonge dans le premier volume poussiéreux.

Heureusement, les textes denses sont assez complexes pour capter toute mon attention, ce qui m'épargne de ressasser continuellement. Je parviens à pondre un devoir sans grande conviction, avant de passer à la suite.

Sans même que je m'en rende compte, la journée file et je réalise que je n'ai pris qu'une courte pause pour avaler un sandwich au distributeur avant de retourner à mes bouquins.

Quand je finis par avoir trop mal à la tête pour me concentrer, il fait nuit dehors et la bibliothèque est quasiment déserte. Je m'étire et bâille en rangeant mes affaires.

En bas, Maeve est partie depuis longtemps, alors je dépose les livres dans la caisse des retours et sors dans l'air froid de la nuit.

— Tessa ! Enfin, te voilà !

La voix de Saint me fige sur place, au beau milieu de la cour. Il se dirige vers moi à grandes enjambées, l'air franchement anxieux.

— Je t'ai cherchée partout !

Merde.

— Saint...

Ma voix tremble. J'ai mal rien qu'à le regarder.

Contrairement à d'habitude, il a l'air débraillé avec sa barbe de trois jours et sa chemise froissée sous son manteau. Il se plante devant moi.

— Qu'est-ce qui s'est passé, Tessa ? Tu as disparu de la soirée. Je t'ai cherchée partout, j'étais en panique, jusqu'à ce que quelqu'un dise qu'il t'avait vue partir en taxi, seule. Pourquoi tu ne m'as rien dit ?

Il passe une main dans ses cheveux désordonnés.

— Je suis désolée, j'avais besoin d'espace, réponds-je prudemment en jetant un œil autour de nous.

Il est tard et la cour déserte est plongée dans l'obscurité, mis à part la faible lueur des lanternes anciennes.

Je frissonne.

— D'espace ? répète-t-il avec colère. Tessa, tu as la moindre idée de l'inquiétude que j'ai ressentie ? Tu ne répondais même pas ! Qu'est-ce qui se passe, bordel ?

Je déglutis, l'esprit embrumé par les émotions conflictuelles qui ravagent ma poitrine.

— J'ai réfléchi et... ce truc entre nous, il vaut mieux y mettre un terme.

J'ai raconté la même chose à mes colocs. C'est peut-être ma meilleure option pour me tirer de toute cette histoire – au moins jusqu'à ce que j'aie une petite idée de ce que je compte faire.

Saint me regarde comme s'il venait d'être frappé par la foule.

— Tu veux rompre... ? répète-t-il. Tessa, qu'est-ce que tu racontes ? Qu'est-ce qui se passe ?

Je détourne le regard.

— Ça ne marchera pas entre nous, reprends-je avec plus de fermeté. On est trop différents. Tu viens d'un monde qui n'a rien à voir avec le mien. On était censés avoir une relation sans prise de tête, rien de plus. Et puis, tout s'est enchaîné trop vite. La soirée m'a fait prendre conscience que... c'est mieux d'y mettre un terme maintenant, avant que l'un de nous ne soit blessé.

Je remonte mon sac sur mon épaule et recommence à marcher, mais il me barre la route.

— Tessa, parle-moi, supplie-t-il. Tu sais que je me fous de toutes ces conneries de duc et de richesse. Dis-moi la vérité. Qu'est-ce qui te fait dire tout ça ?

— C'est ce que je ressens, mens-je en le contournant. On ne veut pas les mêmes choses. Tu es le prof le plus sexy du campus, non ? Tu n'auras aucun mal à trouver quelqu'un d'autre, on le sait tous les deux.

— C'est ce que tu penses de moi ? demande-t-il, l'air horriblement blessé. Après tout ce qu'on a partagé ?

Une nouvelle fois, le pincement désagréable de la culpabilité me serre la poitrine. De le voir si manifestement blessé par mes mots, à essayer de trouver du sens dans mes explications, je sens ma résolution faiblir.

Je dois m'éloigner de lui, avant que mes défenses ne s'effondrent pour de bon.

— J'ai pas envie d'en parler. S'il te plaît, arrête d'appeler. Laisse-moi tranquille.

Cette fois, je m'éloigne pour de bon.

— Tessa ! appelle-t-il dans mon dos. Tessa, attends !

Il me saisit le bras et je m'écarte d'instinct.

— Ne me touche pas !

Saint me relâche instantanément, incrédule. Je vois à la douleur qui crispe son visage qu'il vient de réaliser.

— Tu as peur de moi ? Je ne sais pas ce qui s'est passé, mais je t'en prie, Tessa, parle-moi. Laisse-moi t'aider. Quoi qu'il se passe, on trouvera une solution.

Je secoue violemment la tête, plus perdue que jamais. Il n'abandonne pas un seul instant son masque d'innocent ! Soit il mérite un Oscar pour son jeu d'acteur, soit il n'a sincèrement aucune idée de ce dont je parle.

C'est impossible... non ?

Une vague de rage me submerge. Je déteste ne pas savoir. Je ne supporte plus de subir tout ça, et la fureur explose brutalement en moi.

— Arrête de mentir ! hurlé-je, l'écho de ma voix se répercutant à travers la cour sombre. Je sais tout, Saint ! J'ai vu ton tatouage !

Il me fixe, les traits emplis de confusion.

— De quoi tu parles ?

— Le tatouage. Sur ta cuisse. Elle l'a vu.

— Hein ? Qui ?

— Wren ! La nuit où elle a été enlevée, c'est le seul souvenir qu'elle a conservé de son agresseur. Elle m'a tout raconté, lâché-je avec amertume. Tu ne peux plus me mener en bateau. Je sais que c'est toi.

Chapitre 3

Saint

Elle pense que c'est moi.

Je la fixe, hébété. C'est forcément une plaisanterie de mauvais goût, elle ne peut quand même pas croire… Sauf que si.

L'horreur est inscrite sur ses traits. Elle s'est détournée précipitamment et s'éloigne d'un pas rapide vers le portail de l'entrée.

Tessa pense sérieusement que je suis le monstre qui s'en est pris à sa sœur.

Soudain, je sors de ma stupeur et je m'élance après elle.

— Tessa, attends !

Elle ne s'arrête pas mais je la rejoins sans peine. Je résiste tant bien que mal au besoin de la prendre dans mes bras.

À la place, je lui demande, glacé jusqu'à l'âme par son accusation :

— Ce qui est arrivé à ta sœur… Tu ne peux pas croire que je serais capable d'une telle horreur ?

— Je ne sais pas quoi penser ! réplique-t-elle et je vois les larmes briller sur ses joues dans la pénombre. Je croyais que je te connaissais, Saint ! Putain, j'étais en train de tomber amoureuse – et puis, j'ai vu ton tatouage.

Cette saloperie de tatouage ! J'aurais dû comprendre quand elle a quitté la soirée sans un mot.

— Attends ! Je ne suis pas le seul à avoir ce tatouage, expliqué-je précipitamment, avant qu'elle ne s'enfuie à nouveau.

Elle s'immobilise brusquement, et se tourne enfin vers moi.

— Quoi ?

Je vois le soulagement traverser son regard et je m'accroche à ce maigre espoir : elle ne veut pas me croire coupable.

— J'ai ce tatouage depuis mes études à Ashford. Avec mon groupe d'amis, on l'a fait une nuit de beuverie avant les examens. On l'a dessiné nous-mêmes, c'était une blague de crétins bourrés...

Je m'interromps en comprenant soudain ce que ça signifie. Si l'homme qui a attaqué Wren a ce tatouage, alors l'un de mes plus anciens potes est le monstre que Tessa recherche, l'homme qui a détruit la vie de sa sœur et l'a poussée au suicide. Je pousse un soupir étranglé.

— Mon Dieu, Tessa, je suis désolé.

Elle secoue la tête, comme si elle aussi peinait à comprendre ce que je viens de lui dire.

— Ce n'est pas toi ? demande-t-elle d'une voix emplie d'espoir.

— Non, mon cœur, je te le jure. L'année dernière, je n'étais pas présent à la soirée Blackthorn. J'étais dans la maison familiale, dans le sud de la France, je travaillais sur mon livre. Je peux te retrouver des factures - des billets d'avion, des reçus de carte bancaire, tout ce qu'il te faudra pour ne plus avoir de doute. Tu me connais, Tessa. Tu sais que je ne blesserais jamais quelqu'un de cette façon.

Elle déglutit. Elle a l'air tellement perdue dans son sweat trop grand. J'essaye d'imaginer la confusion et la trahison qu'elle a dû ressentir... Penser qu'elle a pu me croire responsable de son malheur, que j'aurais pu la perdre à cause de ce quiproquo horrible... La peur qui m'étreint la poitrine est brutale, métallique.

Tessa me fascine depuis le tout premier instant. Chaque moment que nous avons partagé, chaque étreinte, n'ont fait qu'accroître mon désir pour elle.

— Je suis tellement désolé, Tessa, répété-je d'une voix égale, malgré la violence des émotions qui font rage en moi.

Mon instinct me pousse à la prendre dans mes bras, à la réconforter. J'ai envie de l'aider à surmonter le choc et le conflit intérieur qui s'affichent sur son visage, mais je m'oblige à lui laisser l'espace qu'elle m'a demandé.

— Je ne peux pas imaginer ce que tu as dû vivre après avoir vu ce tatouage, après avoir cru que...

Mon téléphone se met à sonner bruyamment dans la poche de ma veste. J'ai mis la sonnerie au maximum pour être certain de l'entendre au cas où Tessa me rappellerait. Je coupe rapidement le son de l'appel, sans la quitter du regard.

— Allons parler de tout ça tranquillement quelque part. Ou, si tu préfères rester seule ce soir, je comprends, mais je t'en prie, ne m'écarte pas définitivement de ta vie. Je te promets que rien n'a changé, insisté-je, anxieux à l'idée de la perdre. Je suis le même qu'avant. Je te l'ai dit, je serai toujours honnête avec toi.

Je sens qu'elle hésite, mais la vibration de mon téléphone interrompt ce qu'elle allait dire. Je lâche un juron avant de baisser le volume.

— C'est qui ? demande Tessa.

Je fronce les sourcils devant l'écran.

— Ma mère. Qu'est-ce qui lui prend de m'appeler à cette heure ? Enfin, peu importe. La seule chose qui compte pour le moment, c'est toi.

Mais j'ai à peine décliné l'appel de ma mère qu'un autre arrive. Cette fois, c'est mon frère Robert.

— Réponds, dit Tessa en me voyant me figer.

— Non.

Je ne veux pas perdre cette occasion de la récupérer. Tessa secoue la tête en reculant d'un pas, le visage sombre.

— Tu as raison, j'ai besoin d'espace pour digérer tout ça.

— Mais tu me crois, n'est-ce pas ?

La peur explose dans ma poitrine en un millier d'éclats métalliques coupants. Il faut qu'elle me croie !

Elle croise mon regard et expire lentement. Alors, à contrecœur, elle acquiesce, un hochement de tête presque imperceptible, qui provoque une décharge de soulagement intense en moi. Dieu merci.

— Je t'appellerai dès que je serai prête à parler, lâche-t-elle. S'il te plaît, ne me contacte pas.

Avant que je puisse répondre, elle a tourné les talons. Je la regarde disparaître par les grandes portes principales et il me faut tout mon self-control pour la laisser partir.

Robert rappelle et je réponds dans un grognement énervé :

— Quoi ? Qu'est-ce qu'il y a de si important ?

Après un silence, la voix de mon frère s'élève, nouée de tension.

— Tu dois venir immédiatement à Londres. C'est une urgence.

Je suis toujours en train de suivre Tessa du regard et il me faut une seconde pour comprendre ce qu'il vient de dire.

— Une urgence ?

— Papa est à l'hôpital. Il a eu une crise cardiaque. Tu dois venir. Maintenant.

Il est minuit passé quand j'arrive devant l'hôpital londonien et suis les instructions de Robert pour rejoindre l'aile réservée aux VIP dans le tout nouveau service de cardiologie.

Les couloirs sont quasiment déserts, à l'exception d'une infirmière qui sort de la chambre de mon père juste au moment où j'arrive.

Je m'arrête sur le pas de la porte. Il somnole sur son lit d'hôpital, pendant que ma mère s'agite à retaper ses oreillers. Dans un coin de la pièce, Robert parle au téléphone ; sa voix est couverte par le vrombissement sourd des machines.

Mon père a un tube dans le nez et des fils de capteurs disparaissent sous l'encolure de sa chemise verdâtre. Il a l'air tellement pâle et faible que mon cœur se serre douloureusement. Il est l'ombre de l'homme déterminé et fort que j'ai toujours connu.

Je reste là un moment, stupéfait de découvrir que ses cheveux poivre et sel tirent vers le gris avec les années. Les cernes sous ses yeux sont profonds.

Cet homme a toujours été une telle force de la nature... et une épine dans mon pied. Il m'a étouffé de ses attentes continuelles et de sa déception constante. Mais le voir ainsi, tellement fragile, me remue jusqu'à l'âme.

— Saint. Dieu merci, tu es venu, s'exclame ma mère en remarquant ma présence.

Elle traverse la pièce et me serre dans une étreinte un peu brusque. Il n'est pas dans les habitudes de l'impeccable Lillian St Clair de montrer le moindre signe physique d'affection, ce qui prouve bien la gravité de la situation.

Je m'écarte et fais un pas dans la chambre.

— Qu'est-ce qui s'est passé ? demandé-je en m'approchant du lit.

Mon père ouvre les yeux et m'adresse un faible sourire.

— Rien de grave. Beaucoup de bruit pour rien.

— Il a subi un infarctus sévère, le corrige Robert.

Il fait les cent pas, vibrant presque d'une énergie anxieuse. Mon frère cadet travaille en étroite collaboration avec notre père dans l'entreprise familiale. D'ordinaire, il est d'un naturel posé et optimiste. Ce soir, il a l'air presque aussi hagard que mon père.

— Quand ?

— Il y a quelques heures. Il travaillait tard. Encore. Les médecins ont dit qu'il serait mort si sa secrétaire ne l'avait pas trouvé.

— Avec des « si », on pourrait refaire le monde, rétorque mon père avec un geste vague de la main. Il en faudrait bien plus pour me tuer. Et rappelez-moi de donner une augmentation à Tricia. La pauvre femme, j'ai bien cru qu'elle allait devoir utiliser le défibrillateur sur elle !

— Chéri, tu dois prendre cet accident au sérieux, le réprimande ma mère.

— C'est le cas, répond mon père en croisant mon regard. Lillian, tu veux bien me trouver quelque chose à manger ? Et Robert, va donc chercher le médecin pour qu'il explique tout à ton frère.

Le regard de Robert passe de lui à moi, puis il hoche la tête.

— Allons-y. Voyons s'ils peuvent nous préparer une tasse de thé, dit-il en entraînant notre mère vers la porte.

— Il faudra plus qu'une tasse de thé pour calmer mes nerfs, lâche-t-elle, les lèvres serrées.

Ils sortent, nous laissant seuls, mon père et moi.

Je m'approche du lit.

— Comment tu te sens ? Vraiment ?

Je note le léger tremblement de sa main quand il la tend vers le verre d'eau posé sur la table de chevet. Je le prends et le lui donne. Il avale lentement une gorgée.

— J'ai connu mieux, admet-il en se laissant aller contre les oreillers avec un soupir. Mais ce n'est pas aussi catastrophique que ça en a l'air. Je réfléchissais justement à prendre un peu de repos loin du bureau. Un congé de préretraite, si on veut.

— Il y a des moyens plus simples de se mettre en congé, plaisanté-je, même si son ton désinvolte me crispe.

Mon père n'est pas du genre à faire des blagues, encore moins avec moi. Le fait qu'il le fasse maintenant prouve que c'est bien plus sérieux qu'il ne le prétend.

— Je vais peut-être me mettre au bridge ou alors à la *lawn bowls*[1]... Ta mère me répète constamment que je devrais me trouver un hobby. C'est bien dommage qu'aucun de vous ne m'ait déjà donné de petits-enfants. Ça m'aurait occupé.

1. Jeu de boules originaire d'Angleterre et pratiqué dans l'ensemble du Commonwealth, aussi appelé boulingrin.

— Qu'est-ce que tu fais de tous tes sermons pour nous rappeler de garder notre braguette fermée ? Je croyais que le monde était truffé de croqueuses de diamants prêtes à tout pour mettre la main sur la lignée des St Clair.

Son rire faible se termine en violente quinte de toux. Il reprend une gorgée d'eau.

— Les temps changent, mon grand, et dans des moments comme celui-ci... commence-t-il d'une voix légèrement tremblante. Eh bien, ça oblige à se poser des questions sur l'avenir, sur ce qu'il restera après mon départ.

— Tu ne vas nulle part, rétorqué-je, au comble de la tension. Tu as à peine soixante-cinq ans. Tu peux encore avoir une nuée d'autres enfants si ça te chante.

Il a un faible sourire.

— Je ne sais pas trop ce que ta mère penserait de cette idée.

— Échange-la contre une jeune mannequin, comme tous tes amis, plaisanté-je avant de me rappeler soudainement la conversation chuchotée que j'ai surprise à la réception des Lancaster.

Ce soir-là, je suis accidentellement tombé sur mon père en pleine conversation avec une femme plus jeune à l'accent français. Leur proximité et leurs voix pressantes ne laissaient pas franchement place au doute.

Je toussote et change rapidement de sujet. Les liaisons extraconjugales de mon père ne me regardent absolument pas.

— Les médecins veulent te garder combien de temps ?

— Encore quelques jours, en observation. Ma tension est toujours élevée et ils disent que je vais devoir changer certaines choses pour éviter un nouvel accident.

— De quel genre de changements on parle ?

— Tu sais... Faire attention à ce que je mange, à ma santé, éviter le stress... détaille-t-il en levant les yeux au ciel. Tricia m'obligera à manger quelques salades et je suis sûr que tout ira bien.

Je ne partage pas sa certitude, mais inutile d'insister pour le moment. Il se met à bâiller, alors je me lève de son lit.

— Il est tard, tu as besoin de repos. Je vais aller parler à tes médecins.

Il hoche vaguement la tête, déjà à moitié endormi.

— Merci d'être venu, mon grand.

— Bien sûr, murmuré-je. Dors bien.

Je quitte sa chambre, profondément déstabilisé par le changement radical que j'ai perçu en lui. Mon père et moi n'avons pas une relation idyllique depuis la mort de mon frère aîné, Edward, il y a dix ans. Avec son décès, l'avenir de la famille s'est brutalement retrouvé à reposer sur mes épaules, et mes parents n'ont pas cherché à cacher à quel point j'étais une lourde déception pour eux.

C'est pour ça que j'ai pris soin de garder mes distances et d'ignorer leurs sermons pour me contraindre à assumer ma place d'héritier à Ashford, non seulement comme futur duc de la lignée, mais aussi pour reprendre les rênes de l'entreprise pharmaceutique familiale. Bref, la totale.

Seulement, je n'ai jamais rien voulu de tout ça. Jusque-là, j'étais solidement déterminé à poursuivre dans la voie du plaisir, loin de toute responsabilité, mais voir mon père dans cet état… faire face à son possible décès…

Mon héritage me paraît plus lourd à porter que jamais : une épée de Damoclès flotte au-dessus de ma tête, toujours là pour me rappeler que je ne serai jamais à la hauteur d'Edward.

Quoi que je fasse, je serai toujours le second choix.

Je suis à mi-chemin des ascenseurs quand ma mère apparaît.

— Anthony, attends. Tu pars déjà ?

— Je vais juste essayer de dormir quelques heures.

Je suis épuisé par tout ce qui est arrivé. D'autant que je n'ai pas beaucoup dormi depuis que Tessa a disparu de la soirée. Sans aucun doute, je vais m'effondrer si je ne prends pas un peu de repos.

— Tu devrais essayer, toi aussi, ajouté-je devant son expression tendue et les ombres autour de ses yeux. On pourra revenir demain matin avant qu'il se réveille.

— Du moment que tu reviens, répond-elle d'une voix tendue. On doit parler à ses médecins et mettre en place une stratégie. Tout ça ne serait jamais arrivé s'il n'avait pas été aussi stressé par le travail, tu sais. Avec les essais cliniques, le lancement du nouveau produit... C'est trop pour un seul homme. Dieu sait que ton frère fait tout son possible pour l'aider, mais il n'est pas assez mature pour prendre les rênes.

Je me raidis.

— Est-ce une manière de dire que je suis responsable de son attaque ?

— Je dis simplement que tu t'es suffisamment amusé avec cette histoire d'université, réplique-t-elle, les lèvres pincées. Maintenant, il est temps que tu assumes tes responsabilités familiales - avant que ton père ne se tue à la tâche.

Elle s'éloigne avant que j'aie pu répondre. Ses mots résonnent en écho sous mon crâne, frappant de plein fouet mon cœur qui se serre sous les griffes de la culpabilité.

Je lutte contre cette partie de ma vie depuis aussi longtemps que je m'en souvienne. J'ai tenu bon face à leurs attentes et leur pression, j'ai fait tout ce que j'ai pu pour ignorer le destin qui est inscrit dans mes veines, non pas depuis le jour de ma naissance, mais celui de la mort de mon frère.

Je suis l'héritier, désormais.

Le spectacle de mon père dans ce lit d'hôpital... ça me fait réaliser que je ne peux plus échapper à mon destin.

Que je le veuille ou non, il va falloir que les choses changent.

Chapitre 4

Tessa

Au petit matin, les rues d'Oxford sont merveilleusement désertes, tandis que je suis mon habituel trajet de jogging à travers la vieille ville, magnifique avec ses campus historiques et son architecture ancienne.

Mes poumons me brûlent mais je ne ralentis pas. Je reviens vers Ashford et traverse la cour centrale pour rejoindre le bord de la rivière. C'est tellement calme, ici.

L'automne s'épanouit dans toute sa splendeur, vibrant de teintes rouges et orangées. L'air est froid et la rosée s'accroche encore à l'herbe dans les prairies.

L'équipe d'aviron glisse déjà sur l'eau pour leur entraînement matinal, mais je ne ralentis pas pour les regarder filer à toute allure.

J'ai besoin de m'éclaircir les idées. J'ai besoin d'être seule.

Il s'est passé tellement de choses ces derniers jours, j'ai encore du mal à intégrer toutes les révélations auxquelles j'ai eu droit. Je suis passée d'une confiance absolue en Saint à la crainte qu'il m'ait trahie, pour finalement m'interroger encore et encore à son sujet... Je n'en peux plus de ces grands huit émotionnels.

Je ne sais même plus quoi penser. Simplement, je ne peux pas nier ce que mon cœur me hurle : il me manque.

Je m'arrête enfin pour reprendre ma respiration. Mon souffle forme une brume à chacune de mes expirations. Deux jours sont passés depuis que je l'ai revu et je n'ai eu aucune nouvelle.

C'est moi qui lui ai dit de ne pas me contacter, donc c'est logique qu'il ne le fasse pas. Seulement, à chaque fois que je songe à l'appeler, je revois le sentiment de trahison dans ses yeux quand il a compris que je l'accusais d'avoir attaqué Wren.

Qu'est-ce que je pourrais lui dire ? Que j'étais blessée, perdue, que j'espérais de tout mon être que ce ne soit pas vrai ? Peu importe, rien ne pourra rattraper le fait que j'ai accusé mon mec d'être un monstre sadique.

Est-ce qu'il me déteste, maintenant ? Je pourrais difficilement lui en vouloir, même si les preuves semblaient contre lui sur le moment.

Je n'arrête pas de penser à ce fameux tatouage et à ce que Saint a dit : il est le résultat d'un pari entre potes alcoolisés. Et ça, c'est une piste sérieuse.

Peut-être que la confrérie secrète était un bon angle d'approche, après tout. Peut-être que les mystérieux messages que j'ai reçus pointaient dans cette direction parce que Saint et ses amis en sont tous membres.

Leur fête annuelle est un terrain de chasse, et Wren a été enlevée par l'un d'eux. Maintenant, je peux me concentrer sur une nouvelle liste de suspects et elle est merveilleusement réduite !

J'ai sans doute tout foutu en l'air avec Saint, mais au moins, je suis plus proche de la vérité que jamais.

Je n'ai plus qu'à trouver qui sont les types qui portent ce tatouage.

Je termine mon jogging et commence quelques étirements. Quand je retrouve la cour centrale, le campus se réveille doucement. Je passe vérifier mon courrier, espérant sans trop y croire qu'un nouveau message anonyme m'attend.

Même une note cryptique m'aurait fait du bien, mais il n'y a rien d'autre qu'une série de flyers pour des soirées auxquelles je n'irai jamais. Je les jette dans la poubelle et m'arrête pour dire bonjour à Bates, le gardien au teint buriné qui se montre toujours adorable.

— Il commence à faire froid, pas vrai ? me lance-t-il avec un sourire.

Il arbore une écharpe tricotée aux couleurs d'Ashford : rouge et noir.

— J'aime l'automne, lui confié-je. Les feuilles qui changent de couleur, l'air froid... Tout me paraît plus cosy.

Il rit avec bonne humeur.

— Exactement comme votre sœur ! s'amuse-t-il. Impossible de la croiser sans l'un de ces *pumpkin spice latte*.

Mon cœur tressaille à la mention de Wren. Elle aussi devait discuter avec lui de tout et de rien.

Brusquement, un souvenir d'enfance me revient en mémoire. Je jouais avec Wren dans les tas de feuilles. On passait des heures dans notre jardin à choisir les plus belles pour ensuite faire des dessins et des collages.

— C'était sa saison préférée, confirmé-je avant de réaliser que je viens de parler d'elle au passé.

Je n'ai dit à personne sur le campus que Wren était morte. Heureusement, trop occupé à trier des paquets derrière son bureau, Bates semble n'avoir rien remarqué.

— Allez, je ferais mieux d'aller à la bibliothèque, j'ai un paquet de disserts à rendre.

— Prenez bien soin de vous, dit-il avec son habituel sourire amical. Oh ! et transmettez toutes mes pensées au Pr St Clair. Quelle triste nouvelle. Dites-lui qu'on espère tous que ça ira mieux très vite.

Je fronce les sourcils, déstabilisée. Est-ce qu'il parle de notre rupture ? Comment pourrait-il savoir ? Et de toute façon, il ne serait jamais aussi direct.

— Comment ça ? Qu'est-ce qui est arrivé ?

— Son père, répond Bates. Tout le monde à l'université prie pour qu'il se rétablisse au plus vite. Mr St Clair est un homme solide. Je suis sûr qu'il faudra bien plus qu'un infarctus pour l'arrêter.

Un infarctus ?!

— Je... Bien sûr, je vais lui transmettre vos vœux, articulé-je, alors que mon esprit tourne à plein régime.

Je quitte sa loge et traverse la foule des étudiants qui se pressent sur les trottoirs.

Le père de Saint a fait une attaque cardiaque ? Pas étonnant qu'il ne m'ait pas donné de nouvelles.

Si Saint a failli le perdre... je n'imagine pas ce qu'il doit traverser. Malgré toutes les tensions entre eux, il reste son père, l'homme qui l'a élevé.

Sans même y penser, je me remets à courir. Peu importe ce qui se passe entre nous, je dois être là pour lui.

Je repasse rapidement par l'appartement pour me changer puis je monte dans le premier train en direction de Londres. Pendant le trajet, j'écris à Imogen, la cousine de Saint, qui me donne les infos dont j'ai besoin sur l'hôpital où son père a été admis.

Mais quand j'arrive devant la réception pleine à craquer et que je demande son numéro de chambre, je me retrouve face à un mur.

— Je suis désolée, répond la standardiste en me toisant derrière ses lunettes. On ne donne pas d'informations à propos de nos patients. Êtes-vous de la famille ?

— Non, admets-je, frustrée, mais s'il vous plaît, je dois absolument le voir. Je suis... une amie de son fils.

Amie ? Ex-petite amie ? Partenaire de sexe sauvage ?

La femme me jette un regard noir, visiblement peu impressionnée.

— Navrée, je ne peux pas vous aider. Mettez-vous sur le côté pour laisser passer la personne derrière vous, s'il vous plaît.

Je pousse un soupir de frustration et m'écarte du bureau. Qu'est-ce que je dois faire, maintenant ? J'essaye à nouveau d'appeler Saint. Je lui ai déjà laissé une bonne douzaine de messages, il ne décroche toujours pas.

— Tessa ?

Je me retourne pour me retrouver face à Robert, le petit frère de Saint. Un plateau de gobelets de café dans les mains, il passe tout juste les portes d'entrée. Je me rue vers lui.

— Dieu merci ! La dame à l'accueil ne voulait pas me laisser passer, ni me donner le bon numéro de chambre, et Saint ne répond pas au téléphone et...

Je m'arrête en réalisant que j'ai l'air complètement hystérique.

— Peu importe. Comment vas-tu ? reprends-je plus calmement. Comment va ton père ? J'ai appris ce qui s'était passé, est-ce qu'il y a du nouveau ?

Il a l'air complètement épuisé avec ses cheveux blonds en désordre et ses larges épaules affaissées.

— Il va mieux. Les médecins lui font encore passer des tests, mais il devrait pouvoir rentrer à la maison demain, s'il arrive à rester au repos dans son lit, ce qui, le connaissant, risque de ne pas être simple.

— Je suis tellement soulagée ! m'exclamé-je, sincère. Saint est là aussi ?

Robert hoche la tête.

— Viens avec moi, on va monter ensemble.

Il m'entraîne jusqu'aux ascenseurs et nous grimpons au quatrième étage, qui ressemble à une aile pour VIP. J'ai l'impression de débarquer dans une oasis de sérénité par rapport au chaos qui régnait à l'accueil. À quoi je m'attendais ? Le père de Saint est duc, évidemment que sa chambre se trouve au bout d'un couloir reluisant.

Robert entre sans frapper, mais j'hésite sur le seuil. Saint se tient debout devant la fenêtre, face à la ville qui s'étale en contrebas et dos à moi. Son père, Alexander St Clair, est assis dans son lit pendant que Lillian, sa femme, l'incite à avaler une boisson d'une couleur verte peu engageante.

— Ça a un goût d'herbe, grimace Alexander. Pourquoi je ne peux pas avoir mon café, comme d'habitude ?

Il est pâle, mais paraît tout de même tiré d'affaire, malgré les machines auxquelles il est branché.

— Le docteur a dit...

— Au diable le docteur ! Si tu aimes tellement ce jus d'herbe, bois-le. Ah ! Enfin !

Alexander sourit à Robert en le voyant entrer avec les cafés.

— Un capuccino ? Et un croissant, peut-être ? propose ce dernier.

Dans un tailleur Chanel impeccable, Lillian lui adresse un regard assassin.

— Robert, qu'est-ce qu'on a dit à propos de son régime ?

— Chut, ma chérie, la coupe Alexander avec affection. Laisse un pauvre homme savourer son café en paix. Oh ! bonjour. Tessa, n'est-ce pas ? ajoute-t-il en me remarquant sur le pas de la porte.

En entendant mon nom, Saint se retourne. Lui aussi a les traits tirés, mais il émane toujours de lui cette assurance irrésistible. Il porte une chemise blanche sur un jean noir, et ses mèches sombres, un peu trop longues, retombent sur son front. Il est tellement beau que ça me fait physiquement mal de le regarder sans pouvoir me jeter dans ses bras.

Nos regards se croisent à travers la pièce et je lui offre un faible sourire. Son expression demeure fermée, indéchiffrable.

— Bonjour. Désolée, je ne voulais pas déranger... m'excusé-je en remarquant le regard étréci de Lillian. J'ai appris la nouvelle et je voulais savoir comment vous alliez tous. Et voir si je pouvais faire quoi que ce soit pour vous aider.

— Comme c'est gentil, répond la mère de Saint avec un sourire glacial. Nous n'avons besoin de rien.

— OK...

Je reste là, de plus en plus mal à l'aise. Saint n'a toujours pas dit un mot et je commence à regretter d'être venue. Peut-être qu'il n'a aucune envie de me parler après les terribles accusations que j'ai portées contre lui.

— Nous apprécions votre attention, reprend Lillian. Simplement, nous préférerions rester en famille, si ça ne vous ennuie pas...

Je rougis brusquement. Je n'ai décidément rien à faire ici.

— Bien sûr, oui. Désolée, je vous laisse. Tout le monde à Ashford vous adresse des vœux de rétablissement, monsieur St Clair.

Je sors sans attendre et remonte le couloir à pas précipités. J'ai déjà appelé l'ascenseur quand Saint émerge de la chambre et s'avance lentement vers moi. Je sens mon cœur remonter dans ma gorge.

— Salut, dis-je à voix basse en cherchant la moindre trace d'émotion sur ses traits. Comment tu tiens le coup ?

Il m'adresse un sourire fugace qui n'atteint pas ses yeux.

— Je t'avoue que j'ai déjà été mieux.

— J'imagine.

Un long silence s'étire, tandis que j'essaye de déterminer par où commencer.

— On pourrait se parler ? demandé-je enfin.

Il y a comme un champ magnétique entre nous, une sorte de force qui nous tient à l'écart l'un de l'autre, tout en nous empêchant de nous écarter. J'aimerais tellement pouvoir effacer cette distance.

Saint baisse les yeux sur moi et je crois le voir s'adoucir... à peine. Il hoche la tête.

— Pas ici. J'ai besoin de prendre l'air, répond-il en jetant un coup d'œil vers le fond du couloir.

— J'ai vu un café au rez-de-chaussée.

Il acquiesce à ma proposition.

— Allons-y.

Nous traversons l'entrée en silence jusqu'au café où Saint achète un sandwich hors de prix pendant que je commande un yaourt au granola.

Nous nous installons à une table dans la petite cour. J'ai la gorge trop serrée pour avaler quoi que ce soit. Je suis entièrement concentrée sur Saint et sur le fardeau qui pèse sur lui et que je devine à son visage crispé.

— Je suis désolée, lâché-je, le cœur serré. T'accuser de cette façon… d'avoir fait du mal à Wren. C'est juste que je ne savais pas quoi penser. Ce tatouage, c'était le seul détail bien réel dont elle se souvenait et, quand je l'ai vu sur toi… j'ai paniqué. Tout semblait correspondre, tu comprends ?

J'insiste parce que j'ai désespérément besoin de lui expliquer comment j'ai pu me retourner ainsi contre lui.

— Mais même quand j'ai eu toutes les preuves sous les yeux, une partie de moi n'a jamais réussi à y croire, je te le jure. Je n'arrivais pas à me convaincre que tu aies pu faire une telle chose. Je sais que ce n'est sans doute pas une consolation…

Je finis enfin par me taire piteusement, mais Saint m'offre un hochement de tête.

— En fait, si, c'est une consolation.

Je cligne des paupières, surprise.

— Tu veux dire que tu ne me détestes pas ?

Il fronce les sourcils.

— Bien sûr que non. Est-ce que j'ai été choqué et blessé sur le moment ? Évidemment. Que tu puisses imaginer que je t'aie menti, que je m'en sois pris à Wren…

Il secoue la tête, avant de reprendre.

— Tu n'es pas responsable, Tessa. Tu suivais simplement le chemin que te montraient les preuves. À ta place, je serais parvenu à la même conclusion.

Je pousse un énorme soupir de soulagement. Il ne me hait pas. Mieux encore, il me comprend.

— Dans ce cas, pourquoi tu ne m'as pas appelée ? demandé-je en prenant sa main dans la mienne.

Ses doigts se referment aussitôt sur les miens et je me sens immédiatement mieux, ainsi connectée à lui.

— J'ai dit que j'avais besoin d'espace, mais avec tout ce qui s'est passé, ton père...

Saint baisse les yeux sur nos mains jointes et trace du pouce les contours de mes jointures.

— Au début, j'étais juste sous le choc et je ne voulais pas t'entraîner dans une galère avec mes parents...

— Je m'en moque, insisté-je. Je suis là pour toi. Pour quoi que ce soit.

— Merci.

Il plonge son regard dans le mien, et son sourire me fait fondre.

— Il n'y a pas que ça, admet-il, soudain tendu. C'est aussi ce tatouage... Je n'ai pas arrêté d'y réfléchir.

Je serre doucement sa main.

— Oh ! je vois.

— Si l'homme qui a agressé Wren avait sur lui ce dessin, tu sais ce que ça signifie, non ? Il fait partie du petit groupe qui a fait réaliser ce tatouage il y a dix ans. L'homme qui s'en est pris à ta sœur est l'un de mes amis.

Un lourd silence tombe entre nous. J'ai eu plusieurs jours pour digérer cette vérité inconfortable. Ça doit être mille fois pire pour Saint.

— Je suis désolée, murmuré-je, même si ça ne change rien.

— Moi aussi, lâche-t-il avant de lever sur moi son regard déterminé. Maintenant, on doit découvrir duquel il s'agit.

Une nouvelle fois, je cligne des yeux, stupéfaite.

— Tu vas m'aider ?

Il n'y a pas une once d'hésitation dans sa voix quand il me répond :

— Je t'ai dit que je le ferais.

Il fronce les sourcils, comme si la question ne se posait même pas.

— On traverse ça ensemble, maintenant, quoi qu'il arrive.

— Même si l'homme qu'on recherche est l'un de tes plus proches amis ? On ne parle plus d'un membre anonyme d'une société secrète, là. Tu connais cet homme. Tu lui fais confiance. Si vous avez fait faire ce tatouage pendant vos études, ça veut dire que vous vous connaissez depuis la moitié de votre vie !

Il me répond d'un sourire sombre.

— S'il s'en est pris à ta sœur, il n'est pas mon ami.

Il hoche brusquement la tête, l'air de dire qu'il n'y a plus rien à ajouter, et je ne peux plus me retenir. Je me penche par-dessus la table et pose mes lèvres sur les siennes. Il me rend immédiatement mon baiser, lent, profond, délicieux, et je sens la chaleur habituelle brûler à nouveau entre nous.

Le reste du monde cesse d'exister. Nous sommes ensemble, c'est tout ce qui compte.

Quand je parviens enfin à reculer, il me demande :

— C'était pour quoi ?

— Parce que tu es un type bien, réponds-je en faisant de mon mieux pour ignorer la vague d'émotion qui monte dans ma poitrine.

J'échoue lamentablement, parce que mon instinct me hurle de me jeter dans les bras de Saint pour ne plus jamais le lâcher. Tout est allé tellement vite entre nous. Je ne sais même plus ce que nous sommes l'un pour l'autre.

Mais ce dont je suis sûre, c'est qu'on a largement dépassé l'étape du plan cul sexy et léger. Il se passe vraiment quelque chose.

Je toussote, soudain embarrassée.

— Bon alors, qu'est-ce qu'on fait maintenant ? Qui a ce tatouage ?

J'ai savouré le « on » en le prononçant. C'est tellement merveilleux de ne plus être seule.

Saint, qui s'était levé pour notre baiser, se rassoit.

— Nous étions cinq. Moi, Hugh, Max, pour ceux que tu connais déjà. Plus Sebastian Wolfe et Felix Western.

— Donc quatre suspects, articulé-je en sentant un frisson d'excitation remonter le long de mon dos.

Jusque-là, je cherchais une aiguille dans une botte de foin, mais brusquement, ma zone de recherche s'est drastiquement réduite.

Saint secoue la tête.

— Felix est mort cet été-là, juste avant la cérémonie de remise des diplômes. Il a trop bu à une soirée, avant de décider de prendre un bain de minuit dans le lac, soupire-t-il tristement. Une bien triste histoire.

Je lui offre un sourire de compassion.

— Ça n'en laisse plus que trois.

Et l'un d'entre eux est déjà sur mon radar : Max Lancaster, play-boy fortuné, héritier d'un empire médiatique, et qui a menti sur son degré d'intimité avec Wren. Ils se voyaient quand elle était à Oxford et ils sont peut-être même sortis ensemble. Sur quoi d'autre a-t-il pu mentir ?

Le téléphone de Saint vibre.

— Les médecins ont de nouveaux résultats, annonce-t-il en ouvrant ses messages. Je vais devoir remonter.

Je le raccompagne jusqu'à la chambre de son père et il s'immobilise dans le couloir.

— Merci d'être venue. Je sais que tu étais sous l'eau avec les cours.

— Je m'en fous des cours, je peux rester aussi longtemps que tu le veux.

Il secoue la tête.

— Rentre à Oxford, replonge-toi dans les bouquins et tiens mon lit au chaud, dit-il avec un sourire séducteur. Je rentrerai ce soir, dès que mon père sera sorti de l'hôpital.

— D'accord. Je suis désolée de ne pas pouvoir faire plus.

— Tu fais déjà plus qu'assez, me rassure-t-il en me prenant dans ses bras. T'avoir ici, c'est tout ce dont j'ai besoin.

Je me laisse aller à son étreinte chaude et rassurante et il me tient un moment contre lui. Enfin, il s'écarte et soulève mon menton pour m'embrasser tendrement. Je me sens fondre contre lui. Il m'a tellement manqué.

Enfin, il s'écarte à contrecœur.

— Vas-y avant que je change d'avis et que je te coince dans un placard, lâche-t-il avec un clin d'œil.

Au même moment, une femme en blouse blanche passe près de nous.

— Docteur Heller ?

Comme la femme acquiesce, il la suit dans la chambre.

J'entends leurs voix étouffées discuter de traitements. Il est temps de partir.

Cette fois, je prends l'escalier jusqu'en bas, le cœur incroyablement léger, enfin débarrassée du poids qui m'étouffait depuis des jours.

Le père de Saint va se remettre très vite et nous deux, nous sommes... bref, là où nous en sommes. Sauf que, cette fois, il n'y a plus de mensonge ni d'angoisse de trahison entre nous.

Je peux entièrement me fier à lui.

Et le désirer de tout mon corps et de toute mon âme.

Un frisson délicieux me parcourt. Je peux encore sentir la caresse de son baiser sur mes lèvres.

Je suis perdue dans mes pensées, anticipant déjà le moment où nous serons à nouveau seuls tous les deux, quand je manque de percuter quelqu'un juste devant les portes principales de l'hôpital.

— Pardon, m'excusé-je avant de réaliser que c'est la mère de Saint. Oh ! Madame St Clair, je veux dire Lady... ou duchesse, je balbutie, gênée.

Son regard passe au-dessus de moi sans me voir.

— Je cherche mon fils, déclare-t-elle.

En partant, tout à l'heure, j'ai pris les premiers vêtements qui me sont tombés sous la main, je porte donc un jean et une chemise froissée sous mon manteau et je ne dois pas ressembler à grand-chose.

— Saint est en haut, avec son père. Un médecin vient juste d'arriver.

— Merci, lâche-t-elle d'un ton crispé.

Puis, après une courte pause, elle ajoute :

— Vous devez savoir que Saint va être très occupé avec toutes ses responsabilités familiales, désormais. Il va devoir s'investir pour soutenir l'entreprise, comme il aurait déjà dû le faire depuis longtemps.

Je hoche lentement la tête, sans bien comprendre où elle veut en venir.

— Il va devoir donner sa démission à Oxford et s'installer à temps plein à Londres, également, complète-t-elle avec suffisance. Il a bien profité de sa liberté, il s'est bien amusé mais ça ne pouvait pas durer éternellement. Il est le futur duc d'Ashford et, avec ce qui vient de se passer, il n'aura plus guère de temps à consacrer à des distractions futiles. Sa famille passera toujours avant.

Il est clair à son ton pincé qu'elle me considère comme l'une de ces distractions et qu'elle a dit « futiles » pour ne pas dire « sordides ». En d'autres termes, je suis censée dégager.

Je parviens à conserver un sourire aimable.

— Saint est un grand garçon. Je suis certaine qu'il peut décider par lui-même ce qui est une distraction dans sa vie. Prenez soin de vous, ajouté-je d'une voix enjouée. Je suis sûre qu'on va se revoir très vite.

Je garde la tête haute et m'éloigne avant de lui laisser le temps de répondre. Je peux sentir son regard glacial me brûler le dos.

Un frisson me parcourt l'échine. Mon instinct me souffle qu'il ne faut pas sous-estimer Lillian St Clair.

Chapitre 5

Tessa

De retour à Oxford, je rejoins directement la maison de ville de Saint, qui se trouve dans une petite rue arborée, tout près de l'université d'Ashford. Sous les arbres, de riches villas historiques s'alignent.

J'ouvre la porte et me délecte de l'atmosphère paisible qui règne au milieu du décor éclectique. Surtout, je savoure l'absence de colocataires friands de commentaires passifs-agressifs.

Pour le moment, je peux profiter de tout l'espace pour moi toute seule.

J'attrape une bouteille d'eau pétillante dans le frigo et je monte à l'étage. La chambre de Saint est vaste et apaisante avec ses tons crème et bleu foncé.

Mes affaires sont toujours emballées dans des sacs et des cartons, exactement comme je les ai laissées avant notre séparation.

Cette fois, je suis heureuse de prendre le temps de défaire tranquillement mes valises pour ranger mes effets dans le grand dressing où il m'a fait de la place. J'installe mes affaires de toilette dans la salle de bains attenante, avant de prendre une longue douche chaude.

Pendant ce temps, mon esprit fonctionne à plein régime.

Hugh Ambrose. Max Lancaster. Sebastian Wolfe.

Trois hommes qui portent le même tatouage de serpent enroulé autour d'une couronne. Tous trois immensément riches et influents. Et parmi eux, le coupable que je recherche.

L'idée de me lancer aux trousses de l'un d'eux provoque en moi une vertigineuse sensation d'insécurité. Je ne dispose ni de leur fortune, ni de leurs privilèges. Je n'ai pas une armée d'avocats derrière moi, ni des dizaines de soutiens puissants. Tout ce que j'ai, c'est mon chagrin, ma rage et la promesse que je me suis faite de découvrir la vérité. Et désormais, je peux compter sur Saint.

Je souris, rassurée de le savoir de mon côté. De toute façon, je m'inquiéterai de ce combat à venir quand j'aurai déterminé lequel d'entre eux est le coupable. Pour le moment, je dois me concentrer sur un seul but : trouver tout ce que je peux sur chacun d'eux.

J'enfile une longue robe en coton confortable et un sweat avant de descendre à la cuisine. J'installe mon ordinateur sur la table et je me prépare une tasse de thé et des biscuits à grignoter avant de me lancer dans mes recherches.

Je commence par Sebastian Wolfe, parce qu'il m'est complètement inconnu. Cela dit, son nom me paraît vaguement familier et il ne me faut pas longtemps pour en comprendre la raison : il a fait la une de la presse mondiale l'an dernier.

Apparemment, c'est un milliardaire star de la finance qui a été accusé d'avoir tué son père. Il aurait mis en scène sa propre mort ensuite pour révéler le véritable tueur. Je parcours les articles, les yeux ronds.

Depuis que le scandale a éclaté, Sebastian n'a pas remis les pieds en Angleterre. Il a été photographié en de rares occasions à New York et sur son île tropicale, au bras de sa nouvelle femme.

Une photo de paparazzi le montre en train de quitter un restaurant à la mode. Grand, froid, imposant, il lance un regard noir à l'objectif.

Est-ce que ça pourrait être lui ?

Je prends quelques notes avant de passer à la suite. Hugh Ambrose est le prochain nom sur ma liste. Je m'interromps, mal à l'aise. Je connais un peu Hugh, maintenant, et il m'a toujours semblé être un type bien.

Son père est en pleine course électorale pour devenir le prochain Premier ministre. Hugh gère une fondation de charité et il m'a proposé un boulot génial là-bas. Dès mon premier jour, j'ai adoré l'énergie, l'implication des équipes et les projets incroyables qu'ils mettent en œuvre à travers le monde.

Pour autant, ça ne veut rien dire. Il y a un paquet de monstres qui vivent tranquillement au milieu des autres. Que ça me plaise ou non, Hugh est aussi suspect que le dernier nom sur ma liste.

Max Lancaster… Play-boy héritier d'un empire médiatique. Et le seul des trois qui a un lien connu avec Wren. Il a déjà admis l'avoir rencontrée à Oxford. Il a fait comme s'il ne s'agissait que d'une relation amicale lointaine – peut-être parce que sa fiancée était là quand j'ai posé la question – mais, d'après ce qu'il a dit, j'ai deviné qu'il connaissait ma sœur bien mieux qu'il n'a voulu le laisser croire.

Est-ce qu'ils couchaient ensemble ? Avaient-ils une liaison dans le dos d'Annabelle ? Et comment ce lien entre eux a-t-il mené à son enlèvement et à son agression ?

Je passe l'après-midi perdue dans mes réflexions à faire des recherches sur chacun d'eux, au point que je suis surprise d'entendre la clé tourner dans la serrure.

— Hello ?

La voix de Saint me parvient depuis la porte d'entrée. Je referme mon ordinateur en souriant.

— Je suis là ! réponds-je.

Ses pas se rapprochent et il apparaît dans l'encadrement de la porte, l'air épuisé.

Je me lève et le rejoins pour l'accueillir avec un baiser.

— Ton père a pu rentrer à la maison sans souci ?

Il hoche la tête et se débarrasse de son manteau en poussant un long soupir.

— Ça a pris mille ans, mais oui. Ma mère a redemandé cent fois au médecin de lui expliquer l'ordonnance pour ses médicaments et puis elle a insisté pour qu'il prenne une ambulance. Bref, ils sont installés dans leur résidence du Sussex. Mon père devrait pouvoir se reposer et récupérer, là-bas.

— Tant mieux, soufflé-je en passant les bras autour de sa taille. Alors maintenant, qu'est-ce qu'on peut faire pour que toi, tu te reposes ?

Il laisse échapper un petit rire.

— Honnêtement, je me sens déjà beaucoup mieux d'être de retour ici. Avec toi.

Il pose les lèvres sur mon front et nous restons là un moment, serrés dans les bras l'un de l'autre. C'est tellement bon d'être à nouveau contre lui. Je pose la tête contre son torse et inspire avec ravissement son odeur.

— Comment tu tiens le coup ? demande Saint en me regardant avec tendresse.

— Ça va, je crois. Je suis encore en train d'intégrer tout ce qui s'est passé ces derniers jours. La soirée Blackthorn, le tatouage, et ensuite ton père... Tout ça est complètement fou.

— Je sais, murmure-t-il en me serrant fort contre lui. Mais je suis tellement content que tu sois là. Savoir que je te retrouverais en rentrant m'a aidé à tenir toute la journée.

Je lui souris.

— Moi aussi, je suis heureuse d'être ici. Le chauffage marche beaucoup mieux qu'à l'appartement, sans parler des gâteaux qui sont bien meilleurs.

— Tu as trouvé les Choco Leibniz ? s'amuse-t-il avant de remarquer le paquet de biscuits que j'ai quasiment englouti. Je les avais pris pour toi.

— Malin, plaisanté-je. Continue de m'alimenter à 70 % en chocolat et tu ne te débarrasseras jamais de moi.

— C'est peut-être bien mon plan...

Saint croise mon regard et l'air s'embrase entre nous.

Je détourne les yeux, soudain à bout de souffle. Le lien entre nous a changé, je peux le sentir. Il est plus fort, plus solide. Ce n'est plus le vertige de l'attraction physique sauvage, c'est quelque chose qui prend racine plus profondément.

Un sentiment vrai. Un risque bien réel.

— Tu as faim ? demandé-je en m'écartant de lui, submergée par une vague d'émotion. On pourrait aller dîner dans le coin ? Qu'est-ce que t'en penses ?

— Super idée, répond-il.

Mais je peux voir à ses traits tirés qu'il lutte contre l'épuisement.

— Tu sais quoi ? On va plutôt rester ici. Je vais cuisiner, décidé-je.

Il lève un sourcil dubitatif.

— Vraiment ?

— N'aie pas l'air si surpris, rétorqué-je en ouvrant son frigo et ses placards. J'ai de nombreux talents, figure-toi.

— Oh ! je sais. Je me souviens parfaitement de quelques-uns de ces talents...

Sa voix s'est chargée de séduction et, quand je lève les yeux vers lui, son regard est lourd et brûlant.

J'éclate de rire.

— Reste tranquillement assis et garde tes mains là où elles sont, m'esclaffé-je en lui désignant l'une des chaises autour de l'îlot central de la cuisine. Sauf si j'ai besoin d'elles pour mixer ou hacher. Tu es mon sous-chef, ce soir.

— Bien, cheffe !

Il lance un morceau de jazz qui se diffuse par les enceintes et nous sert un verre de vin. En me tendant le mien, il me vole un baiser. Sa bouche est douce et chaude, irrésistible, et je dois me forcer à m'écarter en gloussant.

— Qu'est-ce que j'ai dit ?

— Que je devais garder mes mains tranquilles. Tu n'as rien dit à propos de ma bouche, proteste-t-il en m'embrassant à nouveau, plus longtemps cette fois.

Sa langue glisse entre mes lèvres pour caresser sensuellement la mienne. Je frémis, le sang déjà échauffé, enivrée par son goût.

— Je croyais que tu avais faim, soufflé-je, haletante, tandis qu'il mordille mon oreille.

— Je meurs de faim.

Son grondement sourd enflamme mon bas-ventre, mais je me force à m'écarter d'un pas.

— Assieds-toi et reste tranquille.

Il sourit devant mon ton autoritaire.

— Tu es d'humeur à donner des ordres ? Je crois que j'aime bien ça.

— Qu'est-ce que tu n'aimes pas, exactement ? répliqué-je, séductrice à mon tour.

Je rassemble les ingrédients, mais je sais déjà que je ne suis pas assez concentrée pour préparer un vrai repas, alors que Saint est juste à côté à me regarder, à me tenter... Des pâtes feront l'affaire !

Heureusement, ses placards sont remplis d'ingrédients tout prêts de première qualité et je trouve très vite de quoi préparer ma sauce préférée.

— Tiens, à couper en petits morceaux, expliqué-je en déposant devant lui les olives, les câpres et les anchois.

Je mets de l'eau à bouillir en annonçant :

— On va préparer une *puttanesca*.

— Tu sais d'où vient le nom et ce qu'il signifie ? me demande Saint, amusé.

— Non, dis-moi.

— Ça vient du mot italien pour « putain ». Littéralement, ça signifie « à la manière des prostituées ».

— Quoi ?! Je te crois pas !

— Je t'assure que c'est vrai. On dit qu'elles attiraient les clients grâce à l'arôme puissant.

— Tu inventes ! protesté-je en riant.

— Pas du tout. Tu pourras vérifier.

Il sourit plus largement et je suis heureuse de le voir détendu.

Il se lève et apporte une planche à découper et les ingrédients près de moi, sur le plan de travail. Il écarte mes cheveux sur mon épaule et se met à déposer des baisers doux le long de mon cou.

— Arrête de me distraire, gloussé-je en faisant de mon mieux pour me concentrer sur la cuisine.

— Je croyais que tu avais de multiples talents, murmure-t-il tout contre ma peau. Savoir faire plusieurs choses à la fois n'en fait pas partie ?

Je pousse un soupir de plaisir sous la caresse de son souffle.

— Pas quand tu fais ça, admets-je alors que ses mains se referment sur mes seins pour les presser doucement à travers mon haut.

Je me laisse aller contre son torse, sans plus penser au dîner, tandis que Saint me plaque contre le plan de travail de son corps puissant. Ses mains, elles, se font incroyablement douces quand il les glisse sous mon sweat pour effleurer la pointe de mes seins, sans cesser de déposer des baisers légers sur mon cou.

— Saint... gémis-je en arquant le dos sous ses mains expertes.

Je presse mes fesses contre son sexe dur.

— Tessa... tu n'imagines pas combien je devenais fou.

Soudain, il me retourne face à lui et me hisse sur la table. Sa bouche trouve la mienne et je réponds à son baiser avec passion. Mes jambes se referment autour de sa taille, tandis que nos langues se trouvent. Mon bassin s'embrase et il se frotte contre moi, me faisant gémir plus fort sous la pression merveilleuse qu'il applique entre mes cuisses.

Saint s'écarte finalement et me fixe d'un regard brûlant de désir et de promesses.

— J'ai faim... murmure-t-il en glissant les mains entre mes cuisses.

Il remonte haut ma jupe sur mes hanches et m'allonge doucement. Mon pouls s'accélère tandis qu'il trace des cercles hypnotiques sur ma peau. Il m'enlève ma culotte en déposant des baisers légers sur mes jambes, et sa main poursuit ses caresses sur mes hanches, mes seins, provoquant des frissons délicieux. Je me redresse sur les coudes pour l'admirer, enivrée par la vue de ses muscles puissants qui bougent à chacun de ses mouvements.

Nos yeux se rencontrent.

— Je croyais que c'était toi qui commandais ce soir, souffle-t-il, le regard brillant de désir. Moi, je ne suis que ton fervent assistant...

Il se penche et mordille l'intérieur de ma cuisse. Puis sa langue remplace ses dents, remontant toujours plus haut. Je retiens mon souffle, tendue de désir. Saint s'arrête à quelques centimètres de l'endroit où j'ai tellement besoin de le sentir.

— Dis-moi exactement ce que tu veux que je fasse, cheffe, dit-il en expirant son souffle chaud sur mon intimité.

Mes muscles intimes se contractent déjà, tellement je suis impatiente de le sentir enfin en moi.

Mais lui attend mes instructions, immobile. C'est à moi de prendre le contrôle. L'excitation du pouvoir monte en moi. Jusque-là, c'est toujours lui qui a dirigé, lors de nos étreintes. Et j'ai adoré me révéler sous son autorité.

Seulement, je ressens une excitation toute nouvelle en le voyant comme ça, prêt à satisfaire la moindre de mes demandes.

— Lèche-moi, ordonné-je, haletante, avant d'écarter davantage les jambes. Je veux sentir ta bouche sur moi, ta langue en moi...

Saint émet un grondement rauque et baisse la tête pour lécher langoureusement, délicieusement mon clitoris.

Je me laisse retomber sur la table, enivrée par la sensation de sa langue qui s'affaire sur mon sexe à un rythme envoûtant.

Oh. C'est mieux que le paradis. Je me laisse entièrement aller au plaisir aveuglant que sa bouche m'offre.

— Comme ça, cheffe ? plaisante-t-il en faisant de lentes allées et venues sur le point le plus sensible.

— Plus vite, haleté-je. Plus fort.
— Tes désirs sont des ordres.

Sa bouche se plaque contre mon sexe et il accélère les mouvements de sa langue, déclenchant un brasier plus violent dans mes veines. Je m'arque sous ses baisers, à bout de souffle, hors de moi-même.

— Ne t'arrête pas... gémis-je, les doigts crispés dans ses cheveux.

Saint soulève mes jambes pour les poser sur ses épaules. D'un geste vif, il m'attire plus près encore.

Il ne me savoure plus, il me dévore à présent. Sa langue embrase chacune de mes terminaisons nerveuses dans une véritable frénésie. Mes hanches se soulèvent d'elles-mêmes.

— Touche-moi. Je veux sentir tes doigts en moi...

Il obéit une fois de plus, rendant la sensation de contrôle grisante. Sans cesser de me caresser fiévreusement de la langue, il me pénètre d'un doigt, puis deux, et je me contracte délicieusement autour de cette intrusion merveilleuse.

Et puis, il se met à aller et venir en moi et je perds pied.

— Saint ! lâché-je en agrippant ses cheveux plus fort.

Saint émet un grondement de plaisir tandis que je me cambre sous sa bouche. Ses doigts vont et viennent toujours plus vite en moi, sa langue se presse exactement là où j'en ai besoin.

Je crie et gémis, incapable de formuler le moindre mot cohérent à part son nom que je répète en une prière enfiévrée.

Soudain, il referme les lèvres autour de mon clitoris et aspire doucement, me faisant basculer dans une spirale de jouissance. Mes hanches se soulèvent violemment contre sa bouche, mais il n'arrête pas pour autant de me lécher alors que les vagues de l'orgasme s'abattent sur moi.

— Tu en veux plus, ma belle ? demande-t-il en réponse à mes cris de volupté.

Quand je relève la tête, je croise son regard empli d'un désir primitif, sauvage. Ses doigts sont toujours en moi, me faisant savourer jusqu'au dernier frisson de l'extase.

— Toi, haleté-je en le saisissant au col pour prendre sa bouche en un baiser exigeant.

Je sens mon goût sur ses lèvres et le frisson du pouvoir caresse tout mon corps. Je le relâche enfin et le regarde droit dans les yeux.

— Baise-moi, ordonné-je. Prends-moi comme tu en as envie. Utilise-moi.

— Oh ! ma belle, gronde Saint. Tu en es sûre ?

Je sens ses mains se crisper sur mon corps et il me dévore d'un regard sombre, animal, comme s'il planifiait toutes les façons dépravées dont il a l'intention de me prendre.

Mon corps réagit aussitôt.

— C'est moi qui décide, non ? lui rappelé-je. Et je te demande, non, je t'*ordonne*, de me prendre. Je suis à toi.

Les mots m'échappent, mais les prononcer est tellement bon, parce qu'en cet instant, la peau échauffée de plaisir, le sang bouillonnant, c'est exactement ce que je ressens : je lui appartiens.

— Par terre, mon cœur.

Saint me redresse sur mes jambes flageolantes. Il me retire mon sweat et me débarrasse de mon soutien-gorge pour que je sois entièrement nue.

Sa main claque voluptueusement sur mes fesses et il maintient fermement mes épaules pour me guider à sa convenance.

— À genoux. Tes mains sur le sol. Il est temps que tu me montres comme tu sais être une gentille fille obéissante.

Je ne peux m'empêcher de gémir. Je me sens ivre de désir et je me dépêche de me mettre exactement comme il me veut : à quatre pattes sur le sol froid, prête à obéir à ses ordres. Les reins cambrés, je m'offre à lui.

— Putain, regarde-toi, lâche-t-il d'une voix rauque en me donnant une nouvelle claque sur les fesses.

Je pousse un petit cri sous la brûlure légère. Tout mon corps tremble d'impatience tandis que Saint se déshabille. Puis il se laisse enfin tomber à genoux devant moi.

Sa paume se pose sur le bas de mon dos, possessive.

— C'est ça que tu aimes ?

— J'aime tout ce que tu me fais, gémis-je en arquant le dos sous sa main.

Je savoure la sensation de l'air frais sur ma peau brûlante.

Saint rit tout bas. Sa main remonte le long de ma colonne et se referme dans mes cheveux.

— Alors montre-moi, ma belle. Montre-moi comme tu aimes prendre ma queue dans ta bouche.

Il pousse les reins en avant et s'enfonce dans ma bouche d'une seule poussée. Surprise, je peine à reprendre mon souffle. Je me sens submergée par cette intrusion et j'adore ça. Son goût, son odeur, son membre épais qui étire mes lèvres, me possédant comme je le désire.

Saint répond à mes efforts pour le prendre le plus profondément possible par un murmure d'appréciation.

— C'est bien, mon cœur, souffle-t-il, d'une voix aussi tendre que ses gestes sont exigeants.

Il s'enfonce à nouveau profondément, baisant ma bouche en me caressant doucement la joue.

— Jusqu'au bout. C'est ça. Putain... T'es tellement parfaite avec ma queue entre tes lèvres.

Je frissonne de volupté sous ses compliments.

— C'est bien, mon cœur, rends-moi dur pour toi, parce qu'on ne fait que commencer...

Brusquement, sa main s'abat sur mes fesses, me faisant gémir de douleur et de plaisir mêlés. Aussitôt, ses doigts, apaisants, si doux, caressent ma peau sensible...

Puis ils glissent entre mes fesses. Je lâche un hoquet de stupeur, alors même que je frémis de plaisir sous la caresse interdite.

Saint serre plus fort ses doigts dans mes cheveux et me maintient fermement en place, sous son contrôle.

— Tu as dit que tu étais à moi, alors j'utilise ton corps. *Tout* ton corps.

Son doigt se fait plus insistant entre mes fesses et je crie de plaisir, terrassée par la violence des sensations.

Quel pouvoir cet homme a sur mon corps ?! Merveilleusement prise au piège entre sa queue qui envahit ma bouche sans répit et ce doigt qui pénètre mes fesses, je perds pied.

C'est tellement grisant, cette sensation qu'il contrôle ainsi mon corps sans effort, qu'il parvient à m'arracher des cris de plaisir à la moindre caresse.

C'est comme si je n'en avais jamais assez.

— Tu aimes, mon cœur ? demande Saint en continuant son massage.

Je gémis autour de sa queue en me pressant sans honte contre sa main. C'est incroyablement bon.

Tout à coup, il me repousse doucement, haletant.

— Sur le dos, gronde-t-il.

J'ai à peine le temps d'apercevoir le désir animal qui ravage les traits de son beau visage qu'il m'allonge sur le carrelage froid, remonte mes jambes en l'air et s'enfonce en moi dans un grondement sauvage.

Je pousse un cri de plaisir. Il est si profondément enfoui en moi que j'en ai le souffle coupé.

J'essaye de m'adapter à la pression mais Saint ne s'arrête pas un instant. Il me baise furieusement, implacablement. La friction de son sexe en moi me fait peu à peu perdre tout repère. Mon esprit et mon corps sont hors de contrôle. Je ne maîtrise plus rien. Je plane complètement. Mes cris se mêlent à ses grondements de plus en plus puissants et au claquement de nos peaux qui se rencontrent. Ma voix se brise à force de crier tellement mon plaisir est violent et désespéré.

C'est tellement fort que la jouissance explose en moi, aveuglante. Mes ongles s'enfoncent dans son dos sous la force de la frénésie qui s'est emparée de moi. Saint ne ralentit pas son rythme fou et un nouvel orgasme me traverse, à peine le premier passé. Et un autre encore... C'est complètement dingue.

Je perds pied. Plus rien d'autre n'existe que ses va-et-vient inflexibles et ses mains crispées sur mes poignets pour me maintenir au sol. Je suis merveilleusement prise au piège, je ne peux rien faire d'autre qu'accepter tout ce qu'il a à donner, m'abandonner entièrement aux ravages qu'il provoque en moi.

— Tessa...

Son souffle se fait de plus en plus rauque, de plus en plus heurté, jusqu'à ce qu'il s'abandonne à la jouissance dans un cri animal.

Nous nous effondrons sur le sol, secoués de tremblements, presque inconscients.

Bordel...

Je tente de reprendre mon souffle, éperdue. Jamais on ne m'avait baisée comme ça, pas même dans mes fantasmes les plus secrets.

Il m'a possédée, utilisée, exactement comme je le lui ai demandé. Un rire incrédule m'échappe. Le plaisir agit encore comme une drogue en circulant dans tout mon corps.

Saint redresse la tête, quittant des yeux le carrelage pour me regarder, l'air aussi épuisé que moi.

— Ça va ?

Il est à bout de souffle, pourtant il écarte tendrement mes cheveux de mon front en sueur, le regard interrogateur.

Je hoche la tête. Enfin... j'essaye. Je ne suis toujours pas sûre d'avoir réintégré mon corps.

— Plus que bien... lâché-je, essoufflée. Qu'est-ce que c'était que *ça* ?

Il rit doucement.

— Tu vas finir par me tuer, tu le sais ?

— Moi ? C'est vous qui avez tout fait, professeur, protesté-je en me blottissant contre lui.

— Menteuse.

Il caresse mes cheveux, pendant que nos souffles s'apaisent doucement.

— Bordel, Tessa... t'es incroyable.

— T'es pas mal non plus... rétorqué-je avec un sourire satisfait.

Nous restons ainsi un moment, savourant notre proximité et l'intense satisfaction de nos corps, jusqu'à ce qu'un bruit de bouillonnement me parvienne.

— Merde, l'eau !

Je bondis sur mes pieds et fais le tour de la table. Sur le feu, la casserole est quasiment vide, seul un fond d'eau bouillonne furieusement. Au moment où j'attrape un gant, Saint se lève et s'étire paresseusement.

— Je vais prendre le relais, annonce-t-il en rajustant son boxer. Toi, installe-toi juste là et contente-toi d'avoir l'air appétissante.

— T'en es vraiment sûr ? Avec tes exploits en cuisine...

— Tu vas jamais me lâcher avec ça, pas vrai ? s'esclaffe-t-il en déposant un baiser sur mes lèvres avant de se concentrer sur le contenu de la casserole. Vas-y, détends-toi. Tu mérites qu'on soit aux petits soins pour toi après un tel exploit.

— Tu sais quoi ? T'as raison, déclaré-je, rayonnante. Je vais m'installer et profiter de la vue.

J'ai l'impression d'être sur un petit nuage. Alors, si un homme incroyablement sexy et à moitié nu a envie de me préparer à dîner et de veiller à mon bien-être, je ne vais pas me battre contre ça.

J'enfile sa chemise et la boutonne. Perchée sur une chaise de bar, je sirote mon verre de vin, qui a miraculeusement survécu à nos ébats.

Un large sourire aux lèvres, Saint découpe et fait sauter les ingrédients pendant que je redescends lentement sur terre.

En le regardant cuisiner, je réalise que tout est différent entre nous, désormais. L'alchimie sauvage était là dès le début, mais avant, nous étions animés par une sorte de feu brutal, par l'excitation de la nouveauté. Ce désir incontrôlable est toujours là, capable de m'emmener au septième ciel, mais il y a autre chose entre nous, maintenant.

De la confiance.

Une confiance à laquelle je m'abandonne complètement, parce que je sais que Saint prendra soin de moi, quoi qu'il arrive. Et cette confiance me permet d'être encore plus audacieuse et libre qu'avant, parce que je sais qu'une fois la brume du plaisir dissipée, je ne me retrouverai pas toute seule avec mes questions.

Il est à mes côtés, désormais.

Saint remplit nos assiettes et s'installe à son tour. Il me tend la mienne, remplie de pâtes à ras bord, et j'y plante aussitôt ma fourchette, affamée.

— Mmmh ! C'est délicieux ! m'exclamé-je. Pas mal du tout pour un sous-chef.

Il rit.

— Je n'ai fait que suivre tes instructions expertes.

Il nous ressert du vin et nous passons quelques minutes à dévorer avec appétit.

Ce n'est qu'à la moitié de son assiette qu'il me demande :

— Alors, tu veux qu'on commence ?

— Qu'on commenche quoi ? répliqué-je, la bouche pleine.

— La liste des suspects. Notre enquête.

Oh. Ça...

Je lève les yeux et découvre son air entendu.

— Tu as déjà commencé, n'est-ce pas ?

— Peut-être un peu... Juste des recherches pour découvrir leurs antécédents. Je connais un peu Max et Hugh, mais ce Sebastian Wolfe... il a un sacré dossier.

Saint secoue immédiatement la tête.

— Ce n'est pas Seb. D'eux tous, c'est mon ami le plus proche, affirme-t-il d'un ton déterminé. Il n'a pas pu faire ça. Aucune chance.

Je suis traversée d'un frisson désagréable devant la loyauté instinctive dont Saint fait preuve vis-à-vis de ses amis. D'une manière ou d'une autre, très bientôt, cette loyauté sera mise à l'épreuve.

— Eh bien, si ce n'est pas lui, on devrait l'écarter de la liste au plus vite. Ce serait le plus simple.

Saint acquiesce lentement.

— Tu as raison. Je vais l'appeler pour lui demander quand on pourrait se voir.

Il s'interrompt un instant.

— Il n'y a aucun moyen de rendre ça facile, hein ? demande-t-il, et ma poitrine se serre.

Je ne suis plus la seule à mettre ma vie entre parenthèses pour obtenir justice. La sienne aussi en sera bouleversée.

— Tu as déjà des regrets ? demandé-je avec légèreté en guettant sur son visage la vérité.

Mais son regard est droit, sincère. Il n'y a aucun secret caché dans les ombres de ses yeux.

— On trouvera les réponses, affirme-t-il en serrant ma main. Je suis à tes côtés, quels que soient tes choix.

— Ou sur moi… ou derrière moi, lancé-je avec un sourire provocateur pour alléger l'ambiance.

— Ne me dis pas que tu es déjà prête pour le deuxième round, s'amuse-t-il avant de m'attirer brusquement sur ses genoux.

Il m'embrasse lentement, langoureusement, jusqu'à ce que mon souffle se fasse haletant.

— Va falloir que tu tiennes le rythme, mon vieux, soufflé-je.

Il rit tout bas.

— Tu vas regretter ces mots, mon cœur.

Il me mordille la lèvre, et mon sang s'enflamme aussitôt.

— Je n'attends que ça, réponds-je avant de m'abandonner à son étreinte.

Quels que soient les choix difficiles qui nous attendent, on est à nouveau ensemble, et pour le moment, c'est tout ce dont j'ai besoin.

Chapitre 6

Tessa

J'accepte le job à la Fondation Ambrose. Je ne sais absolument pas comment je vais me débrouiller pour jongler entre ça et mon travail pour l'université. D'autant que j'ai déjà un retard astronomique de ce côté-là, mais puisque Hugh Ambrose est sur ma liste de suspects, je ne peux pas manquer cette occasion de l'étudier de plus près et d'en découvrir plus sur lui.

— Super nouvelle ! s'exclame-t-il avec enthousiasme quand je l'appelle pour l'informer de ma décision. Tu seras un vrai plus pour l'équipe ! Priya, la manager, me parle encore des idées géniales que tu lui as transmises la semaine dernière.

— J'ai vraiment hâte de commencer, réponds-je en toute honnêteté. Cela dit, pour le moment, je vais devoir bosser à distance depuis Oxford parce que j'ai encore des cours à suivre.

— Aucun problème, assure Hugh sans hésiter. On va se débrouiller pour que ça marche.

— Et si je commençais par travailler sur une vraie présentation de mon plan pour utiliser les influenceurs des réseaux sociaux afin d'élargir notre cible ? Je pourrais venir au bureau en fin de semaine et présenter tout ça à l'équipe ?

— Ce serait génial ! approuve Hugh. Je vais envoyer les infos pour que nos gars de l'informatique préparent tous tes accès. Bienvenue dans l'équipe !

— Merci encore de m'offrir cette opportunité. J'ai vraiment hâte de participer à ce que vous faites.

Et de découvrir au passage si Hugh cache une part sombre.

Je passe le reste de la semaine à Oxford chez Saint, à essayer de rattraper mes devoirs tout en préparant ma présentation pour Hugh et son équipe.

Hugh a franchement l'air d'un type bien et je me sens déchirée. Sa fondation fait vraiment un boulot super et soutient des projets philanthropiques à travers le monde. Pour autant, je ne peux pas simplement me fier à sa bonne humeur ou à ses bonnes actions - en tout cas, pas tant que je n'aurai pas vérifié qu'il a un alibi pour l'agression de Wren.

Il est tout aussi puissant que les autres et je ne dois pas l'oublier. Son père est un politicien influent qui sera nommé Premier ministre d'ici quelques semaines, à en croire les sondages. Hugh a la richesse, les connexions, le fameux tatouage… et beaucoup à perdre.

Assez pour envoyer une brute anonyme me menacer ? Je frissonne en me rappelant l'attaque que j'ai subie. J'ai encore un bleu qui tire sur le jaune en travers des côtes. Un type masqué m'a secouée pour me dire de lâcher mon enquête sur la confrérie Blackthorn.

Tout ça n'est pas un jeu. Ces gens sont prêts à tout pour cacher leurs crimes.

Mais je ne peux pas m'arrêter maintenant. Pas alors que je m'approche enfin de la vérité.

Je suis si près de venger enfin la mort de ma sœur… Celui qui l'a droguée, enlevée, et lui a fait subir Dieu sait quoi dans cette maudite cellule, est responsable de son suicide. C'est lui qui l'a brisée et l'a entraînée dans une spirale infernale. Il a détruit la jeune femme joyeuse et optimiste qui était sur le point de rendre le monde meilleur grâce à ses recherches médicales. Il m'a pris ma sœur adorée. Ma protectrice. Mon amie.

Alors, qui que ce soit, je vais lui faire payer.

— Ton premier jour au bureau... J'aurais dû te prendre une sacoche.

La voix de Saint me tire de mes pensées et je tourne la tête vers lui. Nous sommes partis tôt en voiture pour Londres avec nos valises pour le week-end, parce que Saint doit rendre visite à sa famille. De mon côté, j'ai échangé des mails avec Priya et les autres membres de l'équipe toute la semaine.

— C'est pas un vrai travail, je lui rappelle en jetant un œil au paysage par la fenêtre. C'est juste un prétexte pour me rapprocher de Hugh.

— Et aussi parce que tu y crois vraiment, réplique-t-il avec un regard entendu. J'ai vu ton expression après ton premier jour là-bas. Tu as aimé l'équipe et la mission. Tu n'aurais pas travaillé si dur sur ta présentation si ce n'était pas le cas.

— Bon, OK, peut-être que je suis enthousiasmée, admets-je. La Fondation Ambrose est au top.

— Et quand on aura innocenté Hugh, tu vas t'éclater à bosser là-bas, dit-il avec légèreté, les yeux sur la route.

À nouveau, je suis traversée par cette sensation de malaise. Parce qu'un jour prochain, très bientôt, on trouvera la preuve qui désignera l'un de ses amis d'enfance comme un monstre et quand ce jour viendra... Je ne suis pas sûre que Saint soit prêt à y faire face.

Il dit qu'il est de mon côté et qu'il m'aidera à découvrir la vérité quoi qu'il advienne, mais pour le moment, nous n'en sommes qu'aux suppositions et aux hypothèses. C'est facile d'apporter son soutien quand le coupable reste encore un mystère.

Saint sera-t-il capable de regarder un ami dans les yeux et de le laisser tomber, après des décennies d'amitié ?

— Tu stresses pour la présentation ? demande-t-il. Ne t'inquiète pas, tu vas être géniale.

— Tu as déjà parlé à Sebastian Wolfe ? rétorqué-je en ramenant la conversation sur l'un des noms de la liste de suspects. Tu as dit qu'il serait peut-être dans le coin ce week-end.

— Oui, il m'a répondu. Lui et sa femme Avery sont arrivés hier soir. Je leur ai proposé un dîner ce soir. Ils doivent me dire dans la journée si le décalage horaire ne les a pas trop crevés. Mais dans tous les cas, on les verra ce week-end.

Je hoche la tête, heureuse de voir que notre plan prend forme. Je brûle d'impatience, pourtant je sais que ce secret sera difficile à déterrer. Il me faudra encore beaucoup de patience et de stratégie pour parvenir à découvrir ce qui est arrivé à Wren.

— Appelle-moi dès que tu as des nouvelles. Je vais passer la journée à la Fondation et après, je te retrouve chez toi à Kensington ?

— Oui. D'ailleurs, tiens, lance-t-il en sortant une clé de sa poche. La clé de la maison. Je vais t'envoyer le code de l'alarme par message.

Je ne peux retenir un large sourire. Incroyable à quelle vitesse ma situation matérielle a évolué depuis ma petite coloc d'étudiants aux propriétés luxueuses de Saint.

— T'es certain qu'il n'y a pas d'autres domaines à ajouter à ta collection ? plaisanté-je en accrochant la clé à mon porte-clés où brille déjà celle de la maison d'Oxford. Un pied-à-terre à Paris, peut-être ? Une villa aux Bermudes ?

Saint me sourit.

— Effectivement, maintenant que tu en parles… On a une propriété en Écosse, un domaine familial en Provence…

J'oublie parfois qu'il est Anthony St Clair, futur duc d'Ashford et héritier d'un empire pharmaceutique.

— Évidemment, plaisanté-je. Tu vas aller travailler dans les bureaux de ton père, aujourd'hui ?

Il hoche la tête, visiblement réticent.

— Mon père y va doucement, donc je vais voir comment je peux aider au siège.

— Il a de la chance d'avoir un fils comme toi.

Il me répond d'un rire sans joie.

— Dis ça à ma mère. Elle m'a harcelé toute la semaine pour que je m'implique dans l'entreprise.

— Moi, je suis fière de toi. Ashford a financé les recherches de Wren sur la maladie d'Alzheimer, alors je sais que l'entreprise de ton père œuvre pour la bonne cause. Pour aider des gens. Et comme mon opinion est sans aucun doute la plus importante, ben...

Il rit, mais je peux lire l'appréhension dans son regard. Dire que les relations avec sa famille sont compliquées est un euphémisme. Il a passé des années à lutter pour échapper aux responsabilités qui sont brusquement retombées sur ses épaules à la mort de son frère aîné. L'accident cardiaque de son père n'a fait qu'alourdir son fardeau.

— Tu vas très bien t'en sortir, le rassuré-je. J'ai confiance en toi.

— C'était pas ma réplique, ça ?

Je lui adresse un clin d'œil.

— Promis, je te créditerai en note de bas de page.

Saint me dépose devant les bureaux de la Fondation, qui se trouve dans un quartier cool de l'Est londonien, dans un ancien entrepôt rénové en bureaux modernes. L'open space est magnifique.

J'apprends que Hugh est en rendez-vous à l'extérieur toute la matinée, alors je vais pouvoir tranquillement terminer ma présentation et revoir mes notes.

— Prête à te lancer ? me demande Priya en s'arrêtant devant mon bureau.

Âgée d'une quarantaine d'années, c'est une femme au caractère bien trempé et je vais devoir l'impressionner. D'autant que Hugh m'a engagée sans aucune référence, seulement parce que je sortais avec Saint et qu'on a discuté une fois.

— Yep ! Je suis prête !

Enfin... j'espère. Je bondis sur mes pieds et saisis mon dossier.

— On s'est installés à l'étage, dans la salle de conférences, annonce-t-elle en me conduisant vers l'escalier.

Elle doit sûrement percevoir la terreur dans mes yeux, car elle ajoute :

— Tu sais, c'est très simple, ici. Pas besoin de nous faire une présentation de fou. Tu peux juste discuter avec nous, nous dire à quoi tu as pensé et comment on pourrait mettre en œuvre ton plan.

Je hoche la tête, légèrement détendue. Priya me présente au reste de l'équipe chargée des levées de fonds. Ils ont tous l'air sympa et sont visiblement impatients de m'entendre.

Je prends une inspiration et me lance.

— Alors, j'ai mis sur pied un plan d'action pour la prochaine campagne dédiée à l'initiative « eau propre »...

Je continue de dérouler mon exposé, plus confiante à mesure que je vois leurs expressions intéressées.

Hugh m'avait prévenue que, jusque-là, la Fondation était restée sur des méthodes traditionnelles pour obtenir des fonds : galas de charité et enchères dans la bonne société. Seulement, ce genre d'événements, s'ils rapportent des fonds importants, engloutissent souvent une bonne part des bénéfices dans les coûts de réception. C'est pour ça qu'il cherche une autre approche. J'ai suggéré qu'on se tourne plutôt vers les influenceurs des réseaux au travers de partenariats pour toucher leur audience.

— J'ai établi une liste des influenceurs que nous devrions viser, expliqué-je en leur tendant les documents que j'ai préparés. Les dix premiers noms devraient déjà nous apporter plus de vingt millions de followers.

— Vingt millions ? répète Priya, stupéfaite. C'est plus que ce qu'on obtient avec une campagne de pub nationale.

— Et tout ça pour un coût minime, ajouté-je. Je les ai déjà contactés pour savoir ce qu'ils pensaient d'un éventuel sponsorat et, honnêtement, je crois que la plupart seraient prêts à devenir nos partenaires sans contrepartie financière. C'est bon pour leur image de participer à une mission de charité. Tout le monde est gagnant.

— Ça m'a l'air génial.

Je tourne la tête vers la porte. Hugh se tient sur le seuil, un sourire aux lèvres.

— Tu démarres sur des chapeaux de roues, on dirait…

Les autres confirment avec des sourires et des sifflements impressionnés.

— Tu devrais poursuivre ce que tu as commencé, confirme Priya. Tiens-moi au courant et dis-moi si tu as besoin de quoi que ce soit pour avancer.

La réunion se termine et je me sens à la fois fière de moi, et soulagée de ne pas m'être ridiculisée pour mon premier jour.

— Je savais que tu serais un atout pour notre équipe, commente Hugh en me raccompagnant en bas. Qu'est-ce qui t'a fait changer d'avis, au fait ?

— Oh… c'est une cause tellement géniale, réponds-je vaguement, parce que je ne vais quand même pas lui dire qu'il est le premier suspect sur ma liste. Parler avec toi m'a convaincue !

— J'ai une sacrée force de persuasion, alors, sourit-il.

Il a des cheveux blonds en bataille et un look de premier de la classe avec sa chemise boutonnée jusqu'en haut et ses lunettes à fine monture dorée. J'ai toujours trouvé que c'était le plus gentil des amis de Saint, sincère, un peu sous-estimé… Mais maintenant, je le regarde d'une tout autre façon, en quête du moindre signe de duplicité.

— Comment ça va, toi ? demandé-je quand on arrive à mon bureau.

Je lui adresse un sourire amical. L'unique raison de ma présence ici est de me lier d'amitié avec lui pour en apprendre le plus possible.

— Je ne t'ai pas vu depuis… la soirée Blackthorn, c'est ça ?

— C'était une soirée sympa.

— C'est vrai. Même si, honnêtement, je m'attendais à un peu plus venant de la grande confrérie secrète de Blackthorn.

Hugh s'esclaffe.

— Finalement, les sociétés secrètes sont tout à fait banales, pas vrai ? On fait juste croire qu'on vit des aventures folles pour que le reste du monde nous croie infiniment plus cool qu'on ne l'est.

— Ah, donc c'était une réunion tout à fait classique ? demandé-je en gardant un ton léger. Tu assistes souvent à ce genre de truc ?

Hugh grimace.

— Je devrais. Mon père n'arrête pas de me répéter que c'est important pour la perpétuation de la tradition, mais en fait, je trouve tout ça très ampoulé. Cela dit, ces réunions sont essentielles pour le business, ajoute-t-il avec un signe de tête vers les bureaux. La plupart de nos gros donateurs appartiennent à Blackthorn, alors ces réceptions sont principalement un outil de relations publiques pour le travail. Enfin, c'est ce que je me dis quand je suis coincé avec Humphrey Hewton Littlegate à papoter des résultats de cricket de 1974.

Je ris avec lui.

— C'est pour ça que c'est super de t'avoir dans l'équipe, reprend-il avec un sourire amical. Et puis, je ne devrais sans doute pas dire ça, mais je n'ai jamais vu Saint aussi heureux. Déjà, le voir à l'une de ces soirées est hyper rare, mais avec le sourire, en plus ? Ce n'était jamais arrivé. J'espère vraiment que ça va marcher entre vous.

— Merci. Moi aussi.

Mon téléphone se met à vibrer sur le bureau et je regarde le nom s'afficher à l'écran.

— Quand on parle du diable... Ou plutôt, du Saint...

— Dis-lui qu'il me doit toujours une partie de squash, rit-il avant de me laisser.

Je décroche.

— Alors ? Comment ça s'est passé ? Je parie que tu as tout déchiré. Ils ont dû en faire tomber leurs cravates !

— Les gens ici sont beaucoup trop cool pour porter des cravates. Mais oui, ça a été. Mieux que ça, même.

— T'es ma star.

Son compliment m'emplit d'une chaleur réconfortante.

— Et toi ? Comment ça se passe dans l'entreprise ?

J'entends son soupir.

— Comme d'habitude. Toujours les rapports financiers, les mêmes remarques passives-agressives...

— Du moment que tu t'éclates, plaisanté-je, heureuse de l'entendre rire.

— J'ai eu des nouvelles de Seb. Ils nous retrouvent pour dîner ce soir.

Cette annonce me fait l'effet d'un coup à la poitrine.

— Sérieux ? C'est génial !

Saint n'a pas l'air aussi enthousiaste que moi, mais il reprend :

— On se retrouve d'abord à la maison et on les rejoindra au restaurant ensemble.

— Parfait.

Mon esprit tourne déjà à plein régime, alors que je réfléchis aux meilleures tactiques pour obtenir des réponses.

— Et je t'ai envoyé un petit quelque chose, ajoute-t-il avant de raccrocher trop vite pour que je puisse lever le mystère.

Je lève les yeux et regarde autour de moi. Est-ce qu'il a organisé une nouvelle livraison de fleurs ? Apparemment pas.

Je me remets au travail et passe l'heure suivante à mettre en place les différentes étapes du plan d'action que j'ai présenté. Mais quand je m'arrête pour prendre un petit café dans l'après-midi, je me retrouve face à un visage familier.

— Tessa ! me salue Imogen, la cousine de Saint, avant de me faire la bise.

Sophistiquée et élégante, Imogen n'a pas tout à fait la trentaine et elle dirige une entreprise d'événementiel florissante.

— Tu organises une réception de levée de fonds avec Hugh ? demandé-je.

— Non, répond-elle avec franchise en passant sa main manucurée dans ses cheveux blond brillant. J'ai pensé qu'il était grand temps qu'on apprenne à mieux se connaître toutes les deux. Saint m'a dit que tu étais en ville et que mes talents d'experte du shopping pourraient t'être utiles. Il m'a donné sa carte, donc nous avons un crédit illimité, ajoute-t-elle en m'entraînant déjà vers la sortie.

Je m'immobilise, un peu offensée.

— Tu plaisantes ? Saint pense que je dois changer de look ?

Imogen m'offre un sourire désarmant.

— Ma chérie, je ne plaisante jamais à propos de mode.

Je secoue la tête, toujours mal à l'aise.

— Je suis désolée, mais je ne peux pas dépenser cet argent. C'est un peu trop *Pretty Woman* pour moi.

Elle hausse l'un de ses sourcils parfaitement épilés.

— Donc, tu as une robe de cocktail pour le dîner de ce soir ? Une tenue de tennis, au cas où Max et Annabelle décideraient de faire un double ce week-end, et deux ou trois autres robes de soirée, parce que Dieu sait que les St Clair ont un calendrier social chargé. Et puis, bien sûr, il reste encore les réceptions de levées de fonds et...

— OK, OK, je l'interromps dans un rire.

J'ai bien compris que ma garde-robe d'étudiante ne va pas passer dans l'univers aristocratique de Saint. Et si je veux faire en sorte de me fondre dans la masse pour poursuivre mon enquête tranquillement...

— Quand tu évoques un crédit illimité, tu parles de quel montant, exactement ?

Imogen affiche un immense sourire.

— Ah, j'aime mieux ça !

Imogen commande un taxi qui nous emmène jusqu'aux boutiques chics de Bond Street. Il me suffit d'un coup d'œil aux vitrines pour savoir que je ne pourrais rien m'acheter là-dedans.

À l'intérieur d'un de ces magasins, je découvre sans surprise des sols brillants, du mobilier luxueux et des vendeuses prétentieuses. Mais, bien entendu, Imogen est comme un poisson dans l'eau. Elle traverse la boutique en jetant un rapide coup d'œil aux portants et fait signe de la main à une styliste. Évidemment, elle l'appelle par son prénom.

— Hello, Samantha. Peut-on voir la nouvelle collection ? C'est pour mon amie. Je pensais à ces magnifiques ensembles en soie. Je me dis que le bleu marine s'accorderait parfaitement à sa carnation.

— Avec quelques touches de couleur sur les bijoux, ce sera parfait, confirme la fille avec enthousiasme.

— Exactement ! rayonne Imogen. Tessa, ta taille ?

— Euh… Taille huit américaine. Je ne sais pas ce que ça donne ici, balbutié-je, stupéfiée par leur échange vif.

— Ne t'inquiète pas. Sam trouvera la taille idéale. Elle est douée.

Je suis Imogen, qui me conduit jusqu'à une cabine d'essayage splendide. Après six essais, je jette un œil aux étiquettes qui indiquent les prix et je me sens nauséeuse : une seule chemise coûte plus cher que ma bourse du semestre.

— Qu'est-ce que tu as pour l'extérieur ? me lance Imogen à travers les épais rideaux de velours.

— Euh… c'est-à-dire ? réponds-je après une profonde inspiration.

Du calme. C'est Saint qui a offert de payer pour cette nouvelle garde-robe. Insisté, même.

— Manteaux, vestes, capes… énumère-t-elle en ouvrant le rideau d'un seul coup.

Elle parcourt du regard la tenue que je viens d'enfiler.

— Des capes ? répété-je, amusée.

— Oui, pour l'opéra et les réceptions formelles… Oui, et oui, décide-t-elle en fermant les boutons à l'arrière de mon haut de soie. J'adore. Essaye le rouge, maintenant.

Je lève la main pour l'arrêter.

— Waouh ! Est-ce qu'on peut souffler une minute ? Ou, tu sais, juste retrouver un rythme humain, au lieu de ta vitesse supersonique ?

Imogen s'interrompt et m'adresse un sourire d'excuse.

— Désolée, je peux être un peu trop… efficiente, parfois. C'est l'habitude de l'événementiel. Quand il faut monter seize arches de roses en une heure et que la future épouse paniquée s'effondre en te parlant de la bite capricieuse de son fiancé, tu développes une tendance à régler les problèmes en vitesse.

Je lui souris en retour.

— Bon, alors cette fois, qu'est-ce que tu dirais de t'installer au calme pour profiter du champagne et des cookies ? proposé-je en désignant le plateau qu'une vendeuse vient d'apporter. Et parle-moi de cette bite capricieuse. J'ai au moins la moitié du magasin à essayer, alors ça va prendre un bon moment.

Imogen rit et s'installe confortablement sur le canapé moelleux en face de la cabine.

— En fait, tout a commencé à la répétition du dîner, commence-t-elle avant de me raconter l'histoire de ses derniers clients, qui ont traversé une grosse crise à quelques jours du mariage et ont fini par un plan à trois avec la demoiselle d'honneur.

— Sérieux ? Ils ne se sont quand même pas mariés après ça ?

Les yeux ronds, j'émerge de la cabine dans une longue robe fourreau bleu nuit. Sous les spots de la boutique, le tissu brille comme du pétrole, et force est de reconnaître que je la trouve fabuleuse.

— Oh ! si, répond-elle en se levant pour m'aider à refermer les minuscules attaches. Vu la quantité d'argent dépensée par les familles pour le week-end... impossible d'annuler ! Enfin, on dit que leur amie très spéciale les a rejoints pendant leur lune de miel.

Elle recule d'un pas et a un hochement de tête approbateur.

— On dit oui à celle-ci aussi.

Je déglutis. On a déjà dit oui à une énorme quantité de pièces hors de prix et, même si je suis censée faire flamber la carte de crédit de Saint, je ne peux pas m'empêcher de calculer le montant total. Je me sens blêmir.

Imogen doit lire la panique sur mon visage, car elle me sourit.

— Ne t'en fais pas, il peut parfaitement se le permettre.

— Tu es sûre ?

On a déjà mis de côté trois robes de soirée, deux de cocktail et une tonne de pantalons et hauts chics, sans même parler des chaussures et des accessoires qu'Imogen a ajoutés à la pile.

Il doit bien y en avoir pour cinquante mille dollars de fringues, nonchalamment éparpillées dans la boutique.

— Tu ne sais vraiment pas ?

Je me retourne et découvre le regard curieux d'Imogen posé sur moi.

— Je ne sais pas quoi ?

— Les St Clair sont très, très riches, lâche-t-elle d'un ton factuel.

— Peut-être, mais Saint est professeur. C'est un universitaire...

— Un universitaire avec un fonds à huit chiffres dont il a hérité le jour de ses vingt-cinq ans, finit-elle pour moi. Et ce n'est que le début. Il aime faire comme s'il était l'un de ces poètes libertins qu'il enseigne, mais il est surtout l'héritier de l'un des plus anciens et plus riches domaines de tout le pays. Sans parler d'Ashford Pharma...

Elle hausse les épaules devant mon silence stupéfait.

— Nous, les Britanniques, nous sommes toujours très discrets en ce qui concerne l'argent, mais tu dois comprendre la situation. Surtout si ça devient sérieux entre vous.

Je m'assois le temps de digérer ces informations. Bien sûr, je sais depuis le début que Saint est riche, mais c'était une idée vague, lointaine.

— Qu'est-ce que je devrais savoir d'autre ? À propos de Saint, je veux dire. Tu le connais mieux que personne et, en prime, on sait tous que tu n'édulcores jamais la vérité.

Sous ses airs de parfaite demoiselle de la bonne société, Imogen a une intelligence acérée et un esprit direct que j'aime beaucoup. Je peux lui faire confiance pour ne pas s'en tenir au bavardage et aux politesses habituelles.

Elle prend le temps de siroter une gorgée de champagne en m'étudiant avec attention.

— Tu es déjà au courant de son goût pour les étudiantes bouche bée devant son charme, je suppose ?

Je hoche la tête.

— J'ai entendu pas mal de récits… Il a une solide réputation à Ashford.

— Amplement méritée. Il aime la variété. Les aventures et les conquêtes nouvelles, continue Imogen en levant les yeux au ciel. Je l'adore comme un frère, vraiment, mais il n'a jamais commencé un vague début de relation suivie sans partir en courant dans l'autre sens. Jusqu'à toi… Il semble différent maintenant. Manifestement, tu sais comment lui tenir la bride.

J'ai soudain l'image de cette femme qui tenait son partenaire en laisse et le promenait dans le club libertin où Saint m'a emmenée. Je m'étouffe à moitié sur ma gorgée de champagne.

— Excuse-moi, toussoté-je en me ressaisissant.

Imogen a l'air tellement distinguée et maîtresse d'elle-même que je ne vais pas la choquer en lui racontant le côté sauvage de Saint.

— Les choses n'ont pas l'air simples dans cette famille. Après ce qui est arrivé à Edward… ajouté-je, toujours en quête d'autres informations.

Elle hoche la tête, l'air soudain triste.

— Saint l'adorait. On l'adorait tous. Edward était un homme bien et quand il a été tué en Afghanistan… Personne n'a su comment gérer le choc. En une seconde, tout a changé – en particulier pour Saint. Il ne s'était jamais préparé à hériter du titre et encore aujourd'hui… je crois qu'il est toujours dans le déni.

— Son petit frère Robert paraît plus adapté pour le rôle. Saint dit qu'il travaille déjà pour Ashford Pharma et gère les affaires familiales. Pourquoi ne peut-il pas prendre en charge les tâches officielles liées au titre ?

Imogen m'adresse un sourire triste.

— Ça ne marche pas comme ça. Malheureusement, le domaine Ashford est directement lié à la lignée mâle. Saint étant désormais le plus âgé des fils, c'est lui qui obtiendra tout. Qu'il le veuille ou non.

— C'est injuste, pour l'un comme pour l'autre, lâché-je, les sourcils froncés.

— Bienvenue dans le monde merveilleux de l'aristocratie britannique ! se moque-t-elle. La justice et l'équité ne font pas partie du menu, navrée.

Je hoche la tête, tandis que ses paroles pénètrent lentement mon esprit. Saint ne vient pas simplement d'un autre pays que le mien. Il appartient à un monde qui m'est complètement étranger. Un monde où le droit de naissance et l'héritage décident de la destinée de quelqu'un à l'instant même où il vient au monde.

— Sa mère... reprends-je avec hésitation. Elle n'a pas l'air de beaucoup m'apprécier.

Imogen croise mon regard.

— Tante Lillian n'aime rien d'autre que le saut d'obstacles, Chanel et ses caniches, plaisante-t-elle. Ne t'en fais pas.

— Elle m'a plus ou moins mise en garde pour me dire de ne pas sortir avec Saint, avoué-je en me rappelant la scène désagréable à l'hôpital.

Je retiens un frisson au souvenir de son regard empli d'une détermination glacée.

— Évidemment, répond Imogen en s'adoucissant face à mon expression. Écoute, dans ce monde, le mariage est souvent considéré comme... une fusion de deux entreprises. Bien sûr, personne ne nous oblige plus à épouser quelqu'un choisi par nos parents dès le berceau, mais il y a toujours une pression horrible qui pèse pour s'assurer qu'on fasse le bon choix. La bonne personne, issue de la bonne famille, avec le bon pedigree. Bref, le ou la candidate qui apportera des bénéfices à tout le monde. Ce n'est pas pour rien que Max Lancaster épouse une aristocrate comme Annabelle, qui est trente-huitième en ligne directe pour le trône d'Angleterre. Et de son côté, elle a une raison à peu près équivalente en milliards de livres de l'épouser. Ce n'est pas seulement parce que votre histoire est récente. Tu es une outsider, sans argent ni lignée, continue Imogen. Sur le papier, tu es la dernière personne qu'ils veulent pour lui.

— Eh ben… génial, maugréé-je, la faisant rire.

— Écoute, Saint se fout de toutes ces conneries. Alors si ça marche entre vous deux, ne te préoccupe pas de l'opinion de Lillian.

Je hoche la tête.

— Et toi, alors ? demandé-je, curieuse. Pas de fusion-acquisition en vue ?

Imogen n'a jamais mentionné sa vie amoureuse et elle me répond avec un large sourire :

— Je préfère construire mon empire.

— Ton entreprise d'événementiel.

— Voilà. Organiser des événements immersifs, explique-t-elle et une expression étrange passe soudain sur son visage.

En un instant, son air absent a disparu et elle reprend :

— Oh ! tu sais, les galas et thés habituels. Rien de bien passionnant.

Quelque chose me dit qu'une femme aussi vive et intelligente qu'Imogen ne perdrait certainement pas son temps dans quoi que ce soit d'ennuyeux. Mais elle est déjà passée à autre chose.

— Je pense qu'on a encore le temps d'essayer une ou deux tenues, déclare-t-elle en me tendant une chemise élégante. Ensuite, je ferais bien de te ramener à Saint avant le dîner !

— C'est reparti ! lancé-je en obtempérant, de retour dans la cabine.

Sauf que je n'ai plus la tête aux essayages, je me projette sur ma rencontre avec Sebastian Wolfe. Un frisson de nervosité me traverse. À quoi ressemble-t-il réellement ? Tout ce que j'ai lu à son propos m'indique qu'il ne faut pas le sous-estimer. Il paraît puissant. Froid. Sans cœur.

Pourtant, Saint jure qu'il est son ami le plus proche et refuse de le croire capable d'une telle agression.

Qui est vraiment cet homme ? Est-ce lui qui s'en est pris à Wren ?

Chapitre 7

Tessa

— Si j'avais su que tu ressemblerais à ça, j'aurais insisté pour qu'on reste à la maison, murmure Saint en glissant une main au bas de mon dos pour me guider vers le restaurant.

Le contact de sa paume chaude sur ma peau nue envoie aussitôt une vague de chaleur dans tout mon corps.

— Alors, tu es fan des résultats de mon expédition shopping ? demandé-je, joueuse.

Il rit tout bas.

— Ton plus grand fan.

— Et tu n'as pas encore vu les dessous que j'ai choisis, minaudé-je.

Je me délecte de son souffle qui s'accélère légèrement.

— Tu m'en diras tant…

Ses yeux me parcourent lentement, comme s'il essayait de voir à travers la soie de la robe bleue que je porte avec des sandales à bride. Mes cheveux sont lâchés et ondulent sur mes épaules. Le résultat est élégant sans excès. Enfin, c'est ce que j'espère. Apparemment, Saint apprécie la tenue, puisqu'il se penche pour me souffler à l'oreille :

— On ne t'a pas appris que c'est cruel de jouer les tentatrices ?

— Prends-le plutôt comme un entraînement à la patience, répliqué-je dans un sourire.

Il me tient la porte ouverte et nous entrons dans le restaurant, un japonais à la mode qui vibre d'animation sous les lampes tamisées et le long de comptoirs de bois sombres.

La foule rassemblée est jeune, et incroyablement glamour. Je remercie intérieurement Imogen de s'être assurée que je sois suffisamment habillée pour la soirée.

Une hôtesse se matérialise devant nous et salue Saint par son nom :

— Monsieur St Clair. Si vous voulez bien me suivre. Vous êtes les premiers arrivés.

Je pousse un soupir de soulagement. Tant mieux. Ma nervosité n'a fait qu'augmenter tout l'après-midi, mais maintenant qu'on est sur place, mes nerfs sont tendus à l'extrême.

Comment je vais gérer cette histoire ? La question me noue le ventre alors que je les suis vers une table installée dans un coin privé. On est visiblement dans la partie réservée aux VIP.

Je compte regarder Sebastian Wolfe dans les yeux, mais qu'est-ce que je suis censée dire ? « Au fait, c'est pas toi qui aurais enlevé et agressé ma sœur l'année dernière ? » Mouais, pas sûre que ça fonctionnerait très bien.

Saint tire une chaise pour moi avant de poser une main rassurante sur mon épaule.

— Détends-toi, ce n'est qu'un dîner.

Sauf que ce n'est pas vrai. Pas pour moi. Au contraire, les enjeux sont de plus en plus élevés. Plus j'avance dans mon enquête, plus je me demande qui serait capable d'un acte prémédité d'une telle cruauté. L'homme que je recherche est un monstre qui se cache paradoxalement à la vue de tous.

— Le voilà ! lance une voix derrière nous. Le pécheur en personne.

Sebastian arrive, grand, impeccablement vêtu d'un costume taillé sur mesure. Il prend Saint dans ses bras. Les deux hommes rient et se tapent dans le dos comme de vieux amis. Puis il se tourne vers moi.

— Et ce doit être la fameuse Tessa.

Ses yeux d'un bleu perçant parcourent mon visage sans chaleur. Comme Saint, il a les cheveux sombres et des traits aristocratiques ciselés. Mais tout, chez Sebastian, semble plus acéré, plus sévère, comme taillé dans la pierre.

— C'est un plaisir de te rencontrer. Saint ne m'a pas dit grand-chose à ton propos, mais le fait qu'on se rencontre, ici, ça veut dire beaucoup.

— Le plaisir est partagé, réponds-je en lui serrant la main.

Pourquoi particulièrement « ici » ? Je suis curieuse, mais je n'ai pas le temps de lui poser la question, avant qu'il nous présente sa femme Avery. Elle a quelques années de moins que moi, mais elle n'en reste pas moins intimidante. Elle porte un jean noir, des grosses bottes de motarde et un trait d'eye-liner sombre. Le genre dure à cuire.

Il ne fait aucun doute que ces deux-là sont fous amoureux. Ils se touchent constamment - une main sur les épaules, les doigts entrelacés... -, même une fois qu'ils sont assis.

— Juste pour vous prévenir, je ne sais pas combien de temps on va tenir, on est arrivés de Miami hier soir, prévient Seb.

— Lui est en pleine forme, ajoute Avery avec un sourire entendu. C'est moi qui n'ai pas l'habitude du jet-lag.

— Tu es américaine ? demandé-je, contente de reconnaître un accent familier. Tu viens d'où ?

— New York.

Elle me répond en souriant, mais son regard me jauge. Je devine qu'elle n'est pas du genre à se laisser avoir.

— Alors, comment vous vous êtes rencontrés, tous les deux ? m'enquiers-je en faisant un effort pour avoir l'air sympa et amicale.

Après tout, c'est censé être un dîner entre amis, pas l'Inquisition espagnole. Avery et Sebastian échangent un regard.

— Oh ! on a été... présentés par un ami commun, répond-il dans un sourire. Et puis, Avery s'est retrouvée en Angleterre et... on s'est rapprochés.

— Ce qu'il veut dire, c'est qu'il a gagné au poker, alors que j'avais juré de détruire sa vie, précise-t-elle d'une voix suave en prenant une gorgée d'eau. Ce que j'ai fait, d'ailleurs… Seulement, au passage, nous sommes tombés amoureux.

Je cligne des yeux.

— Ah… OK, waouh.

Je jette un regard perdu à Saint, mais il sourit avec amusement. Visiblement, tout ce cirque ne l'étonne pas.

— Et vous deux, alors ? reprend Avery.

— On s'est rencontrés à Ashford, réponds-je précipitamment sans entrer dans les détails. J'étudie là-bas.

— Je suis son professeur, commente Saint. Elle est entrée dans ma salle de cours et m'a outrageusement dragué. J'ai pas pu résister.

— N'importe quoi ! C'est lui qui se comportait comme un vrai connard, à vouloir tout diriger, moi y compris, alors je lui ai dit ce que je pensais de son petit rôle de type qui se la pète.

— Moi, je me la pète ?

Je lui rends son sourire.

— Tu sais très bien que oui.

Il rit et je ne peux pas m'empêcher de me joindre à lui. Et quand mon regard revient sur Sebastian et Avery, je constate qu'ils nous fixent tous les deux avec un intérêt non dissimulé.

— Eh ben… souffle Sebastian avec un sourire moqueur à l'adresse de Saint. Si c'est pas intéressant…

— Fais gaffe, toi ! Interdit de faire peur à Tessa, c'est clair ? Comporte-toi bien. Et toi aussi, ajoute-t-il à l'adresse d'Avery qui feint l'innocence.

— Qui ? Moi ? Tu sais très bien que je suis toujours sage.

Saint lâche un toussotement ouvertement dubitatif avant de boire une gorgée d'eau, puis change brusquement de sujet.

— On commande ?

Immédiatement, le serveur approche et nous recommande un plateau de sushis. J'en profite pour essayer de percevoir les ondes qui passent entre eux. Manifestement, ils sont tous les trois très proches. Mais à quel point ?

— Alors, comment ça se passe à Ashford ? Le doyen lutte toujours pour ne pas partir à la retraite ?

— Il ne mourra nulle part ailleurs que dans la cour Raleigh, répond Saint.

Ils enchaînent tous les deux sur leurs souvenirs d'université, les anciens élèves, les profs... et bientôt, les sushis arrivent. Je suis attentivement la conversation, souriante, attendant l'occasion d'en apprendre plus.

— Je vais voir s'il est dispo, dit Saint. Pour qu'on se retrouve tous.

Sebastian hoche la tête.

— Ça fait un bon moment qu'on n'a pas été tous ensemble.

— Tu ne repasses jamais par Oxford ? demandé-je à Sebastian.

— Parfois. Je suis pas franchement très actif dans l'asso des anciens élèves, mais j'ai quelques affaires dans le coin, donc je reviens de temps en temps.

— C'est vraiment une ville magnifique, insisté-je. J'ai entendu dire qu'il y avait eu beaucoup de changements dernièrement.

— Sans doute, répond-il. Je n'y suis pas allé depuis pas mal de temps.

Toujours aussi vague...

J'essaye de trouver un autre moyen de savoir où il était au moment de l'attaque de Wren, quand je surprends le regard curieux d'Avery. Oups. Je me tais en laissant la conversation dériver sur le sujet de leurs récents voyages avant de refaire une tentative. Avery vient juste de décrire la maison de plage dans laquelle ils viennent de passer les derniers mois, loin de la folie de la presse après le scandale que j'ai découvert en faisant mes recherches.

— La Barbade ? J'en parlais justement avec une invitée en soirée, il y a deux semaines. Vous savez, le grand rassemblement Blackthorn...

Saint me regarde, amusé.

— C'est quel mot qui t'échappe dans « confrérie secrète » ?

— Oh ! désolée ! J'ai seulement supposé que Sebastian en faisait partie, comme le reste du groupe, répliqué-je avec un sourire coupable.

— Non, pas moi, répond Sebastian en avalant une gorgée de saké. Mon sang n'est pas assez noble à leur goût, ajoute-t-il avec un rire sympathique.

— Et à l'époque d'Oxford, il était seulement convenablement riche, et pas horriblement, scandaleusement blindé, précise Saint dans un rire.

Sebastian m'adresse un sourire modeste.

— Que dire pour ma défense ? Les affaires marchent de mieux en mieux.

Je réponds à son sourire, même si je suis déçue d'avoir encore loupé mon coup. Comment vais-je obtenir les réponses dont j'ai besoin en restant discrète ?

— Excusez-moi, dis-je en me levant. Je reviens tout de suite.

Je traverse le restaurant jusqu'aux toilettes et prends un moment pour me ressaisir. Les lieux sont aussi modernes et nickel que le reste : lavabos en béton ciré et lumières d'ambiance. Je m'enferme dans un cabinet et tente de réfléchir à une stratégie.

Saint ne m'aide pas. Il agit comme si de rien n'était, comme si on était à une soirée banale entre vieux potes.

Cela dit, il m'a dit qu'il me laissait gérer. C'est à moi de prendre les choses en main. J'expire lentement pour me calmer. J'espère que la soirée n'est pas déjà un fiasco total.

Quand j'émerge du cabinet, je m'immobilise en découvrant Avery qui m'attend.

— Coucou, lâché-je, surprise.

Elle est appuyée contre le mur, les bras croisés, et ses yeux ne me quittent pas pendant que je me lave les mains.

— C'est cool de voir Saint retrouver de vieux amis, reprends-je. Entendre toutes ces histoires... Quoique, j'ai l'impression qu'ils ne nous racontent pas la moitié des ennuis dans lesquels ils se sont mis.

Avery ne me rend pas mon sourire. Sa façon de me fixer est même intimidante, parce qu'elle a l'air d'une femme qui apprécie de botter des fesses. Et quelque chose me dit qu'elle a bien envie de s'en prendre aux miennes.

— À quoi tu joues ? lance-t-elle, les yeux étrécis.

Je cligne des paupières, sous le choc. L'adrénaline fait courir mon sang plus vite dans mes veines, mais je m'oblige à rester calme. Elle ne peut pas savoir. C'est impossible. Et dans le doute, mieux vaut toujours jouer les idiotes.

— Pardon, j'ignore de quoi tu parles, répliqué-je avec un sourire toujours aussi affable.

Je m'essuie les mains et garde les yeux rivés sur mon reflet, douloureusement consciente de son regard acéré qui ne me quitte pas.

— Tu veux quelque chose, articule-t-elle lentement. Et tu poses beaucoup de questions pour découvrir ce que tu cherches. Je ne sais pas encore de quoi il s'agit, mais ça n'a rien à voir avec de la curiosité.

Je force un rire nerveux.

— Sérieux... Je ne vois pas du tout de quoi tu parles. J'essaye juste d'en apprendre plus sur les amis de Saint, c'est tout.

Je me tourne pour lui faire face et lui adresse un large sourire.

— J'espère qu'on pourra se voir plus souvent à l'avenir.

Avery étrécit un peu plus les yeux, mais elle n'ajoute rien et me laisse quitter la pièce. Elle me suit jusqu'à la table et nous nous rasseyons.

Saint m'adresse un sourire en coin.

— On se demandait si on prenait un dessert...

— La question ne se pose même pas, répliqué-je. On prend un dessert. Toujours.

— C'est bien ce que je pensais, s'esclaffe-t-il en attrapant ma main pour la serrer dans la sienne.

Il se penche pour me murmurer à l'oreille :

— Ça ne nous empêchera pas d'en reprendre un autre tout à l'heure…

Je frémis au contact de ses lèvres et rétorque sur le même ton coquin :

— Comme je l'ai dit : toujours.

Il se rassoit et porte ma main à ses lèvres en me jetant l'un de ses regards brûlants. Juste au moment où je me détends un peu, Avery lâche brusquement :

— Je pense qu'il est temps que vous arrêtiez votre cinéma tous les deux et que vous nous disiez ce qui se passe.

Je me fige. Même Sebastian a l'air stupéfait. Il se tourne vers elle.

— De quoi tu parles ?

— Demande-leur, dit-elle avec un hochement de tête vers Saint et moi. Ils mijotent quelque chose. Je croyais qu'on se connaissait suffisamment pour se montrer honnêtes au lieu de jouer à ces petits jeux, nous trois.

Elle conclut par un long regard soupçonneux dans ma direction.

— C'est rien du tout, assure Saint. Tessa a juste besoin de savoir quelque chose, et il y a une possibilité que…

Je ne le laisse pas finir. Il n'est plus question de se montrer subtils.

— Tu as bien ce tatouage ? Le symbole avec le serpent et la couronne.

Sebastian fronce les sourcils, mais répond sans hésiter.

— Non.

Quoi ?!

— Mais Saint a dit…

Il lève une main pour m'interrompre.

— Je l'ai fait enlever. Te vexe pas, ajoute-t-il avec un sourire moqueur à l'adresse de Saint, mais c'était pas franchement mon style.

— Y a pas de mal, confirme Saint.

— Quand ? Quand est-ce que tu l'as fait enlever ? insisté-je.

— Dis-nous d'abord pourquoi tu veux savoir, lâche Avery. Parce que j'aime pas les menteurs et tu n'as pas arrêté de mentir depuis qu'on s'est assis.

Je soutiens son regard dur.

— Parce que ma sœur s'est fait enlever, torturer et Dieu seul sait quoi d'autre par un homme qui avait ce tatouage, répliqué-je avec la même dureté. Et j'essaye de savoir qui, du groupe, est le coupable.

Le silence tombe.

Sebastian et Avery sont sous le choc. Saint toussote.

— Un peu de saké ? plaisante-t-il pour dissiper le malaise.

Les deux autres l'ignorent.

— Et tu crois que c'est Sebastian ? demande Avery en se redressant sur son siège.

— Il est sur ma liste de suspects et je ne peux pas l'en écarter sans vérification.

Je m'attends à de la colère, à les voir se lever et partir. Au lieu de ça, Avery hoche brièvement la tête.

— Quand ta sœur a-t-elle été agressée ?

— L'an dernier, à l'automne.

Je leur donne la date exacte et Avery se tourne vers Sebastian.

— C'était avant qu'on se rencontre.

Il ouvre son téléphone pour vérifier son agenda.

— J'étais à New York pour affaires, dit-il en relevant les yeux vers moi.

— Tu peux le prouver ?

— Tessa...

Saint me jette un regard furieux, mais je me fiche d'avoir l'air impolie. Je dois être certaine que Sebastian n'est pas le coupable.

— Seb ? insiste Avery qui est visiblement de mon côté.

Peut-être qu'elle veut juste en finir au plus vite avec cette histoire...

— Attends... souffle Seb.

Il scrolle un moment sur son téléphone avant de me montrer l'écran : une photo de lui, au comble de l'élégance, sur un tapis rouge. La légende titre : « La bonne société new-yorkaise de sortie pour une représentation du New York City Ballet ».

Plus bas, il y a une description détaillée des invités et la date.

— Je peux retrouver d'autres photos ou preuves de ma présence à New York cette nuit-là, si tu en as besoin. Mon historique de vols, des témoignages du staff de la soirée…

Je me renfonce dans mon siège en soupirant. Les dates concordent. Ce n'est pas lui.

— Satisfaite ? me lance froidement Avery.

— Oui. Merci.

J'acquiesce, submergée par le soulagement. De toute évidence, Saint tient beaucoup à Sebastian et à leur amitié. Je suis heureuse qu'il ne se soit pas trompé sur lui.

Mais quand je lève les yeux vers Saint, je me raidis. Il a l'air furieux, la mâchoire crispée par la tension.

— Je crois qu'il est temps qu'on parte, lâche-t-il en se levant. Tessa.

Ce n'est pas une question. C'est un ordre.

Merde.

Je me lève avec un sourire gêné et balbutie :

— C'était un plaisir de vous rencontrer. Enfin, sauf la partie interrogatoire. Peut-être qu'on se reverra bientôt !

Saint prend ma main et me tire presque vers la sortie. Je dois accélérer le pas pour rester à sa hauteur. Il ne dit pas un mot avant qu'on se retrouve sur le trottoir.

— Putain, Tessa ! explose-t-il. À quoi tu joues ?

— Je joue à obtenir des réponses, rétorqué-je sans reculer. Exactement comme j'avais dit que je le ferais.

— Ce sont mes amis ! s'énerve-t-il. Et Seb a déjà subi assez de fausses accusations ! Ça t'aurait tuée de faire preuve d'un peu de tact et de diplomatie ?

Il passe une main nerveuse dans ses cheveux.

— J'ai essayé ! protesté-je. Le tact ne menait à rien, alors j'ai décidé d'être directe.

— Et de les insulter frontalement !

Saint fait les cent pas, excédé.

— Ça a marché, non ? On peut le rayer de la liste.

— Seulement parce qu'il est innocent ! proteste Saint, dont les yeux tournent dangereusement au noir. Tu crois vraiment que le véritable coupable va lever les mains en l'air et tout avouer ? « Oups, tu m'as eu », se moque-t-il. Tu dois être plus maligne que ça. Bon sang ! J'avais un plan !

— Et comment j'étais censée le deviner ? répliqué-je vivement.

— Parce que c'est mon univers, mes amis, ma vie que tu réduis en miettes ! Le minimum que tu puisses faire, c'est de me laisser au moins choisir la dynamite avant de tout faire exploser !

Sa voix tendue par la douleur résonne dans la nuit. Nous restons un instant face à face, immobiles, à bout de souffle.

Son univers... Je réalise d'un seul coup la portée de ce que je lui demande. Il doit douter de gens en qui il avait confiance, leur mentir, les interroger pour m'aider à découvrir la vérité. Et il n'a pas hésité un seul instant.

— Je suis désolée, lâché-je dans un murmure en marchant jusqu'à lui. Je sais combien c'est dur pour toi. Devoir prendre parti, choisir à qui ira ta loyauté...

— Sauf que ça ne l'est pas ! s'exclame-t-il, les poings serrés, le corps tendu à l'extrême. Ce n'est pas dur de choisir. Pas une seule seconde. Je te choisis toi, toujours.

Je prends une brusque inspiration, les yeux plantés dans les siens.

« Je te choisis toi, toujours. »

Une émotion puissante monte en moi, une vague de passion trop forte pour lui résister. Je me jette dans ses bras et me hisse vers lui pour capturer sa bouche en un baiser brûlant.

Il gronde tout contre moi et, en un instant, toute notre rage et notre frustration se transforment en désir chauffé à blanc, brûlant dans l'obscurité de la nuit.

Saint me rend mon baiser en m'attirant à lui. Je me retrouve bloquée entre ses bras puissants quand il prend le contrôle et je m'y accroche de toutes mes forces, les lèvres entrouvertes pour accueillir sa langue exigeante.

Je veux plus.

Je suis à deux doigts de lui arracher sa chemise là, au milieu de la rue, mais Saint parvient à me maintenir assez longtemps pour héler un taxi. Nous arrivons rapidement devant chez lui et réussissons à passer la porte d'entrée sans décoller nos bouches et nos mains.

Saint me pousse contre le mur et reprend ma bouche avec une frénésie furieuse. Dans la pénombre de l'entrée, je vois toujours la frustration briller dans ses iris sombres.

— Tu aurais dû me faire confiance, gronde-t-il en m'embrassant dans le cou. Dis-moi que tu me fais confiance, Tessa.

— J'ai confiance en toi, gémis-je en fondant sous sa bouche chaude et douce. Vraiment. Je suis désolée.

Il me soulève et monte les marches vers la chambre à coucher, où nous nous débarrassons de mes habits à une vitesse surhumaine.

— Putain... souffle-t-il en me découvrant dans ma nouvelle lingerie noire. Tu vas devoir me montrer tout ce que tu as pris.

— Plus tard, dis-je en le ramenant à moi par le col de sa chemise. Pour le moment, déshabille-toi.

— Avec plaisir, gronde Saint en basculant sur le lit au-dessus de moi.

Sa bouche dévore mon corps offert. Ses lèvres sont sur mes seins, ses mains écartent déjà mes cuisses et je pousse un gémissement quand ses doigts trouvent mon intimité brûlante pour lui.

— Saint !

Ma voix vibre du besoin qui me déchire le corps, tandis qu'il libère mes seins de leur gangue de soie pour les chérir. Bientôt, les pointes sensibles se tendent douloureusement sous ses caresses. J'arque les reins contre lui. J'ai tellement besoin de sentir la pression de son corps dur contre moi.

Saint relève la tête, les yeux plus sombres que jamais, la respiration haletante.

— Montre-moi, exige-t-il. Montre-moi que tu as confiance, que tu es capable de suivre un seul ordre. Je t'interdis de jouir avant que je te dise de le faire.

Il pose mes chevilles sur ses épaules et se penche entre mes cuisses pour me lécher.

Je ferme les yeux sous l'assaut d'un plaisir trop puissant. Mes doigts se referment d'eux-mêmes sur la tête de lit pour m'arrimer à quelque chose de solide alors que sa langue me fait perdre pied.

— D'accord ! Oui ! crié-je.

Saint glisse deux doigts en moi et bouge au rythme de ses coups de langue.

— Juste là... Oui !

Saint lèche et caresse mon clitoris avec une précision dévastatrice. Je me contorsionne et gémis sans pouvoir m'en empêcher, submergée par la chaleur de sa langue et ses doigts qui vont et viennent en moi.

Le plaisir monte, implacable et il ne me faut pas longtemps pour être tout au bord de l'orgasme.

Il est juste incroyablement doué pour jouer avec mon corps.

— S'il te plaît, Saint... le supplié-je d'une voix tendue par un besoin violent.

Je m'agrippe de toutes mes forces à la tête de lit, comme si je pouvais ainsi garder le contrôle sur le plaisir brutal qui monte en moi. Mais c'est tellement bon. Je ne vais pas pouvoir tenir longtemps.

— Saint ! crié-je, tandis que ses doigts me prennent avec ardeur.

Soudain, il s'immobilise et lève la tête pour sonder mon regard.

— La prochaine fois, tu suivras le plan ?

Je pousse un soupir de frustration et je parviens à balbutier à travers le brouillard voluptueux qui m'entoure :

— C'est pas juste ! On était d'accord pour pas utiliser le sexe comme… Ooooh.

Ma plainte s'achève dans un gémissement quand il fléchit ses doigts à l'intérieur de moi. Mon dos se cambre d'instinct.

— … une arme, haleté-je.

— Pourtant, c'est plus sympa qu'une dispute, argumente Saint avec un sourire arrogant.

J'ai beau le détester un tout petit peu d'avoir un tel pouvoir sur moi, je ne peux pas m'empêcher de rire.

— Alors ? On a un accord ? insiste-t-il en recommençant cette flexion incroyable de ses doigts.

Je gémis, plus près que jamais de la jouissance. Mes muscles intimes se crispent désespérément autour de ses phalanges.

— Oui… oui, tout ce que tu veux, laisse-moi juste jouir. Je t'en supplie.

Il émet un rire bas.

— Déjà ? Tu es tellement belle quand tu me supplies comme ça.

— Saint…

Je ne reconnais plus ma propre voix, rauque et désespérée. Mais son regard est implacable, déterminé. Il veut avoir le dessus.

— Mon cœur, je pourrais te faire ça toute la nuit.

Sauf que je ne tiendrais pas une nuit entière comme ça…

Je me redresse d'un seul coup et saisis Saint pour nous faire basculer sur le matelas. Je me retrouve au-dessus de lui.

Je coupe son rire de surprise en prenant sa bouche avec impatience. Mes doigts défont rapidement sa ceinture, avant de faire glisser son pantalon et son boxer.

— Tu t'es bien amusé à me torturer, maintenant ça suffit !

Je fais semblant d'être en colère, tandis que ma main s'enroule autour de sa queue pour la serrer doucement, lui arrachant un grondement.

— Maintenant, je vais prendre ce dont j'ai envie.

— Je te laisse faire, approuve Saint, les mâchoires crispées, en se laissant retomber contre les oreillers. Putain, Tessa, fais-toi plaisir.

Et c'est ce que je fais.

À genoux au-dessus de lui, je me soulève à l'aplomb de son membre tellement dur et épais sous mes doigts et je me laisse lentement glisser jusqu'à la base.

Mmmh... C'est si agréable que mes paupières se ferment d'elles-mêmes et que ma tête retombe en arrière sous la pression d'un plaisir vertigineux. Le sentir en moi, comme ça, c'est une expérience indescriptible. Un gémissement sourd monte du plus profond de ma poitrine et Saint y répond par des paroles enfiévrées.

— Bordel, Tessa, c'est tellement bon.

Ses mains agrippent mes hanches, si fort que je sais que j'aurai des marques. Peu m'importe. Tout ce qui compte, c'est la lave qui coule dans mes veines et le plaisir qui prend sa source tout au fond de moi quand je me soulève avant de redescendre sur sa queue.

— C'est bien, ma belle, continue.

Saint lève les hanches à ma rencontre et s'accorde à mon rythme.

— C'est ça, laisse-moi te sentir toute serrée autour de ma queue.

Je bouge de plus en plus vite, emportée par le plaisir, haletante. C'est tout ce dont j'ai besoin, chaque coup de reins, chacune des allées et venues de son sexe en moi, c'est la perfection.

Je n'ai plus aucune retenue, j'utilise son corps sans honte pour obtenir l'extase que je recherche. C'est tout proche, maintenant, je sens l'orgasme monter, implacable.

Je rejette la tête en arrière, si près...

— Caresse-toi, ordonne Saint. Je veux te voir te toucher pendant que tu chevauches ma queue.

Ses yeux sont noirs d'un désir qu'il peine à contenir, les mâchoires serrées pour garder le contrôle.

Déjà, je glisse une main entre nos deux corps et caresse mon sexe. Les étincelles de plaisir courent sur ma peau et en moi, alimentées par le brasier qui gronde au creux de mes reins. Mon corps se met à trembler et mes gémissements se transforment en cri de volupté.

Dans un grondement presque désespéré, Saint se redresse et sa bouche se referme sur la pointe de mon sein. La sensation supplémentaire me fait définitivement perdre le contrôle. Quand il aspire plus fort, mes muscles se contractent follement et l'orgasme jaillit en moi.

Je jouis violemment dans ses bras, le corps secoué de convulsions délicieuses, tandis que sa queue vient en moi encore et encore.

— Oui, je te sens toute serrée autour de moi, mon cœur. Ne t'arrête pas, fais-moi jouir.

Saint me fait bouger de plus en plus vite sur sa queue et la délicieuse friction provoque une nouvelle montée d'extase au creux de mon ventre. Je ne vois plus rien, je n'entends plus rien, je sanglote presque, hors de moi-même.

J'entends Saint pousser un grondement, puis il me retourne d'un seul coup sur le matelas et s'enfonce en moi avec une frénésie merveilleuse. En quelques coups de reins sauvages, il s'abandonne à son tour et jouit avec une violence qui me fait frémir entièrement.

Tout son corps se raidit un instant, avant de se détendre enfin entre mes bras.

Je reste inerte un long moment, jusqu'à ce que mon cerveau saturé d'endorphines parvienne à nouveau à concevoir des phrases intelligibles.

— Tu sais que tu n'avais pas besoin de marchander comme ça, murmuré-je en caressant doucement son dos.

Il relève la tête, le visage encore transfiguré par le plaisir.

— Quoi ?

— J'ai confiance en toi. Je serai moins perso la prochaine fois, c'est promis.

Il me sourit, encore essoufflé.

— C'était quand même bon de te faire me supplier.

— OK, peut-être juste un peu, admets-je en me blottissant plus près.

— Tu as été une si gentille fille, tellement obéissante... Je crois que tu mérites une récompense, souffle Saint d'une voix basse, pleine de promesse.

Je pousse un cri de surprise quand il me soulève par les hanches et m'installe juste au-dessus de son visage.

— Saint, attends, je viens juste de jouir...

Mais sa langue me trouve. Sa douce chaleur s'enroule autour de mon clitoris. Je gémis en me penchant en avant, les mains crispées sur la tête de lit.

Je devrais le supplier plus souvent.

Chapitre 8

Saint

Je ne suis définitivement pas du matin.

D'habitude, je reste au lit jusqu'à midi pour récupérer de mes nuits de débauche, ou bien je me force à rentrer à la maison directement après le travail pour éviter tout comportement répréhensible.

Mais me réveiller en ce lundi matin avec Tessa dans mon lit, complètement nue et un sourire paisible sur son visage endormi, me fait voir les réveils matinaux d'un autre œil.

Je la regarde un moment, heureux de pouvoir l'admirer quand elle ne se tient pas sur ses gardes. Elle a l'air tellement innocente.

Elle pousse un petit soupir dans son sommeil et s'agite sous les couvertures. En réponse, je sens une étrange sensation dans la poitrine.

Elle est mienne.

Je tends la main pour écarter une boucle de sa joue en prenant soin de ne pas la réveiller.

Après tout la tension du dîner, vendredi soir, nous avons passé un week-end détente rien que tous les deux, à nous promener en ville pour admirer les plus jolies vues. Nous sommes restés à la maison samedi et dimanche soir, serrés dans les bras l'un de l'autre, à regarder de vieux films.

Deux jours étonnamment sereins, sobres, naturels même.

Je suis définitivement fichu...

Je retiens un rire bas. Bon sang, je n'ai jamais éprouvé la moindre possessivité à l'égard d'une femme. Mes aventures sexuelles étaient par définition temporaires. Une partenaire pouvait être appréciée, initiée, explorée et même partagée, comme en attesteraient certains de mes exploits. Mais peu importe le bon temps qu'elle me faisait passer, l'histoire se terminait toujours de la même manière : on partait chacun de son côté, sans promesse, sans engagement... Il n'y a jamais rien eu d'autre qu'un interlude de satisfaction partagée avant de passer à la suivante.

Jusqu'à maintenant...

Allongé là, avec Tessa dans mes bras, je comprends enfin ce qui a donné à Sebastian envie de tuer pour sa femme. Je prends conscience du profond instinct de protection qui s'est éveillé en moi lorsque j'ai vu Tessa glisser la clé de chez moi sur son porte-clés.

Ce n'est que le début.

Tessa s'étire et cligne des paupières.

— Bonjour, murmure-t-elle dans un bâillement.

Dans son mouvement, le drap révèle ses seins et je ne résiste pas à l'envie de les embrasser chacun à leur tour.

— C'est un matin délicieux, confirmé-je en câlinant un sein puis l'autre.

Tessa émet un petit gémissement de satisfaction.

— C'est beaucoup mieux que mon alarme comme réveil, sourit-elle.

Elle m'attire à elle pour me donner un lent baiser sensuel. Elle glisse entre mes bras, chaude et nue, c'est une sensation parfaite. Ses jambes s'accrochent aux miennes comme si elle ne voulait jamais me laisser partir et je réalise que ça m'irait parfaitement.

Elle s'écarte un instant pour reprendre son souffle, les joues rosies.

— Qu'est-ce que tu serais prêt à faire pour moi ? demande-t-elle, une étincelle joueuse dans le regard.

J'arque les reins entre ses cuisses pour lui faire sentir mon érection.

— Absolument tout ce que tu voudras, réponds-je en posant les lèvres sur son cou, heureux de trouver l'endroit précis qui la fait frissonner de plaisir.

— Un petit déjeuner, souffle-t-elle en s'écartant, un large sourire aux lèvres. Prépare-moi un petit déjeuner, chéri. J'ai tellement faim que je pourrais manger l'oreiller.

Je ris. J'aime l'entendre m'appeler « chéri ».

— Tu n'as pas aimé le dîner ?

Elle me jette un regard entre ses longs cils.

— Manger n'était pas la première chose que j'avais en tête hier soir.

— Certes... Des œufs ? Des toasts ? Du bacon ? proposé-je en me redressant pour enfiler un boxer.

— La totale ! s'exclame-t-elle en se levant à son tour.

— Attends.

Je l'arrête alors qu'elle est à mi-chemin de la salle de bains. Elle se tourne vers moi, dans l'expectative, mais je ne dis rien. Je me contente d'admirer son corps nu dans la lumière du matin. La courbe de ses hanches... La rondeur de ses seins... Sa beauté pourrait inspirer les plus grands poètes.

Et quand je repense au spectacle qu'elle offrait hier, déchaînée sur ma queue, exigeant plus de plaisir, plus fort...

— Rien, réponds-je enfin. Je comprends enfin ce qui a motivé les grands écrivains à se dévouer à leur art. Comment trouver les mots justes pour décrire quelque chose d'aussi beau que toi ?

Tessa cligne des paupières, surprise, avant de lever les yeux au ciel.

— Arrête un peu, tu m'as déjà mise dans ton lit, pas besoin de sortir les belles paroles.

Sur un sourire, elle disparaît dans la salle de bains. Je rejoins la cuisine, heureux de profiter du calme de la matinée. Et puis je suis soulagé qu'on ait officiellement rayé Sebastian de la liste des suspects. Seb est l'un de mes plus proches amis et je n'ai pas cru un seul instant qu'il pouvait être le coupable. Mais savoir que Tessa en est elle aussi convaincue m'enlève un sacré poids.

Et puis, brusquement, je songe à ce que ça implique : il ne reste que deux personnes sur cette liste, Max et Hugh. Eux aussi sont mes amis depuis des lustres. Je n'arrive pas davantage à les imaginer coupables d'un tel crime.

Quand Tessa me rejoint, elle a enfilé un jean et son habituel sweat de l'université. Elle doit retourner à Oxford pour les cours pendant que je reste à Londres pour organiser les choses à Ashford Pharma pendant la convalescence de mon père.

— Qu'est-ce qui est arrivé à tes nouvelles fringues ? demandé-je en posant son petit déjeuner à côté du café chaud que je viens de préparer. La banque m'a appelé pour vérifier si la carte n'avait pas été volée par une femme avec un goût exquis.

Je savoure son rire joyeux.

— Elles sont magnifiques… mais je n'ai pas envie de faire mon apparition en classe dans des vêtements haute couture, explique-t-elle en fondant sur son assiette pour avaler un morceau de toast avant de reprendre, la bouche pleine : Tout le monde s'habille décontracté, je ne veux pas sortir du lot.

Je lui sers un verre de jus d'orange pressée pour compléter le tout.

— Loupé. Tu sors du lot à la seconde où tu entres dans une pièce.

Elle lève les yeux au ciel et change de sujet :

— Tu crois que je vais être à l'heure pour mon cours de 9 heures ?

Bon, de toute évidence, mes compliments ne la mettent pas à l'aise. Elle a l'air de penser qu'elle ne les mérite pas, ce qui me paraît complètement dingue. Elle m'émerveille depuis que je l'ai surprise à fouiner dans le bureau de l'administration d'Ashford, le tout premier jour.

J'ai su immédiatement qu'elle allait causer pas mal d'ennuis, je n'avais simplement pas réalisé à quel point les ennuis en question seraient délicieux.

Je regarde ma montre.

— J'ai déjà appelé le taxi, mais ça risque d'être juste, effectivement. Pourquoi tu ne passes pas plutôt la matinée ici avec moi ? Je te ramènerai à Oxford pour midi, après... trois orgasmes au moins ?

Elle répond à mon sourire.

— Seulement trois ? Tu t'ennuies déjà avec moi ?

M'ennuyer ? Elle n'imagine pas à quel point elle m'obsède. Personne ne m'a jamais autant rendu fou. Ses gémissements voluptueux, sa peau, son odeur... tout chez elle me fait perdre la tête.

Mais même si elle affirme avoir confiance en moi, je sais qu'elle est toujours un peu nerveuse. Elle a passé tellement de temps seule avec sa colère et son chagrin... Ses défenses sont en béton armé. Je vais devoir prendre le temps de lui montrer à quel point on peut être bien ensemble.

Alors, j'affiche mon sourire séducteur et je la joue détendu.

— Disons que tu es assez prévisible, plaisanté-je en lui retournant l'insulte qu'elle m'a adressée le matin où je l'ai croisée après une nuit blanche. Tessa Peterson, une fille ordinaire. Banale, même, ajouté-je.

Je revois en pensée la soirée de Minuit où elle a écarté les jambes pour me laisser l'admirer dans la pénombre, se caressant et gémissant comme une déesse païenne devant des étrangers. Pour moi.

— Quel dommage qu'il n'y ait rien de plus sous la surface, soupire-t-elle avec un sourire coquin. C'est vrai, je ne serai jamais le genre de femme à porter de la lingerie de soie sous son jean. Le genre qu'il suffit d'écarter sur le côté après m'avoir penchée en avant...

Bordel.

Le désir monte brusquement entre mes reins et je tends la main vers elle, mais Tessa se décale dans un rire.

— Pas maintenant, me gronde-t-elle avec un clin d'œil. J'ai un cours qui m'attend. Et tu as une semaine chargée, toi aussi, à réfléchir à tout ce que tu vas me faire ce week-end.

Elle se dresse sur la pointe des pieds pour murmurer à mon oreille :

— Et… oui, au cas où tu te poserais la question, j'ai le soutien-gorge assorti.

Ma gorge s'assèche définitivement, tandis que je la regarde attraper son sac, une tartine et quitter la maison d'un pas dansant.

Il ne me reste plus qu'à aller prendre une douche glacée.

Sans Tessa pour me distraire, je ne peux plus échapper à mes engagements, alors je pars ensuite pour le centre de Londres, en direction de la monstruosité de verre et d'acier qui abrite les bureaux d'Ashford Pharma.

La subtilité n'est pas franchement le style paternel, pas en ce qui concerne les affaires, en tout cas. La toute nouvelle construction se dresse en plein milieu des rues historiques, balayant la Tamise et rejoignant le ciel gris.

Je passe la sécurité et adresse un hochement de tête au personnel de l'accueil avant de monter dans l'ascenseur pour rejoindre le dernier étage, comme d'habitude.

Sauf qu'aujourd'hui, mon père n'est pas là. Il se repose toujours dans le domaine du Sussex. Et je ne connais personne ici. J'ai tout fait pour rester à l'écart du business familial. Et même de la famille tout court.

Seulement, maintenant que mon père est en convalescence, je n'ai plus aucun moyen d'éviter les responsabilités qui me reviennent en tant qu'aîné et héritier.

Je trouve Robert dans son bureau, les sourcils froncés devant une pile de dossiers.

— Jolie vue, commenté-je, non sans ironie, en entrant dans la pièce.

Le bureau est dos à la fenêtre, sans doute pour que rien ne le distraie de sa tâche.

Robert lève les yeux et me regarde avec surprise.

— Saint. Qu'est-ce que tu fais ci ?

— Désolé, j'ai dû me tromper, je cherchais le bar, plaisanté-je.

— Il est neuf heures du matin, soupire-t-il.

— Raison de plus pour ouvrir un truc bien fort.

Je réprime un frisson. Ce bureau ressemble à une cellule de prison. Tout est neutre, froid. De nous deux, Robert a toujours été le bosseur. Il y a quelques photos de famille où on apparaît, tout sourire, et une photo d'Edward, seul, en randonnée dans la montagne. Je m'immobilise devant le cadre, le cœur serré par un chagrin vieux de dix années.

C'est lui qui devrait être ici. Pas moi.

Mais tout ne se passe pas toujours comme prévu, alors je repose le cadre et me tourne vers Robert avec un haussement d'épaules.

— Je suis là pour t'aider. Papa va avoir besoin d'un bon moment pour se remettre et, même quand il pourra reprendre, ce ne sera pas au même rythme.

— Je le sais, répond Robert, l'air agacé. J'étais à la réunion avec les médecins, moi aussi.

— Écoute, je n'essaye pas de te compliquer la vie, soupiré-je en levant les mains. Si tu ne veux pas de moi dans les parages, je disparais...

— Tu crois que tu vas t'en tirer aussi facilement ?

Il sourit enfin en me tendant une imposante pile de dossiers.

— Bien essayé, mais on a besoin de toute l'aide disponible.

— Même la mienne ?

— Même la tienne, confirme-t-il. Allez, viens. Tu peux t'installer dans le bureau de papa. Ce sera plus sûr. Tricia est sûrement la seule secrétaire du bâtiment qui soit immunisée contre ton charme.

Je ne dis pas que je suis l'homme d'une seule femme à présent. Je me contente de répliquer d'un large sourire :

— Tu me sous-estimes... Mais pas besoin de t'inquiéter, je vais garder mes mains à leur place et mes yeux sur... la matrice annuelle prévisionnelle ajustée, lis-je sur le premier dossier. Pas vraiment un titre de blockbuster.

— Peu importe le titre, tout ce qui compte c'est ce que ça dit en gros. La newsletter trimestrielle doit bientôt sortir, et je dois mettre l'accent sur quelques points pour les investisseurs. Des bonnes nouvelles pour les rendre heureux et les faire patienter jusqu'aux résultats de l'essai clinique le mois prochain.

— Pour le médicament contre Alzheimer ? demandé-je et Robert semble surpris.

— Tu suis les affaires de l'entreprise ?

Je lève les yeux au ciel.

— Je ne suis pas complètement à côté de la plaque concernant ce qui se passe ici, réponds-je.

En fait, sans le lien avec le projet de Tessa, je ne saurais sûrement rien du tout d'Ashford Pharma. Mais puisque sa sœur a bossé sur ces essais cliniques à leurs débuts, je sais que ce projet compte pour Tessa, car elle y voit une façon de poursuivre l'œuvre de Wren.

— Comment se passent les essais, alors ?

— Ils ont pris fin il y a quelques mois, explique Robert. Maintenant, ils analysent toutes les données et les font valider par des pairs avant de les publier officiellement.

— Très bien.

Je jette un œil aux noms inscrits sur les autres dossiers que je tiens entre mes mains. Il n'y a rien à propos de ce nouveau médicament ou de recherches intéressantes, seulement des trucs chiants à propos de réduction des coûts.

— Cette newsletter, c'est pas plutôt un job pour le département des relations publiques ? demandé-je en soupirant.

Robert fait la grimace.

— Papa a toujours insisté pour s'en charger lui-même. Sa touche personnelle. Donc...

Je vois. L'inconvénient de bosser avec un maniaque du contrôle...

— Donc maintenant, on est foutus sans lui, conclus-je. J'ai compris. Tu as besoin de quelque chose en particulier ?

— Tout ce qui peut apparaître comme positif. Des économies inattendues, de nouvelles subventions, des effets secondaires bénéfiques concernant le traitement du diabète... Tu trouveras tout ce dont tu as besoin dans les rapports internes.

Robert s'interrompt un instant, l'air incertain.

— Tu as lu les rapports internes ?

— J'ai peut-être quelques semaines de retard, réponds-je d'un ton détaché alors que ça doit plutôt se compter en années. Mais je peux me débrouiller. Des bonnes nouvelles, des profits spectaculaires..., etc.

— OK...

Robert ne semble pas particulièrement convaincu, mais quelqu'un vient le chercher pour une réunion, alors je m'installe dans le fauteuil de mon père et je prends un dossier au hasard.

Analyse des leviers financiers – Division Sud-Europe.

Oh misère.

Cinq heures, deux expressos et quelques donuts de la salle à café plus tard, les projections financières et la terminologie médicale me sortent par les yeux. Il y a une bonne douzaine de raisons qui m'ont fait rester à l'écart d'Ashford Pharma toutes ces années, et la nature froide et administrative du job est en train de remonter tout en haut de la liste.

Dépenses de laboratoire ajustées – Royaume-Uni

Je bâille en passant en revue le dossier suivant. J'ai déjà tiré pas mal de jolies histoires des précédents dossiers et j'ai largement de quoi satisfaire les investisseurs avec les prouesses exceptionnelles d'Ashford. Mais tandis que mon cerveau enregistre la dégringolade des chiffres dans le laboratoire d'Oxford, je m'immobilise. C'est impossible.

Je fronce les sourcils, mais les chiffres ne changent pas.

Le fichier imprimé parle de « dépenses accessoires » alors que le montant total dépasse de plus de 50 000 dollars les dépenses habituelles au cours du dernier mois.

Quand je vérifie les minuscules notes de bas de page, je découvre que ces sommes ont été directement versées au Dr DeJonge.

Une rapide recherche dans la base de données interne m'apprend que cette scientifique est chargée du projet de traitement contre Alzheimer. Il y a une photo d'elle : élégante, brune avec un carré sévère et des yeux bleu glacier.

Valérie DeJonge. La femme française avec qui j'ai surpris mon père en pleine dispute d'amoureux à la réception des Lancaster. Et il lui verse des sommes démentielles hors budget depuis presque un an.

Merde.

Je referme le dossier et passe la tête hors du bureau vers Tricia, l'assistante de direction en qui mon père a toute confiance.

— Pardon, Tricia, est-ce que vous sauriez m'indiquer qui peut me renseigner sur ces chiffres ? demandé-je en levant le dossier en l'air.

— Le service comptable doit pouvoir vous aider, répond-elle sans hésiter. Essayez Harold, il sait tout.

Comme je ne fais pas mine de bouger, Tricia sourit, amusée, avant de m'expliquer :

— Quatrième étage.

— Merci !

Je prends l'ascenseur et descends au quatrième, en quête du fameux Harold-qui-sait-tout. Je trouve l'homme en question, un type chauve entre deux âges, dans un petit box sans fenêtre au milieu d'un vaste open space. Des dizaines d'autres box s'alignent. Visiblement, ils ont mis de l'argent en déco intérieure pour l'étage de la direction, mais pas ici. Idem pour la nourriture : Harold est penché au-dessus d'un sandwich triangle de supermarché.

— Harold ?

Il lève la tête et s'étouffe sur sa bouchée en me découvrant.

— Je… euh… Monsieur St Clair, balbutie-t-il en tentant d'essuyer une tache de moutarde sur sa chemise. Mince, enfin, je veux dire… bonjour. Vous êtes perdu ?

Je lui adresse un sourire.

— Appelez-moi Saint. En fait, j'espérais que vous pourriez m'aider…

— Que puis-je faire pour vous ? demande Harold en écartant son déjeuner peu appétissant pour rajuster ses lunettes.

— Ce sont ces lignes de budget, expliqué-je en prenant une chaise près de lui avant d'ouvrir le dossier. Je dois mal les lire. Les dernières dépenses accessoires me paraissent beaucoup trop élevées.

Harold parcourt rapidement les chiffres.

— Hmm… Non, non, regardez, là… Ils ont commencé à répartir le budget d'équipement du laboratoire en le détaillant davantage depuis le début de l'année, explique-t-il. Les dépenses accessoires étaient jusque-là comprises dans le budget global. C'est pour ça qu'elles ont brusquement augmenté.

— Mais ces dépenses d'équipement ne devraient pas plutôt apparaître comme des paiements à des tiers ?

— Oui, regardez, juste là, la comptabilité supplémentaire a été répartie.

Harold me montre effectivement une autre rangée de chiffres qui correspond aux 50 000 livres mensuelles. Tout a l'air clair et régulier. Pourtant, mon instinct me souffle que quelque chose cloche.

— Votre père a personnellement signé ces comptes, vous ne devriez pas vous inquiéter, tout correspond.

Sauf que non…

Plutôt que d'attirer l'attention d'Harold sur les notes de bas de page qui mentionnent des paiements sur le compte personnel de Valérie DeJonge, je referme le dossier.

— Merci beaucoup, Harold. Vous avez été d'une grande aide, déclaré-je en me levant.

Il toussote.

— Eh bien, merci beaucoup, monsieur - pardon, Saint. Je suis toujours dans les parages si vous avez besoin de moi.

Je le salue et repars vers l'étage de la direction. Une seule personne peut m'apporter les réponses que je cherche. La seule qui sait pourquoi le Dr DeJonge reçoit un bonus personnel aussi énorme, directement puisé dans les comptes de la compagnie.

Mon père.

Je vérifie son planning du jour avec Tricia : il a un rendez-vous de suivi prévu à l'hôpital St Guy cet après-midi. Parfait. Je préfère que notre conversation reste aussi loin que possible des oreilles de ma mère.

Quand j'approche de la suite qu'il occupe dans l'aile VIP de l'hôpital, je suis surpris de découvrir mon père en bonne compagnie. Une voix à l'accent français parfaitement reconnaissable me parvient aux oreilles. La porte est entrouverte alors je m'immobilise juste devant pour écouter leur conversation.

— Je ne peux pas continuer comme ça, insiste Valérie d'une voix tendue par l'émotion.

Au ton dur et frustré de mon père, je comprends instantanément que lui non plus n'est pas heureux.

— Tu savais dans quoi tu mettais les pieds. Personne ne t'a forcée.

— Ah bon ? Je suis ton employée, après tout. Les gens verront peut-être les choses différemment si je parle.

— C'est une menace ?

La voix de mon père gronde.

— Prends-le comme tu voudras. Tu ne peux pas dissimuler ça, Alexander. Et je ne vais pas pouvoir le cacher pour toi bien longtemps.

— Je t'interdis de...

— Bonjour ! lancé-je d'une voix forte en poussant la porte ouverte.

Ils s'immobilisent tous les deux, figés au milieu de la pièce. Le visage de mon père est contracté de colère, et il agrippe le bras de Valérie.

En la voyant de plus près, je réalise que je l'ai croisée à plusieurs occasions dans les événements et les réceptions d'Ashford Pharma. Elle avait toujours une expression d'impatience un peu sèche, comme si elle avait mieux à faire qu'être là. Aujourd'hui, elle semble bouleversée.

— J'espère que je ne vous ai pas interrompus, poursuis-je.

— Non, bien sûr que non, assure bruyamment mon père en lâchant son bras.

Aussitôt, Valérie s'écarte de lui. Déjà, elle a repris le contrôle et m'offre un sourire poli.

— J'allais partir. Alexander, nous terminerons cette conversation une autre fois.

Sur ce, elle sort de la chambre, ses hauts talons claquant sur le sol.

Mon père pousse un soupir et se laisse tomber sur le bord du lit.

— Tout va bien ? demandé-je prudemment.

— Oui, oui. Juste des petits soucis au labo. Des problèmes de *deadline*. Tu sais comment sont les scientifiques... Brillants mais caractériels.

Il prend un mouchoir pour s'éponger le front. Sa main tremble.

Bordel.

Je comptais rester loin de ses problèmes personnels, mais de toute évidence, cette histoire est en train de tourner au vinaigre.

— Inutile de faire semblant avec moi. Je sais ce qui se passe.

Il redresse la tête, et une vague de pure panique traverse son visage.

— Fiston...

— Ta liaison avec Valérie, le coupé-je avant qu'il n'essaye de démentir. Je vous ai vus tous les deux chez les Lancaster. Et maintenant ici... Ce n'est qu'une question de temps avant que quelqu'un d'autre surprenne l'un de vos petits tête-à-tête.

Il garde le silence un instant, avant de secouer la tête, l'air presque... soulagé.

— Tu as raison. Je suis désolé.

— Tu ne me dois aucune excuse, réponds-je froidement. Tu couches avec qui tu veux, ça ne me regarde pas. Mais les paiements ? Cinquante mille livres par mois, directement puisés dans les fonds de la compagnie ? C'est de la négligence. Peu importe les comptes fantaisistes que tu as mis en place pour tenter de cacher ton petit trafic. Franchement ! Si moi j'ai pu le voir dans la comptabilité, n'importe qui peut le découvrir !

Le visage de mon père s'illumine, à l'opposé de la réaction à laquelle je m'attendais.

— Tu étais au bureau ?

— J'ai dit que j'aiderais Robert. Et tu as de la chance que je l'aie fait. Tu veux vraiment que les paiements que tu verses à ta maîtresse apparaissent dans un audit officiel ? Ça rendrait moyennement bien dans la newsletter aux investisseurs, non ?

Il hoche la tête, l'air penaud.

— Tu as raison. Je ne sais pas à quoi je pensais. Ne t'inquiète pas, ajoute-t-il, c'est terminé. Je vais mettre un terme à cette folie, promis.

— Tant mieux.

Je me sens soulagé. Pour une fois, c'est moi qui fais la leçon à mon père sur ses choix de vie. Je devrais apprécier l'inversion des rôles, mais penser à la vie sexuelle de mes parents, même un instant, me gâche un peu le plaisir.

— Comment s'est passé ton check-up avec les médecins ? m'enquiers-je, heureux de pouvoir passer à un autre sujet. Tout va bien ?

Il hoche la tête.

— J'ai encore eu le droit à une leçon de morale pour me rappeler de moins travailler et de manger plus de légumes. Ta mère me fait livrer des smoothies imbuvables deux fois par jour, ajoute-t-il avec un clin d'œil. Je rêve d'un bon steak saignant, tu n'imagines même pas !

Je me lève, impatient de partir.

— Tant que tu poursuis ta guérison… Et plus tôt tu auras réglé la situation avec le Dr DeJonge, mieux ce sera pour ton stress.

— Je n'ai pas su résister à la tentation. Tel père, tel fils, hein ? suggère-t-il avec un faible sourire.

Je serre les dents tant cette idée m'insupporte.

— Plus maintenant.

Mon père paraît surpris.

— Toujours avec ta petite Américaine ?

— Elle s'appelle Tessa, dis-je en rejoignant la porte. Ah, et pour info, je vais donner à Harold, le comptable, une promotion et une augmentation.

Je sors sans attendre sa réponse. Il faut bien qu'un truc positif sorte de tout ce bordel. Puisque Valérie a amassé une petite fortune et que mon père a dû lui aussi trouver un bénéfice dans cette histoire, il n'y a aucune raison qu'Harold – et son sandwich à l'œuf – n'en tire pas quelque chose aussi.

J'ai beau ne pas aimer penser à la vie sexuelle de mon père, je ne peux empêcher ses paroles de tourner dans ma tête.

« Tel père, tel fils ».

C'est vrai que je n'ai jamais vraiment eu de limite concernant les plaisirs sexuels, mais j'aime croire que mon sens moral, tout particulier qu'il soit, ne s'accommode ni de la tromperie, ni de la trahison.

Depuis Tessa, il n'y a aucune place dans mon esprit pour une autre femme. Elle habite et consume toutes mes pensées, elle et son sourire joueur, son rire lumineux trop rare, sa délicieuse petite chatte qui se serre autour de mon sexe et m'emporte vers l'anéantissement merveilleux de la jouissance.

Je sors mon téléphone pour lui écrire un message.

Tu me manques.

Mon doigt s'immobilise juste à temps sur le bouton d'envoi. J'efface tout.

C'est trop, trop vite.

Je veux prendre mon temps avec elle, faire les choses bien. Parce que quelque chose me dit que c'est la bonne. J'ai tout l'avenir devant moi pour faire en sorte que ça marche entre nous.

Chapitre 9

Tessa

Mon cerveau a beau être à des milliers de kilomètres d'Oxford – accaparé par ma liste de suspects et toujours pris dans mes souvenirs sensuels de mon week-end avec Saint –, mon emploi du temps de la semaine est limpide. Je dois me reprendre avant de perdre ma bourse, mon visa, et d'être renvoyée aux États-Unis.

Je vais devoir sérieusement me plonger dans les livres.

Par chance, la maison de ville de Saint est parfaite pour étudier et, sans lui à côté pour me tenter, je parviens à avancer à un bon rythme dans ma bibliographie et mes devoirs de la semaine. La machine à café luxueuse et les placards pleins d'en-cas m'y aident aussi pas mal.

À ce rythme-là, je parviens à terminer la dissertation que je dois rendre ce mercredi après-midi et je reprends un peu espoir : je vais peut-être venir à bout de ce semestre.

La sonnette retentit soudain et je quitte le bureau de Saint – que j'ai adopté comme repaire d'étude – pour descendre l'escalier.

— Jia...

Je suis surprise de trouver mon ancienne colocataire sur le pas de la porte, un carton dans les mains. Impossible de manquer le regard ouvertement critique qu'elle pose sur la maison de Saint.

— Sympa, lâche-t-elle en passant devant moi pour pénétrer dans le couloir. Je comprends mieux pourquoi tu ne viens plus t'encanailler dans notre trou.

— Salut, lancé-je prudemment, désormais habituée à ses commentaires passifs-agressifs. C'est sympa de te voir.

— Tu as laissé des affaires à l'appart, réplique-t-elle en me tendant le carton.

Je l'attrape, légèrement déséquilibrée, et aperçois quelques livres et affaires jetés sans soin au fond du carton.

— Merci de les avoir rapportées !

— On s'est dit qu'on devrait peut-être te les garder, lance Jia avec un sourire moqueur. Pour la prochaine fois où toi et le professeur vous romprez. Kris a parié cinq livres que tu serais rentrée avant la fin de la semaine, mais moi, je pense que tu peux tenir jusqu'en novembre.

— Eh bien, merci, ta confiance est touchante, réponds-je d'un ton neutre.

— En même temps, à quoi tu t'attendais ? lâche-t-elle, acerbe. Vous êtes ensemble, vous rompez, tu reviens ici t'extasier devant lui... Ça donne quelle impression, tu crois ? Les gens commencent à parler de votre liaison sur le campus...

— Et j'imagine que tu leur as dit que c'était pas leurs affaires ?

Je n'ai pas abandonné mon sourire faussement joyeux, mais je commence à en avoir marre de jouer la comédie. Il est très clair que Jia n'est pas venue parce qu'elle s'inquiète sincèrement pour moi. Elle veut seulement enfoncer le couteau dans la plaie.

— En tout cas, merci pour mes affaires. Je dois partir pour l'université. Je ne veux pas être en retard à mon cours.

— Pourquoi ? C'est Saint le prof ? se moque-t-elle en repartant vers la porte. J'aurais cru qu'il t'aurait déjà validé toutes tes matières...

Je ne prends pas la peine de répondre et claque la porte sur elle.

Au début, j'ai vraiment apprécié de traîner avec Jia et Kris. J'ai cru qu'on pourrait devenir amis pour de bon. Mais très vite, j'ai deviné un mauvais fond derrière leurs histoires de cul et leur goût pour les rumeurs. Et Jia vient juste de me donner la preuve que je ne me suis pas trompée.

De toute façon, je n'ai pas le temps de m'attarder sur ces remarques méprisantes. J'attrape mes livres, mon manteau et je me dépêche de rejoindre le campus d'Ashford, parce que mon cours est sur le point de commencer. Le bureau de la prof se trouve dans l'aile est, en haut d'un escalier en bois qui craque.

J'entre dans la pièce deux minutes avant 16 h 30 et je suis stupéfaite de voir que le cours a déjà commencé.

Quatre étudiants sont en train de prendre des notes, l'air studieux. Oxford est très fier de proposer des cours en petit comité à ses étudiants, mais ça rend les choses bien plus compliquées quand il s'agit de passer inaperçue.

— Oh pardon ! Je pensais que le cours commençait à 16 h 30, balbutié-je en posant les yeux sur mon emploi du temps.

— J'ai envoyé un mail ce matin pour décaler le cours à 16 heures, explique la professeure Abernathy.

C'est une grande femme chaleureuse dans la quarantaine. Elle est connue sur le campus pour son amour de la poésie romantique et ses deux caniches qui l'accompagnent en permanence.

— Pardon, répété-je en m'asseyant rapidement sur la chaise la plus proche. J'ai été tellement occupée, je n'ai pas pensé à vérifier mes mails. Tenez.

Je lui tends mon devoir, un peu froissé par ma course à travers le campus.

Les autres échangent des regards et je me prépare mentalement pour un nouveau remontage de bretelles. Abernathy est sévère quoique juste, et elle déteste par-dessus tout les retards. Pourtant, aujourd'hui, elle m'adresse un sourire compréhensif.

— Bien sûr. Vous avez beaucoup de choses en tête en ce moment, j'imagine. Comment va-t-il ?

Je cligne des paupières, interloquée.

— Qui ça ?

— Alexander St Clair. Saint m'a dit que vous étiez à Londres avec lui pour soutenir sa famille. Il n'y a aucun problème si vous souhaitez un délai supplémentaire pour rendre votre devoir, ajoute-t-elle avec un sourire de compassion. Ce doit être un moment difficile.

Saint l'a appelée ?!

— Oh ! euh... bégayé-je, surprise. Merci. C'est, ce serait très aimable à vous. Et Mr St Clair va bien. Il devrait se remettre tout à fait.

— Excellentes nouvelles ! s'exclame Abernathy en me rendant mon devoir. Adressez-lui mes meilleurs vœux, s'il vous plaît, et dites à Saint qu'une bouteille de son scotch favori l'attend à son retour.

— Je le ferai.

Je m'enfonce un peu plus dans mon siège sous le poids des regards que je sens peser sur moi. Heureusement, Abernathy reprend et je fais profil bas pendant le reste de la séance, me contentant de quelques commentaires vagues en réponse aux questions de cours.

Mais quand la session se termine et qu'on rejoint tous la cour, je me retrouve à nouveau au centre de l'attention.

— Ça doit être sympa d'avoir un duc à disposition pour justifier absences et retards, lance une étudiante d'un ton sarcastique.

Elle est toute guillerette et a le look de l'étudiante parfaite qui ne récolte que des A.

— Ouais, c'est bien dommage qu'on n'ait pas tous des amis haut placés à sonner pour nous tirer d'affaire, lâche un autre avec un rictus moqueur.

Il est du genre athlète habitué à avoir le dernier mot. Déjà, il enchaîne :

— Je devrais essayer de demander une faveur la prochaine fois que je suis en retard pour rendre un devoir. Oh ! pardon, professeur, je n'ai pas pu faire mon travail, mais regardez, j'ai un mot de mon petit ami.

Leurs rires méchants à la suite des remarques acerbes de Jia me font brusquement perdre mon calme.

— Désolée, mais on est à la maternelle ou quoi ? répliqué-je en les regardant tour à tour. Je ne sais plus vraiment, avec toutes ces rumeurs de gamins. Pourquoi vous ne grandiriez pas un peu, histoire de vous occuper de vos propres vies et me laisser vivre la mienne ?

Malgré quelques regards surpris, aucun d'eux n'a l'air particulièrement froissé par mon éclat.

— C'est à toi de payer la tournée, Tarquin, lance déjà la fille, comme si je n'existais pas. Jules dit qu'ils vont passer *La Vipère noire* ce soir au ciné du campus. Et demain, on va danser...

Ils s'éloignent en discutant de leurs sorties à venir et en échangeant des blagues comme s'ils se connaissaient depuis des années.

Je ne peux pas m'empêcher de ressentir une pointe au cœur en les voyant partir. Bien sûr, ils se comportent comme de petits cons, parce qu'ils ont l'esprit suffisamment léger pour ça. Je me rappelle ma propre expérience de l'université, après mon bac. Les fêtes, les nuits blanches, la liberté absolue... Oxford a beau mettre une sacrée pression en termes de niveau, ça reste un avant-goût insouciant de la vie d'adulte, pour ces gamins.

Ils n'ont pas sur les épaules le même fardeau que moi. Ils seraient incapables d'imaginer la sombre mission que je me suis donnée.

Wren. Elle seule compte.

Maintenant que Sebastian Wolfe a été rayé de ma liste de suspects, je me rapproche un peu plus du coupable. Il ne me faudra plus patienter très longtemps pour obtenir enfin justice pour ma sœur. Alors, mes camarades de classe et Jia peuvent bien parler derrière mon dos, j'ai plus important en tête.

Sur le chemin du retour, je m'arrête au petit supermarché du coin pour faire quelques courses. La maison est calme sans Saint. Trop calme. Je suis moi-même surprise de découvrir qu'il me manque un peu plus chaque jour, malgré ses messages et ses appels quotidiens.

Je lui écris en sortant les œufs et le lait des sacs.

Comment va ton nouvel ami Harold ?

Sa réponse arrive immédiatement. Un émoji, puis :

On solidifie nos liens en analysant le compte de résultat. Et toi, les cours, ça a été ?

Je réponds « très bien », parfaitement consciente que c'est un mensonge.

Je me sens épuisée par tout ce cirque, alors que je n'ai rien fait d'autre que rester assise sur une chaise ces derniers jours. Je me sers un verre de vin et monte à la salle de bains me faire couler un bain. Je tamise la lumière et verse la moitié d'une huile parfumée luxueuse dans l'énorme baignoire en îlot. Bientôt, une vapeur de lavande parfume la pièce.

Je me déshabille et m'allonge lentement dans l'eau chaude, un soupir de bien-être aux lèvres. C'est merveilleux...

Je me détends enfin dans la chaleur délicieuse et mon esprit s'égare en même temps que mes mains. Elles caressent ma peau, tandis que je me rappelle la dernière fois que j'étais dans cette baignoire – avec Saint. Il est entré dedans tout habillé, sans se soucier de finir complètement trempé.

Un soupir de plaisir passe mes lèvres quand je ressens à nouveau la caresse de sa bouche sur mon cou, ses mains qui glissent sur mes seins...

Au moment précis où ma main s'égare entre mes cuisses, mon téléphone vibre sur le petit tabouret placé à côté de la baignoire.

C'est lui.

— Tu arrives à sentir quand je suis nue et que je pense à toi ? demandé-je d'une voix rauque.

Saint lâche un rire bas, sensuel.

— Et si je te disais que je suis sur haut-parleur ?

— Je dirais « hello » à Harold, réponds-je en souriant.

— Pas de Harold dans les parages, s'esclaffe-t-il. On a fini par estimer qu'il était tard. Je suis à la maison, là. Seul. Avec une seule envie : être avec toi…

— Moi aussi j'aimerais que tu sois là. Je prends un bain moussant…

Il émet un grondement sourd, en réponse à mon ton aguicheur.

— Tu t'amuses à me tourmenter, vilaine…

— Je suis toute nue, toute mouillée, trempée même…

Je lève une jambe au-dessus de l'eau et regarde la mousse glisser sur ma peau humide.

— Dis-moi où tes mains sont posées, exige-t-il d'un ton rauque.

— À toi de me le dire, lâché-je, le souffle court. Où tu veux qu'elles soient ?

— Sur tes seins. Caresse-les.

Le désir que j'entends dans sa voix me crispe délicieusement le ventre et j'obéis. Mes doigts frôlent la peau sensible de mes seins, pincent délicatement les pointes sensibles et j'imagine que ce sont ses mains à lui.

Un gémissement passe mes lèvres et Saint respire plus fort à l'autre bout du fil.

— Tessa…

J'adore avoir un tel effet sur lui, alors qu'on se trouve à des kilomètres l'un de l'autre.

— J'ai envie de toi, gémis-je. Je te veux en moi.

— Moi aussi, j'en ai tellement envie. Mais tu vas devoir t'occuper de toi toute seule cette fois, mon cœur.

Sa voix est grave, tentatrice, excitante.

— Caresse-toi pour moi. Doucement, lentement.

Je fais glisser ma main plus bas, sur mon ventre, entre mes cuisses, et je caresse la chair sensible lentement, exactement comme il me l'ordonne. Le plaisir vibre dans tout mon corps, rayonne sous ma main comme...

Un bruit dans le jardin me sort de ma transe. Un cliquetis tout proche.

Je me redresse d'un seul coup, le cœur battant à tout rompre.

— Tu as entendu ?

— Toi qui gémis pour moi ? répond Saint, toujours pris dans notre petit jeu.

Mais tout ça est bien loin de mon esprit à présent.

— Non, j'ai entendu un bruit, affirmé-je en sortant rapidement de la baignoire.

J'enfile un peignoir et m'approche de la fenêtre. Il fait nuit dehors, mais les lumières de sécurité sont toutes allumées.

— Les lumières à l'extérieur ne s'allument que si un mouvement les déclenche, non ? demandé-je en essayant de ne pas céder à la panique.

— C'est sûrement un renard. Ils essayent toujours d'aller fouiller les poubelles, tente-t-il pour me rassurer.

— Je te jure que j'ai entendu quelqu'un, insisté-je.

Le jardin est plongé dans l'ombre et je ne vois rien de là où je suis ; pourtant, c'est comme si je sentais une présence. Quelqu'un est là, dehors. À m'observer.

— Saint, je ne plaisante pas !

— Tout va bien, me rassure-t-il. Je suis en train de me connecter à l'appli de la sécurité. Tout est OK, ajoute-t-il un instant plus tard. L'alarme est bien enclenchée sur chaque porte et chaque fenêtre. Il n'y a rien de bizarre sur les caméras. Tu es en sécurité, mon cœur, promis.

Je pousse un soupir.

— OK...

Je m'écarte de la fenêtre et tire les rideaux. Le bain est encore fumant, mais je n'ai plus la tête à ça.

— Je crois que je vais aller me mettre au lit. La journée a été longue.

— Tu ne vas pas continuer à t'inquiéter, hein ? demande-t-il d'une voix soucieuse. Je peux prendre la voiture maintenant si tu veux...

— Non, non, ça va. Tu as raison, c'est probablement juste un renard ou un raton laveur agité.

— Ah là là, ces bestioles surexcitées ! Repose-toi, ma belle, et appelle-moi s'il y a quoi que ce soit. N'importe quoi, insiste-t-il.

— Oui, je le ferai. Bonne nuit.

Je raccroche avant de balayer du regard la pièce vide autour de moi. Jusque-là, j'ai apprécié le calme et la solitude de cette maison, mais maintenant, je n'arrive pas à me débarrasser d'un sentiment de malaise.

Et s'il y avait vraiment quelqu'un dehors ?

J'ai déjà été blessée au cours de ma mission. Un homme mystérieux m'a suivie et agressée pour me dire de ne plus mettre mon nez dans les affaires de la Blackthorn Society. Je me demande à quel point tout ça devient dangereux maintenant que l'étau se resserre. L'homme que je pourchasse a tout à perdre si je révèle ce qu'il a fait. Jusqu'où serait-il capable d'aller pour cacher ses crimes ?

Chapitre 10

Tessa

Je n'arrive pas à dormir.

J'essaye de me répéter que le son que j'ai entendu n'était rien du tout, mais je n'arrive pas à me débarrasser de cette sensation de malaise. Je reste en alerte à mesure que les heures passent, me tournant et me retournant dans le lit de Saint.

Est-ce que quelqu'un me surveille ?

Est-ce que je surréagis ? Ou alors est-ce que c'est mon instinct de conservation qui me met en garde ? Dans un cas comme dans l'autre, je sursaute au moindre bruit toute la nuit.

Quand l'aube se lève derrière les fenêtres, je suis épuisée et à bout de nerfs. Hors de question que je reste ici pour le reste de la semaine, terrifiée par des ombres, seule dans une maison vide. En quelques minutes, je jette mes affaires de cours dans un sac et je cours attraper le premier train pour Londres.

À mesure que je m'éloigne des vieilles rues inquiétantes pour m'approcher de l'agitation bruyante de la ville, ma tension s'apaise peu à peu. Le temps d'arriver devant la porte de Saint, je me sens même un peu ridicule. Il va penser que je suis parano et dépendante.

Mais à l'instant où il ouvre la porte, un café à la main et les cheveux en désordre, je sais que j'ai pris la bonne décision. Je me sens mieux dès qu'il me serre contre lui.

— C'est une surprise bien agréable, dit Saint en s'écartant pour poser un baiser délicieux sur mes lèvres. Qu'est-ce que tu fais ici ?

— Tu me manquais.

C'est la vérité, et en prime, ça me permet de passer sur la partie « J'ai peur de mon ombre ».

— Toi aussi, tu m'as manqué, sourit-il en m'attirant pour un autre baiser.

Je pousse un soupir de bien-être, enfin en sécurité dans la chaleur de son étreinte.

— Entre, dit-il en prenant mon sac. Il y a du café tout frais et des petits pains à la cannelle.

— Tu as cuisiné ?

— Non, je les ai piqués au bureau hier.

— Tu peux pas les piquer, le bureau est à toi, lui fais-je remarquer avec un sourire. Légalement, même si tu te barrais avec tout le mobilier, ce ne serait pas du vol.

— Bien vu.

Il m'entraîne vers la cuisine, me glisse une tasse de café fumante entre les mains et une bouchée de pâtisserie entre les lèvres.

Du sucre et de la caféine avec un baiser du matin ? Je me demande vraiment ce qui m'a pris d'aller dormir toute seule à Oxford cette semaine.

Je m'installe à la table et sirote mon café en observant Saint se préparer pour aller au travail. Ma sensation de malaise est déjà oubliée, ensevelie sous ses caresses et ses étreintes affectueuses qui me font me sentir moi-même à nouveau.

C'est tellement naturel, tellement... juste.

— Quoi ? demande Saint en remarquant mon regard sur lui.

Je secoue la tête en souriant. Mes sentiments pour lui ne font que grandir jour après jour, mais je n'ai pas envie de penser à ce que ça signifie.

— Rien. C'est super que ton père aille mieux. Tu as des nouvelles ?

— Je l'ai vu hier.

Il n'a pas franchement l'air ravi, alors je demande doucement :

— Des histoires de famille ?

Il hoche la tête, visiblement soulagé de ne pas avoir à m'expliquer ce qui se passe.

— C'est ça.

— En tout cas, je trouve que tu soutiens très bien ta famille, assuré-je avec chaleur.

— Alors que je pourrais t'attacher nue à mon lit et m'amuser avec toi toute la journée, à la place ? lance-t-il avec un regard brûlant.

— Pas besoin de choisir, tu sais... Ton lit sera toujours là ce soir. Et moi aussi.

— Dans ce cas, compte sur moi, souffle-t-il en se penchant pour m'embrasser avec fougue.

Sa bouche est chaude et exigeante sur la mienne et je ne doute pas un instant qu'il tiendra ses promesses à son retour. Finalement, il s'écarte.

— J'aurais voulu rester avec toi, mais j'ai plusieurs rendez-vous que je ne peux pas louper ce matin.

— Je n'ai pas besoin de distraction, promis, assuré-je en lissant sa chemise. J'ai encore plein de boulot, des tonnes de livres à avaler et une dissert à finir. Tu peux tranquillement être un membre productif de la grande famille Ashford Pharma.

— Ne dis pas des trucs pareils, grimace Saint en prenant ses clés. La prochaine fois, je risque de porter un costard gris et d'aller jouer au bridge avec Harold.

J'éclate de rire.

— T'inquiète pas. T'es à des années-lumière de devenir un homme d'affaires chiant. À moins qu'Harold ait lui aussi un faible pour les parties de sexe débridées le week-end...

— Qui sait ? s'amuse Saint. J'ai vu une photo de son mari, Clive. Il est plutôt bien conservé !

Je sais que je devrais le laisser partir, mais je ne peux pas m'empêcher de demander :

— Tu as pu réfléchir à un moyen d'interroger Max et Hugh ?

Son sourire vacille.

— Max est toujours en Europe, à faire Dieu sait quoi, qui implique sans doute un yacht, beaucoup de bouteilles de champagne et un paquet de femmes. Et je devais aller faire une partie de squash avec Hugh, mais il a repoussé à la semaine prochaine, je crois qu'il est surchargé de boulot.

Je réprime mon impatience. Un jour de plus, une semaine... ça ne change rien en fin de compte. Si je me contrôle et que je gère bien, j'aurai les réponses dont j'ai besoin. C'est l'essentiel.

— Tu ne vas pas te précipiter, hein ? s'inquiète Saint en cherchant mon regard.

Je secoue la tête.

— Je t'ai promis que non, le rassuré-je en l'embrassant. Ça me va de t'attendre pour mener le jeu.

Il sourit pour de bon et m'attire dans ses bras.

— C'est quoi, ça ? Une expression de sport à l'américaine ? plaisante-t-il.

— Pourquoi ? Tu kiffes le *tailgating*[1] et les pom-pom girls ?

— Je n'ai aucune idée de ce qu'est le *tailgating* et oui, puisque tu en parles, j'adorerais te voir en costume de pom-pom girl...

Il enfouit son visage dans mon cou et je le repousse en riant.

— Ce soir... promets-je, déjà impatiente de le retrouver. On verra si j'ai matière à t'applaudir...

— Compte sur moi.

Après le départ de Saint, je me plonge dans la bibliographie de la semaine, sans sursauter au moindre oiseau qui vient

1. Le *tailgating* ou *tailgate party* est un événement festif qui se déroule à l'arrière de véhicules, coffres ouverts. En général ce type d'événement a lieu sur les parkings des stades avant et parfois après les matchs, notamment de football américain.

chanter sous la fenêtre. Mais même si la panique ne m'empêche plus de me concentrer, je ne peux pas éloigner de mon esprit ma courte liste de suspects.

Max Lancaster.

Beau, charmant, roi des médias en puissance… Son père est quasiment tout-puissant, puisqu'il possède un empire médiatique. Je sais aussi que Max était proche de Wren, plus qu'il ne veut bien l'admettre. Pour autant, la nature de leur relation reste un mystère et je ne sais pas de quelle façon elle serait liée à l'agression de ma sœur.

Cela dit, peut-être que quelqu'un d'autre le sait…

Sur une brusque inspiration, je prends mon téléphone et écris à la fiancée de Max, Annabelle. Elle a mon âge et elle est la plus amicale des amis de Saint. Grâce à sa bonne humeur bavarde, j'ai pu obtenir des détails sur la Blackthorn Society quand je pensais que c'était une piste solide. Quelles autres informations peut-elle détenir ?

Je suis à Londres. Dispo pour un déjeuner ?

Sa réponse me parvient sans délai.

Carrément ! Trop bien ! On se fait un spa ? Rejoins-moi.

Elle m'envoie une adresse et une heure et, même si je ferais mieux de me concentrer sur mon travail scolaire, je réponds d'un pouce levé.

Je referme mon livre en me disant que ça aussi, c'est de la recherche. Peu importe ce qui se passe dans ma vie, trouver l'agresseur de Wren doit rester ma priorité.

Et honnêtement, après la nuit horrible que je viens de vivre, l'idée de passer la journée au spa est plus que tentante.

Quand j'arrive à l'adresse qu'Annabelle m'a donnée, je découvre un institut chic et moderne, tout en marbre et fleurs fraîches. Plus de doute, je sais que j'ai bien fait de venir.

— Tessa ! Ma chérie !

Annabelle vient à ma rencontre dans le hall d'entrée. Elle porte des bottes de cuir blanches fourrées et une parka assortie. On dirait qu'elle s'apprête à dévaler les pistes de ski, plutôt que Bond Street.

— C'est tellement bien que tu sois en ville ! s'exclame-t-elle joyeusement. Je pensais justement qu'on devait se trouver un moment pour passer du temps ensemble. Un moment entre filles. Je veux tout savoir sur Saint et toi !

Annabelle nous fait entrer, et on se retrouve bientôt en maillot dans un bassin d'eau chaude faiblement éclairé, à siroter de l'eau parfumée au concombre.

Annabelle s'immerge avec un soupir de bien-être.

— Hmm, j'avais exactement besoin de ça. J'ai dû perdre dix ans de vie à lutter pour que ce mariage ne vire pas à la catastrophe. Tu sais que la belle-mère de Max essaye de mettre son nez dans le planning ? Je me suis retenue de lui dire : « Chérie, t'es une quatrième épouse et même moi je sais que Cyrus est déjà en train de chercher la prochaine. Alors calme-toi avec tes opinions tranchées sur mon bouquet de mariée ! »

Je souris tout en admirant le lieu. La salle est entièrement carrelée dans un style marocain. Des bougies dispensent une douce lumière et il n'y a que deux autres personnes, qui bravent les bains glacés à l'autre bout de la pièce.

— Max en dit quoi ? demandé-je pour amener la conversation vers le sujet qui m'intéresse.

— Oh ! il se fout royalement de l'organisation, répond Annabelle avec un geste vague de la main. Il veut qu'on s'enfuie sans rien dire, mais mes parents me tueraient et les Lancaster aussi veulent toute la presse pour couvrir l'événement. Cyrus a même suggéré que *Hello ! magazine* fasse la couverture du mariage ! lâche-t-elle, rayonnante.

— Et tu vas accepter ?

Elle secoue aussitôt la tête.

— Seigneur, non ! C'est adorable à lui de me l'avoir proposé, mais c'est trop. *Vogue*, passe encore, mais les tabloïds ? Enfin, c'est typique de Cyrus, ajoute-t-elle sur le ton de la confidence. Il lui en faut toujours plus, plus grand, plus démesuré. On pourrait penser que gérer le plus grand média de la planète l'aurait rendu plus relax, mais pas du tout. Je suppose qu'il a toujours besoin de prouver quelque chose au monde.

— Max est comme ça aussi ? m'enquiers-je en sirotant mon eau au concombre.

Annabelle prend un air pensif.

— Professionnellement ? Non. Mais je pense qu'il a le même genre d'instinct que son père, ce truc d'alpha : écraser ses ennemis, séduire toutes les belles femmes... le frisson de la conquête et tout ça...

Je digère cette info. Est-ce que ce besoin de conquête aurait pu conduire Max à kidnapper Wren, dans une sorte de délire de domination perverse ?

— Saint m'a dit qu'il était en voyage en ce moment, reprends-je. Il doit te manquer.

Annabelle éclate de rire.

— Est-ce que ses cuites, la débauche et son haleine de gueule de bois matinale me manquent ? Pas franchement ! Il a ses divertissements, moi, les miens.

— Et ça ne t'embête pas ?

Je repense à la jolie femme que j'ai vue avec Max à Oxford. Une brune sexy qui n'était pas Annabelle.

— Pas le moins du monde, ma chérie, répond-elle en levant une jambe hors de l'eau pour admirer ses doigts de pied vernis de bordeaux. C'est la seule façon de faire durer une relation dans le temps. Il faut se laisser une entière liberté, sinon ça tourne au vinaigre. Max peut batifoler dans le sud de la France autant qu'il veut, je sais qu'il reviendra toujours vers moi. Avec une magnifique parure Van Cleef pour se racheter en prime.

Elle ponctue ces mots d'un sourire rayonnant, mais je suis certaine d'avoir perçu une tension dans son regard. Peut-être qu'elle n'est pas aussi cool avec les écarts de Max qu'elle le prétend et que c'est juste pour elle un moyen de protéger sa fierté.

Ou alors je projette mes propres émotions sur elle, parce que je sais que je ne pourrais jamais accepter que Saint voie d'autres femmes comme ça. La seule idée de l'imaginer avec une autre provoque dans ma poitrine la sensation d'un coup de poignard. Les jeux sexy, c'est une chose, mais la tromperie ? Pas moyen !

Annabelle m'adresse un sourire entendu.

— Alors, les choses deviennent vraiment sérieuses avec Saint s'il a réussi à te faire venir à Londres pour de bon.

Je hoche la tête, soudain timide.

— J'essaye toujours de voir comment je peux m'ajuster à sa vie, et lui à la mienne.

D'autant que ma mission risque de briser au moins une de ses plus vieilles amitiés.

— T'inquiète pas pour ça. Il n'y a que trois questions qui importent dans une relation. Est-ce qu'il vénère le sol que tu foules ? Et est-ce que le sexe est suffisamment bon ?

Je ris.

— Oui... et oui, admets-je en rougissant.

« Suffisamment bon » est très loin de décrire ce que je vis. Le sexe avec Saint est époustouflant, extraordinaire, incomparable...

Annabelle applaudit, ravie.

— J'espère bien, vu la réputation qu'il a !

— Attends, c'est quoi la troisième question ?

— Ah, oui.

Je saisis à nouveau une tension fugitive sur son visage.

— Est-ce que tu obtiens de lui ce dont tu as besoin ? dit-elle simplement. Si c'est le cas, eh bien... c'est tout ce qu'il faut, non ?

La question reste en suspens entre nous, et je me demande une fois de plus ce qu'Annabelle obtient de Max Lancaster dans leur relation. Ça ne peut pas être une question d'argent, si ? Imogen m'a expliqué qu'Annabelle venait d'une très ancienne famille qui a des relations. Cela dit, avoir des relations ne paye pas les journées dans des spas luxueux ni des parures de diamants Van Cleef...

De toute façon, la question ne la concernait pas, elle. Il s'agissait de Saint et moi... Est-ce que j'obtiens de lui ce dont j'ai besoin ? Au début, ce que je voulais était très clair : me distraire et avoir accès à son cercle social pour mon enquête. Mais, très vite, tout a changé. Notre lien est incroyablement plus profond et ce qui a le plus d'importance à mes yeux, désormais, c'est qu'il se soit engagé sans hésiter à mes côtés pour m'épauler dans ma mission.

Il me soutient sans poser de question, il me fait me sentir en sécurité et épaulée quoi qu'il arrive.

Il n'est pas seulement un amant, il est devenu un compagnon. *Mon* compagnon.

— Oui, réponds-je enfin, troublée de sentir à nouveau ma poitrine se gonfler de cette émotion inconnue. Il me donne tout ce dont j'ai besoin.

— Alors, c'est tout ce qui importe, déclare Annabelle. Bien sûr, être choisie par un futur duc sexy, héritier du domaine d'Ashford, ajoute un petit avantage, lance-t-elle en riant.

Puis elle enchaîne sur les options de destination de leur lune de miel et ses questionnements intérieurs pour savoir si Max ne devrait pas leur acheter une petite île dans les Caraïbes, parce que c'est tellement plus sympa d'avoir la plage entière pour soi quand on veut faire la fête.

Nous déjeunons rapidement avant de revenir au spa. Finalement, Annabelle doit partir pour un essayage.

— C'est pour ta robe de mariée ?

Elle me répond d'un rire.

— Non, c'est ma troisième tenue pour la réception. J'ai passé une trop bonne journée ! Il faut qu'on se refasse ça. On devrait faire une sortie à quatre ! Max et moi, toi et Saint. Ça va être génial !

— Ça me va, acquiescé-je en priant intérieurement pour que Max ne soit pas le salopard que je recherche – ne serait-ce que pour le bien d'Annabelle.

Seulement, si ce n'est pas Max, c'est forcément Hugh Ambrose, le dernier qui a le tatouage que je recherche. Et je déteste tout autant l'imaginer dans le rôle du coupable, avec le merveilleux travail qu'il accomplit pour la Fondation.

Pour autant, je ne peux pas l'écarter de ma liste. C'est pour ça que je fais un détour par la Fondation Ambrose avant de rentrer.

— Tessa ! J'ai adoré les liens que tu nous as envoyés ! s'exclame la manager, Priya, quand elle me croise devant le bâtiment. J'ai pas le temps de discuter maintenant, mais on pourrait se faire une visio bientôt pour discuter. Je pense qu'on va pouvoir lancer la campagne pour le nouvel an.

— Si vite ? m'exclamé-je, surprise.

— On avance rapidement, confirme-t-elle avec un sourire. Si tu peux mettre en place un rétroplanning, on y arrivera !

Sur un geste de la main, elle s'éloigne dans un nuage de soie et de rouge à lèvres écarlate pendant que j'entre dans le bâtiment.

Je sais que je ne devrais pas prendre sur mon temps de travail universitaire pour travailler à la Fondation, mais ce qu'ils font ici compte beaucoup pour moi. Dans ces lieux, je parviens à conserver un petit espace rien que pour moi et ma passion, sans plus penser à venger Wren. En prime, ça me donne l'excuse parfaite pour apprendre à mieux connaître Hugh et découvrir qui il est vraiment derrière son apparence de geek.

Malheureusement, quand je rejoins mon bureau, je ne le vois nulle part.

— Est-ce que Hugh doit passer cet après-midi ? demandé-je au stagiaire installé derrière le bureau juste à droite de la porte de celui de Hugh.

Peter, je crois.

— Laisse-moi regarder, me répond-il gentiment.

Il clique sur son écran et, du coin de l'œil, je vois qu'il accède au planning de Hugh.

— Non, désolé, il est apparemment en rendez-vous à l'extérieur pour le reste de la journée, annonce-t-il enfin. Je peux peut-être t'aider ?

Mon cerveau fonctionne à toute allure. Si je pouvais jeter un œil à ce planning, moi aussi…

— En fait, oui, réponds-je. Hugh m'a dit qu'il devait me filer des informations sur les donations et la communication des trois derniers mois…

— Désolé, il ne m'en a pas parlé, s'excuse Peter avec une grimace.

L'air inquiet, je poursuis :

— Oh ! mince. J'en ai besoin dès que possible, je ne peux pas avancer sans ces infos. J'imagine que tu n'as pas la possibilité de les récupérer pour moi ? ajouté-je, avec une expression pleine d'espoir.

Il se met aussitôt à taper sur son clavier.

— Si, bien sûr, je peux te les envoyer par mail tout de suite.

— C'est possible de les imprimer, plutôt ? lancé-je en me rappelant que l'imprimante est à l'autre bout de l'open space, hors de vue depuis le bureau de Hugh. Et même de les relier… en trois exemplaires ?

Il se lève aussitôt.

— Pas de souci, mais ça va prendre un peu de temps.

— Aucun problème ! J'attends !

Peter se dirige vers la salle d'impression et je jette un œil rapide autour de moi. Le rez-de-chaussée est un vaste open space qui vibre d'animation mais heureusement, tout le monde a l'air bien occupé.

Sans hésiter, je me glisse dans le fauteuil de Peter. Le planning de Hugh est toujours à l'écran. Un déroulé jour après jour de réunions, d'appels, de voyages… Je remonte rapidement à l'année dernière et me concentre sur le jour précis où Wren a été agressée.

Pour l'enlever puis l'enfermer dans cette cellule sordide dont les images revenaient à l'esprit de ma sœur, il a forcément fallu au moins vingt-quatre heures. J'espère donc trouver dans le planning de Hugh de quoi l'écarter de la liste des suspects – ou au moins un alibi que je pourrais vérifier.

Novembre, octobre… Voilà ! Je retrouve les bonnes dates et me fige. Tout le week-end apparaît bloqué. Il est indiqué qu'il n'est pas disponible, mais le planning ne montre aucun rendez-vous ou réunion qui puisse expliquer son absence pendant tout ce temps.

Merde.

Mes espoirs s'effondrent d'un seul coup. J'espérais pouvoir l'innocenter facilement, mais ce que je vois ne fait qu'éveiller mes soupçons.

La soirée Blackthorn de l'an dernier ne lui aurait pas pris tout le week-end. Il m'a même dit lui-même qu'il n'y allait que par obligation familiale et pour les opportunités professionnelles.

Je recherche une note annexe, n'importe quoi pour justifier ce black-out dans son calendrier…

— Tessa, salut !

Je redresse brusquement la tête. Hugh arrive vers moi, un grand sourire aux lèvres.

Merde !

Je ferme instantanément le calendrier et affiche les fichiers que Peter a retrouvés pour moi. Quand Hugh parvient à ma hauteur, l'écran est ouvert sur un document parfaitement innocent.

— Salut ! m'exclamé-je en bondissant sur mes pieds. Je croyais que tu étais dehors tout l'après-midi.

— C'est le cas, soupire-t-il. J'ai juste oublié d'emporter les magnifiques dossiers papier qu'on a préparés pour montrer de belles images brillantes de nos accomplissements aux investisseurs. Tu imagines l'erreur ?

— J'imagine très bien ! réponds-je trop vite et trop fort, le cœur battant à mille à l'heure. Je suis passée récupérer quelques chiffres et documents pour monter un pitch à présenter aux influenceurs pour les autres campagnes.

— Priya m'a transféré quelques-uns de tes mails pour me tenir au courant. Ça se présente merveilleusement bien !

— Euh… j'irais pas jusque-là. Pour le moment, ce sont juste des idées.

— Tout commence par une idée, me reprend Hugh. Et crois-moi, j'en ai vu passer de très mauvaises.

— OK, donc la barre n'est pas bien haute dans le coin, plaisanté-je.

Hugh se marre.

— Tu ne sais vraiment pas accepter un compliment, s'amuse-t-il. Est-ce que Saint ne te couvre pas assez de louanges pour que tu t'y habitues ?

Au mot « louanges », je revois Saint me féliciter quand je prends sa queue profondément dans ma bouche.

— Eh bien… merci ! m'exclamé-je vivement pour faire disparaître l'image. Je m'éclate vraiment sur ce projet – quand j'arrive à voler un moment à mes cours.

— Oh oui, je me rappelle très bien la pression d'Oxford, dit-il avec un sourire de compassion. Le meilleur conseil que je puisse te donner, c'est de toujours préserver du temps pour les choses qui comptent vraiment à tes yeux, sinon, tu finiras par te prendre un petit burn out en pleine face.

— S'il est petit, ça va.

Nous échangeons un rire quand Peter revient, les bras chargés de toute la paperasse que je lui ai fait imprimer.

— Imprimé, relié et en trois exemplaires, comme tu l'as demandé ! s'exclame-t-il fièrement.

— Merci ! C'est vraiment adorable, lancé-je en lui prenant les dossiers des mains avant de me tourner vers Hugh. Au fait, Saint a suggéré qu'on aille prendre un verre un de ces jours…

— Ce serait top ! acquiesce-t-il. Laisse-moi vérifier mon planning et on organise ça.

Je leur dis au revoir et m'éloigne en regrettant déjà l'énorme masse de documents que je vais devoir me trimballer à travers toute la ville cet après-midi.

Mon esprit revient sans cesse au calendrier de Hugh et à ce mystérieux week-end bloqué. Où est-il allé ? Était-il avec Wren ?

De retour dans la maison de ville de Kensington, je découvre que Saint est déjà rentré. Il sirote un verre de vin dans le salon, sa chemise déjà entrouverte, ses pieds nus posés sur la table basse. Il m'adresse un sourire paresseux, heureux de me voir, délicieusement à l'aise, et je fonds.

— J'ai plus de cerveau, annonce-t-il en bâillant quand je me penche pour l'embrasser. Ils m'ont mis K-O avec plus de trois heures de projets d'amortissements. Tu connais le pourcentage de casse des vitres en laboratoire ? Parce que moi, oui. Tu peux m'interroger.

Il prend une nouvelle gorgée et je ris.

— Pauvre amour, murmuré-je en m'installant sur ses genoux. Qu'est-ce qu'on pourrait faire pour te redonner un peu de force ?

Je fais courir mes mains sur son torse nu et je l'embrasse lentement, profondément. Il répond d'un grondement appréciateur, avant de poser son verre de vin pour refermer ses bras autour de moi, sans interrompre notre baiser.

— Ça aide, sans aucun doute, approuve-t-il, les yeux brillants.

Il m'attire plus près de lui et dépose une nuée de baisers sur mon cou.

— Et toi ? Ta journée à étudier ?

Je me mords la lèvre.

— J'ai un peu séché, admets-je. J'ai passé la journée avec Annabelle et j'ai fait un crochet par la Fondation pour voir Hugh. J'ai pu jeter un œil à son planning. Il n'a pas d'alibi au moment de l'agression de Wren. En tout cas, je crois que je comprends un tout petit peu ce que tu vis, maintenant.

Je pose la tête contre son épaule, puis j'explique :

— Je déteste devoir le soupçonner d'avoir fait un truc pareil.

— Oui, c'est horrible, confirme Saint. Je ne fais que penser à ça, maintenant. Toute la journée, cette idée que l'un d'eux a pu faire ça ne me quitte jamais. J'aimerais tellement pouvoir juste oublier cette histoire un bref moment.

— Tu veux dire faire une pause dans l'enquête ? demandé-je, la gorge serrée.

— L'enquête, mon travail à la compagnie... tout ça, dit-il en écartant une mèche de mon visage.

Il a l'air épuisé, stressé, et je ressens exactement la même chose.

— Alors pourquoi on ne le ferait pas ? proposé-je, sur une impulsion.

Il lève un sourcil interrogateur.

— Faire une pause. Faire quelque chose de fou, juste pour s'amuser. Juste ce soir... S'éclater et profiter sans plus penser à tout ça. Je suis sûre que tu dois avoir quelques idées en tête... Tu es expert en folie, non ?

Saint sourit lentement.

— De quel degré de folie on parle, exactement ? demande-t-il en refermant les mains autour de ma taille.

Un frisson d'anticipation me traverse.

— Mets-moi au défi, murmuré-je en contemplant le désir à l'état brut envahir son regard.

— J'y compte bien.

Saint se lève et me pose sur mes pieds d'un mouvement fluide.

— Monte, ordonne-t-il en administrant une claque sur mes fesses.

La chaleur au creux de mon ventre augmente encore d'un cran.

— À vos ordres, Sir St Clair, soufflé-je en grimpant rapidement l'escalier.

Saint monte à ma suite, mais quand nous parvenons à sa chambre, il ne me jette pas au sol pour me prendre sauvagement. Non, il va tout droit au dressing.

— Mets… ça, dit-il en sortant l'une de mes nouvelles fringues. Et ça.

Il me tend de la lingerie de satin bleu nuit aux rubans affriolants.

— J'aime déjà ce plan, réponds-je en retirant mes vêtements pour les laisser tomber au sol.

Saint s'assoit sur le lit pour me regarder, alors je prends tout mon temps pour lui offrir un show digne de ce nom. Je glisse mes jambes dans la culotte échancrée, puis je lace le soutien-gorge, avant de me pencher pour dérouler les bas et les accrocher aux porte-jarretelles.

Au fur et à mesure, je vois l'expression de Saint s'assombrir de désir. Son regard dévore chacun de mes mouvements, mais il ne fait pas un geste vers moi, tandis que je passe la robe qu'il a choisie au-dessus de ma tête. La soie noire glisse sur ma peau comme de l'eau et enserre mes courbes jusqu'à ma taille avant de s'évaser en vagues ondulantes autour de mes genoux. J'ajoute une paire de stilettos à brides sexy et libère mes cheveux.

— Tu aimes ? demandé-je en prenant la pose.

J'aime l'atmosphère sensuelle qu'il a donnée à notre soirée. J'aime me sentir en son pouvoir, obéir à ses instructions et rechercher son approbation.

Il hoche lentement la tête.

— Magnifique, souffle-t-il d'une voix légèrement rauque. Mets du rouge à lèvres, aussi. Rouge. Je veux voir tout ce que tu vas faire avec cette belle bouche ce soir.

Mon ventre se crispe délicieusement.

Quelque chose dans les yeux de Saint me dit que je vais avoir tout ce que j'ai demandé et plus encore…

Chapitre 11

Tessa

Nous sautons dans un taxi qui nous conduit au club privé dont Saint est membre, et mon impatience ne fait que grandir d'instant en instant.

Saint ne me touche toujours pas. Il a seulement passé un bras autour de mes épaules et, du bout des doigts, il dessine des cercles sur ma peau nue jusqu'à ce que je me sente sur le point d'exploser.

— Bienvenue, monsieur St Clair, le salue poliment un bel Apollon qui joue le rôle d'hôte à l'accueil, avant de nous conduire à travers un hall d'entrée luxueux plongé dans une pénombre confortable.

Je sens le contact furtif de ses doigts sur mon bras, tandis qu'il m'adresse un sourire appréciateur.

— Profitez de votre soirée et prévenez-moi si vous avez besoin de quoi que ce soit... absolument quoi que ce soit.

Je rougis à la suggestion à peine voilée et à l'insistance de son regard sur ma robe noire.

— Merci, on vous préviendra, répond Saint, avant de me faire passer une porte qui ouvre sur un couloir.

— Tu as un admirateur, commente-t-il d'un ton amusé.

— Mmh, tu es jaloux ?

— Pas du tout, assure-t-il en riant. En fait, si tu veux qu'il nous rejoigne pour boire un verre en notre compagnie, tu n'as qu'un mot à dire. Un verre... ou autre chose.

Je rougis à nouveau, intimidée et légèrement choquée.

— Sérieux ? Tu serais OK pour un plan comme ça ?

— Regarder un autre homme te lécher jusqu'à ce que tu me supplies de te prendre ? lâche-t-il d'un ton faussement factuel. Mais oui, ma belle, je suis plus qu'OK avec ça.

Waouh... La tête me tourne rien que de penser à cette image. Soudain, Saint m'attire dans une alcôve. Son grand corps me presse contre le mur et mon pouls se met à battre plus vite. Ses mains enserrent ma taille.

— Tu en as envie, mon cœur ? demande-t-il doucement, les yeux brillants d'une promesse délicieuse dans la semi-obscurité. De le sucer comme une gentille fille pendant que je te baise par-derrière ? D'être prise entre nous deux, consumée...

Un courant électrique me traverse le corps de part en part. Et brusquement, une pensée s'impose à moi. Je l'ai sentie l'autre soir... cette intimité qu'il partageait avec Sebastian Wolfe et sa femme !

— Tu l'as déjà fait, réalisé-je en levant les yeux sur lui. Partager une femme. Toi, Seb et Avery.

Saint me caresse doucement la joue.

— On a passé du bon temps ensemble, oui.

— Oh...

Je déglutis et son sourire se fait tendre.

— C'était pour s'amuser, il n'y avait rien de plus. Et honnêtement, c'était très sympa. Surtout pour Avery... ajoute-t-il dans un murmure qui me fait frissonner. Après tout, si tu aimes qu'un homme s'occupe de toi, pourquoi pas deux ? Deux fois plus de mains pour te caresser...

Ses doigts tracent la courbe de mes seins, me faisant haleter.

— Deux bouches pour explorer ton corps... Deux queues pour te faire jouir...

J'ai le visage en feu et le souffle court, secouée et excitée par la scène qu'il décrit.

Je n'en serais jamais capable... si ?

— C'est pas mon type, répliqué-je d'un ton léger avant de m'échapper de l'étreinte de Saint pour poursuivre mon chemin dans le couloir.

Je l'entends rire dans mon dos pendant que je peine à reprendre mon souffle. Il me rattrape et passe un bras autour de ma taille à l'instant où nous atteignons le bar central.

— Intéressant… C'est quoi ton type, alors ? demande-t-il en jetant un regard circulaire dans le club somptueux. Jeune et fougueux, peut-être ?

Il fait un signe de tête en direction d'un jeune mec blond, rasé de près et vêtu d'un jean et d'un T-shirt blanc, qui attend au bar. L'archétype du type sain, sportif, nourri au bon grain.

Saint se penche à mon oreille.

— Je parie qu'il serait ravi de s'allonger entre tes cuisses pour te lécher pendant que tu t'occupes de ma queue.

Je déglutis. Je pensais pouvoir la jouer cool et détachée dans ce genre de club, au lieu de ressembler à une nouvelle venue qui ouvre des yeux ronds. Mais déjà, les suggestions de Saint font courir mon sang plus vite dans mes veines.

— Pas lui, parviens-je à articuler malgré ma gorge sèche.

J'arrive pas à croire ce qui se passe. Il est sérieusement en train de me proposer un plan à trois.

— Alors peut-être que tu aimerais mieux te soumettre à des ordres…

Saint continue de me parler d'un ton détaché, comme si on était sur le point de passer commande au restau, et pas en pleine discussion sur nos options de parties de sexe endiablées pour la nuit.

Il me désigne un bel homme à l'air sévère qui porte un costume hors de prix et sirote un whisky à une table.

— Qu'est-ce que tu en dis ? Un homme plus âgé ? Avec de l'autorité ?

Il vient derrière moi et ses bras m'encerclent, ses mains se posent sur la soie de ma robe. Il me murmure à l'oreille :

— Bien sûr, tu essaieras de jouer les effrontées, mais compte sur nous pour te remettre à ta place…

Il pince doucement la pointe de mes seins et je gémis.

— Crois-moi, il s'assurera que tu sois une gentille fille avec nous…

Dans l'angle du salon, l'homme fait signe à une femme et lui montre le sol d'un geste impérieux. Aussitôt, la femme obéit et s'agenouille, ses doigts impatients défont la ceinture et baissent la braguette pour libérer le sexe tendu de l'homme qu'elle prend dans sa bouche.

— Toi aussi, tu veux le goûter ? murmure Saint, tandis que j'observe le couple, haletante.

Il continue de me caresser paresseusement et ses doigts provoquent de merveilleuses brûlures sur ma peau nue. Je me laisse aller contre lui, enivrée par ses caresses autant que par ses mots.

— Je pourrais te regarder le sucer et te donner des ordres pour que tu le prennes bien dans ta bouche.

Embrasée, je regarde la femme s'activer sur sa queue, le dos cambré. La main de l'homme se crispe dans ses boucles brunes pour contrôler ses mouvements. Elle glisse une main entre ses jambes pour se caresser et les lumières tamisées jouent magnifiquement sur les courbes que sa robe moulante met en valeur.

— Mmh, je vois… souffle Saint avec un sourire en coin. Peut-être qu'on n'a pas regardé dans la bonne direction…

Il me tourne vers le bar où une femme sirote un cocktail en observant la salle d'un air curieux. Elle a à peu près mon âge, des yeux bleus expressifs et des cheveux blonds relevés en un chignon désordonné. Contrairement aux autres femmes présentes, elle est habillée joliment mais normalement d'un haut court et d'une longue jupe soyeuse qui joue autour de ses jambes quand elle se lève pour rejoindre un canapé dans un coin de la pièce. Elle a la grâce d'une danseuse.

— Elle est jolie, souffle Saint. Qu'est-ce que t'en dis, mon cœur ? On lui demande si elle veut venir jouer avec nous ?

Mon ventre se crispe de plaisir.

— J'ai jamais... avoué-je, rougissante.

Pourtant, je ne peux pas nier que l'idée m'a déjà traversé l'esprit...

Comme si elle avait deviné mes pensées ou senti mon regard sur elle, la jeune femme tourne les yeux dans notre direction. Son regard se pose sans gêne sur nous, puis elle croise le mien. Elle me sourit, amicale, et je me surprends moi-même à lui sourire sans effort.

Je n'arrive toujours pas à croire que je pense sérieusement à faire un truc pareil, seulement... j'en ai envie.

Saint oriente mon visage vers lui et ma curiosité sensuelle doit se lire sur mon visage parce qu'il rit tout bas.

— Dis-moi, mon cœur.

J'ai la gorge sèche, le cœur qui bat à cent à l'heure. Je hoche vigoureusement la tête.

— Oui, s'il te plaît.

— Ma belle, gronde-t-il avec une ardeur qui m'échauffe encore davantage. On ne fera rien que tu n'as pas envie de faire. C'est ta soirée. Si tu changes d'avis, si tu veux faire machine arrière, à n'importe quel moment, tu n'as qu'un mot à dire, OK ?

Je hoche la tête, même si je sais déjà que je ne changerai pas d'avis ce soir. J'ai envie d'aller jusqu'au bout.

— Alors, qu'est-ce qu'on fait maintenant ? demandé-je, le souffle court.

Saint sort une petite clé dorée de sa poche.

— Si tu veux aller te rafraîchir, je t'attendrai dans la chambre 6, dit-il en me la tendant. Je vais nous commander à boire et voir si notre nouvelle amie aimerait se joindre à nous.

Nouveau hochement de tête de ma part. J'ai l'impression qu'il faudrait que je mette mon visage sous un jet d'eau glacé pour calmer mes nerfs, alors je rejoins les toilettes du club. En l'occurrence, elles ressemblent à une sublime salle de repos, décorée avec des lampes Tiffany vintage, des fauteuils à franges et d'immenses miroirs hollywoodiens à ampoules installés au-dessus d'élégantes coiffeuses.

Je prends quelques profondes inspirations en me rinçant les mains sous l'eau froide. Je tamponne une petite serviette humidifiée sur mon décolleté, même si ça ne risque pas de refroidir la lave qui coule dans mes veines.

Comment Saint fait-il pour connaître tous mes désirs secrets ? Ce don qu'il a m'émerveille. Depuis l'instant où nous nous sommes rencontrés, il a trouvé l'accès à mes rêves les plus secrets. Il m'a pris la main pour me conduire dans un univers de plaisir et de découverte.

Et maintenant que j'ai parfaitement confiance en lui, je sais que le plaisir n'en sera que meilleur.

La porte s'ouvre et la jeune femme blonde apparaît derrière moi, dans le reflet du miroir. Je me fige.

Elle ne semble pas gênée le moins du monde lorsqu'elle s'approche du miroir situé près du mien pour vérifier son rouge à lèvres.

— Salut, dit-elle avec ce même sourire amical et curieux.

— Salut.

Est-ce que Saint lui a déjà parlé ? Est-ce qu'elle sait ? Consciente d'avoir répondu trop vite, trahissant ma maladresse, j'ajoute :

— J'aime beaucoup ton collier.

Elle porte une fine chaîne en or avec un pendentif floral qui danse entre ses seins menus.

Elle me sourit.

— Merci, répond-elle avec un léger accent britannique. J'allais te dire que j'adore ta robe. Je m'appelle Rose.

— Tessa.

Je me détends un peu. Rose ne m'a peut-être pas donné son véritable nom, mais, de près, la sympathie qui émane de sa personne me met à l'aise.

— C'est ta première fois au club ? demande-t-elle en sortant un eye-liner pour retoucher son maquillage.

— Presque, je confesse. Je suis déjà venue une fois, donc je pensais que j'avais passé le cap du choc et de la timidité, et puis j'ai jeté un œil autour de moi et...

Elle rit.

— Je vois très bien de quoi tu parles. La première fois qu'un *date* m'a amenée ici, j'avais l'impression d'être l'un de ces personnages de cartoon avec les yeux qui leur sortent des orbites. Tu es venue avec quelqu'un, toi aussi...

Je hoche la tête.

— Oui. Est-ce qu'il... ?

Je laisse ma phrase en suspens, pas très sûre de comment la terminer.

Rose sourit.

— Oui, et je suis plus qu'intéressée, confirme-t-elle en laissant son regard me parcourir d'une façon à la fois nouvelle et étrangement familière. Mais je voulais d'abord parler avec toi. Certains mecs... enfin, ils peuvent avoir ce fantasme et ils traînent leur partenaire derrière eux. Ce genre de conneries ne m'intéresse pas.

Elle est tellement assurée, tellement claire dans sa volonté que je me sens impressionnée et parfaitement rassurée.

— C'est pas ça du tout. En fait, c'était mon idée. Je veux...

Je m'interromps en rougissant furieusement.

— Désolée, je sais pas comment tout ça fonctionne, marmonné-je...

— Ça fonctionne comme n'importe quoi d'autre, déclare Rose en s'approchant de moi.

Elle glisse un doigt sous mon menton pour croiser mon regard et m'offre un sourire complice.

— Tu n'as qu'à suivre ton instinct, souffle-t-elle, les yeux brillants. Oublie tes inhibitions et fais tout ce dont tu as envie. Ce qui se passe au club... reste au club. On est là pour s'amuser...

Elle conclut ses paroles d'un clin d'œil, et ma curiosité prend brusquement le dessus, me faisant oublier toute nervosité. Je lui rends son sourire et prends sa main.

— Suis-moi.

Je la conduis le long d'un couloir faiblement éclairé. On croise d'autres personnes et je vibre d'une excitation nouvelle en sentant leurs yeux sur nous. Ils savent ce que nous allons faire...

Je trouve la chambre 6. La porte est déjà ouverte. À l'intérieur, Saint nous attend, sa veste posée sur le dossier du superbe fauteuil à oreilles sur lequel il est assis. Il nous verse trois coupes de champagne pendant que j'observe la pièce. Il y a un lit, et une lumière chaude et douce baigne l'atmosphère. On se croirait dans une luxueuse suite d'hôtel, enfin... si les suites d'hôtel étaient équipées de barres en métal fixées au plafond et d'un mur entièrement en verre fumé.

— Tu l'as trouvée, dit-il à Rose alors que je referme la porte derrière nous.

Il nous tend nos coupes.

— En effet. Et je vois très bien ce que tu voulais dire, précise-t-elle en prenant une gorgée.

— Comment ça ? Qu'est-ce qu'il a dit sur moi ?

Mon regard passe de l'un à l'autre. Rose sourit.

— Que tu étais savoureuse, souffle-t-elle, séductrice. Cela dit, je vais devoir le vérifier par moi-même.

Elle repose son verre et se penche pour m'embrasser.

La sensation est inhabituelle, envoûtante. Sa bouche est fraîche et douce, là où les baisers de Saint sont plus exigeants. Mon pouls s'affole. Je prends son visage dans mes mains et m'émerveille de la douceur de sa peau, de la soie de ses cheveux. Sa langue s'aventure entre mes lèvres et je m'ouvre à elle, caressant sa langue dans une danse nouvelle.

J'entends le grondement d'approbation de Saint, puis il presse son corps tout contre mon dos. Ses mains sont sur mes hanches pendant que celles de Rose tiennent mon visage. Son corps à lui est dur et puissant, tandis que ses courbes à elle sont douces contre les miennes.

La tête me tourne. J'ai l'impression d'être hors de moi-même, de flotter entre leurs deux corps.

Rose met un terme à notre baiser pour poser les lèvres sur mon cou, tandis que Saint écarte les bretelles de ma robe, qui glisse jusqu'à ma taille.

— Quel goût elle a, mon cœur ? demande Saint, joueur. Tu en veux plus ?

Je gémis en réponse et laisse ma tête retomber en arrière contre sa poitrine, les yeux clos, enivrée par les sensations inconnues et merveilleuses.

— Non, ouvre les yeux. Regarde-la te toucher.

J'obéis et mes genoux tremblent quand je vois Rose pencher la tête vers ma poitrine. Ses cheveux lâchés glissent sur ma peau. Saint referme les mains autour de mes seins pour les offrir à ses lèvres.

Oh mon Dieu... Je tremble, submergée par la sensation de sa bouche, de sa langue chaude par-dessus le tissu de mon soutien-gorge. Le désir qui court dans mes veines devient presque insupportable et je me cambre en gémissant.

Saint rit tout bas.

— Je crois qu'elle aime ça, dit-il à Rose, un sourire dans la voix.

Celle-ci lève la tête, les joues rosies, et son regard joueur croise le mien.

— Touche-moi, souffle-t-elle en saisissant ma main pour la poser sur sa poitrine ferme. Ne sois pas timide, tu sauras ce qui me plaît.

Je ravale un nouveau gémissement et presse son sein dans ma paume. Elle ne porte pas de soutien-gorge et je sens parfaitement la pointe durcie sous la soie fine de son haut. Guidée par mon seul instinct, je caresse, j'effleure, je pince la chair délicate. Je lui fais tout ce que j'aime, moi, et elle soupire de plaisir en se cambrant sous mes caresses.

— Ne t'arrête pas, supplie-t-elle en reprenant ma bouche, en même temps que les mains de Saint parcourent mon corps avec frénésie.

Je sens son sexe dur contre le bas de mon dos. Il écarte Rose de moi pour l'embrasser à son tour pendant que je me presse contre lui, enfiévrée.

Je suis totalement perdue dans un océan de pure sensation et je m'abandonne sans plus réfléchir. Qu'est-ce qui m'arrive ? Je n'ai même pas les mots pour le décrire. Tout ce que je sais, c'est que j'en veux plus. Plus de mains sur ma peau, plus de bouches avides. Nous nous embrassons, nous caressons, tous les trois pris dans une sorte de frénésie passionnée.

Saint ordonne soudain :

— Déshabille-la.

Rose répond d'un sourire séducteur.

— À vos ordres, monsieur.

Elle me retire complètement ma robe, et ma lingerie suit bientôt. Mon corps se révèle, tremblant sous ses caresses. Me savoir nue au milieu d'eux, toujours habillés, a quelque chose d'intensément érotique.

— À toi de la déshabiller, m'ordonne Saint.

La gorge sèche, je fais glisser sa jupe longue et son top. Rose ne porte plus que son string d'un rose soutenu. J'admire son corps, curieuse, avant de me tourner vers Saint pour le mettre nu à son tour.

— Pas si vite, m'arrête-t-il en reculant pour s'asseoir au bord du lit.

Il défait lentement sa ceinture et libère son membre dur. Le regard assombri, il articule d'une voix rauque.

— Montre à notre nouvelle amie comment il faut me sucer.

Les reins en feu, je m'agenouille avec empressement entre ses jambes. Mes lèvres se posent sur sa queue et je le lèche langoureusement avant de le prendre entièrement dans ma bouche.

— C'est ça, mon cœur. Jusqu'au bout, gronde-t-il.

Je gémis de plaisir autour de lui et je trouve le bon angle pour le prendre encore plus loin dans ma bouche, comme je sais qu'il aime.

Je sens Rose s'agenouiller derrière moi, et le frôlement de ses lèvres dans mon dos hérisse ma peau de délicieux frissons. Ses baisers sont incroyablement doux, ses mains légères caressent mon corps, jouent avec mes seins sensibles en même temps que Saint soulève les hanches pour envahir un peu plus ma bouche.

Prise dans un vertige sensuel, je l'entends parler à Rose.

— Maintiens-la. Aide-la à tout prendre.

Je ne comprends pas vraiment le sens de ses paroles, jusqu'à ce que la main de Rose se referme dans mes cheveux pour appuyer sur ma tête.

La conscience de ma soumission est enivrante. Je suis parcourue de frissons, prise au piège entre eux deux, submergée par les sensations. Rose fait bouger ma tête plus vite, plus fort, sur le sexe de Saint qui ne retient plus ses coups de reins. Je gémis fort en serrant mes cuisses l'une contre l'autre, tellement excitée que c'en est insoutenable.

Soudain, Saint m'écarte et m'attire sur le lit près de lui. Je peine à reprendre mon souffle, le corps tremblant violemment d'un besoin physique qui me dépasse.

— Tu fais ça tellement bien, mon cœur, me félicite-t-il en posant un baiser léger sur mon front. Tu mérites une récompense.

Il s'apprête à se pencher sur moi, mais Rose l'arrête.

— Moi d'abord, murmure-t-elle en s'agenouillant près de nous. Tu m'as dit qu'elle était savoureuse, non ?

— Tu as raison, honneur aux dames. Je vais m'occuper de sa bouche un peu plus longtemps, alors.

Il m'embrasse intensément, plongeant sa langue dans ma bouche comme pour la conquérir. Je passe les bras à son cou pour venir à sa rencontre, enivrée par son goût inimitable.

Brusquement, je gémis tout contre sa bouche, de plaisir et de surprise, quand la langue de Rose passe sur mon sexe. Il n'arrête pas pour autant, sa langue insistante répondant aux volutes ensorcelantes de celle de Rose.

C'est tellement bon, tellement grisant...

— Tu aimes la sensation de sa langue en toi, ma belle ? gronde Saint.

Il me maintient sur le matelas, rendant impossible toute fuite. Je suis entièrement soumise aux baisers insistants de Rose.

— Je sais que tu aimes ça, mon cœur, tu trembles de plaisir. Regarde-la, regarde comme elle aime te goûter.

Je relève la tête, le souffle court. Les cheveux blonds de Rose s'étalent sur la peau de mes cuisses, ses doigts se crispent sur mes hanches... L'image est tellement érotique que je gémis plus fort.

— Utilise tes doigts, la dirige Saint d'une voix rauque. Elle adore ça.

Sans cesser de me lécher, Rose glisse deux doigts en moi, puis trois. Je crie quand mes muscles intimes se contractent délicieusement autour d'elle. Mais ce n'est pas assez, j'ai besoin de plus et elle le sent.

— Viens te joindre à la fête, dit-elle en souriant à Saint. Elle est assez mouillée pour nous deux.

Saint s'écarte dans un rire et passe une main entre mes cuisses par-derrière pour glisser ses doigts en moi. Tout mon corps se crispe de plaisir sous la voluptueuse invasion. Cela ajouté aux baisers de Rose, c'est un cocktail irrésistible et je gémis :

— Oui ! Encore !

— Il faut que tu la sentes jouir, souffle Saint à Rose. C'est un putain de tremblement de terre.

Il me serre contre lui et glisse un genou entre mes jambes pour les écarter davantage et m'offrir à la bouche avide de Rose.

— Je pense qu'on n'est plus très loin, s'amuse-t-elle en penchant la tête pour me mordiller l'intérieur de la cuisse.

Saint enfonce ses doigts plus loin en moi et je commence à trembler entre ses bras. Je ne me préoccupe plus des gémissements de plus en plus forts qui passent mes lèvres.

J'ai l'impression d'être un câble sous haute tension, brûlant et tendu, prêt à prendre feu.

— S'il te plaît… J'ai besoin…

Mes hanches ondulent d'elles-mêmes contre la bouche de Rose, au rythme lancinant des doigts de Saint en moi.

— Plus fort, mon cœur, dit-il en riant tout bas à mon oreille. Tu ne veux pas qu'ils t'entendent dehors ?

Il oriente légèrement ma tête et je pousse un hoquet de stupeur : le mur de verre fumé n'est plus opaque. Je peux voir une vaste salle remplie de monde.

— Pour le moment, eux ne peuvent pas nous voir, explique Saint, alors que je suis à deux doigts de perdre pied. Mais il suffit que j'appuie sur un bouton et ils nous verront. Tu aimerais ça ? Tu veux que tout le monde te voie jouir avec sa langue en toi ?

La jouissance explose en moi, si forte que je vois des étoiles. Mon corps n'est plus qu'un océan d'extase et je me laisse aller à chaque vague, abandonnée dans les bras de Saint.

D'un mouvement souple, il me retourne sur le dos et me tire tout au bord du matelas. Il prend la place de Rose entre mes cuisses. Il caresse mon sexe, possessif, puis il me pénètre d'une seule poussée.

Je pousse un cri de volupté, les nerfs encore vibrants de mon orgasme, et Saint lâche un soupir de satisfaction.

— Je te sens encore te contracter autour de moi, ma belle.

Enivrée d'extase, je peine à garder les yeux ouverts, pourtant, j'en veux plus. Je parviens à articuler un seul mot en attirant Rose près de moi sur le lit.

— Viens.

C'est tellement difficile de rester concentrée quand Saint me prend. J'arrive à lui demander :

— Qu'est-ce que tu aimes ?

Rose se penche pour m'embrasser sensuellement.

— À toi de le découvrir…

Elle prend ma main et la guide sur son corps, puis entre ses jambes. L'excitation de la nouveauté m'électrise quand je glisse mes doigts en elle. Je caresse doucement son clitoris et elle pousse un gémissement haletant.

— Oui... comme ça.

Je précise mes caresses, guidée par ses soupirs et la contraction de ses muscles intimes, enivrée par les petits sons de volupté qu'elle étouffe dans le creux de mon cou et par le regard de Saint qui ne me lâche pas une seconde.

Il me fait gémir à chacun de ses coups de reins, lent et implacable. Tous ses muscles sont tendus par le self-control qu'il exerce, et l'extase à l'état pur se lit sur ses traits.

— Ça fait quoi, ma belle ? De nous rendre tous les deux complètement fous ? D'avoir le contrôle sur notre plaisir ?

Je n'ai pas les mots pour décrire cette sensation incroyable de toute-puissance. Mes doigts vont et viennent plus vite en Rose, en même temps que mon sexe enserre celui de Saint.

Je m'enivre de leurs soupirs et de leurs halètements, grisée par le plaisir que je leur offre. Que je lui offre, à lui.

Les yeux dans les siens, je viens à sa rencontre, le souffle court, les reins en feu. Je sens Rose se tendre sous mes doigts et elle jouit dans un cri aigu.

Et soudain, il n'y a plus que Saint. Tout le reste s'évanouit. Il relève mes jambes bien haut pour me pénétrer plus profondément encore, et mon corps s'enflamme. La sensation est tellement puissante que mes yeux roulent en arrière en même temps qu'un cri d'extase passe mes lèvres.

— Ne t'arrête pas... Je t'en prie, oui... juste là ! Encore !

Il ne s'arrête pas. Pas un instant. Il plonge en moi, atteignant encore et encore l'endroit ultrasensible à l'intérieur de moi. La jouissance est déjà en train de monter en moi, implacable, lorsque Rose glisse une main entre nous pour appliquer une pression sur mon clitoris, pendant que Saint me prend avec frénésie.

Oh mon Dieu ! Je jouis encore une fois dans un cri de pure volupté. La sensation qui naît au creux de mes reins est si violente, si puissante que mon corps oublie de respirer. Je perds toute notion du temps et de l'espace, bouleversée par la violence de l'extase qui me ravage.

Au bout d'un long moment, je reprends vaguement mes esprits, alanguie au milieu d'un enchevêtrement de membres.

C'était incroyable... Je reste là, inerte, ivre de plaisir.

Et pourtant, au milieu de toute cette félicité, je ressens une pointe de tristesse au plus profond de moi. Malgré l'adrénaline qui court dans mes veines, malgré la joie merveilleuse de l'extase, je ne peux pas m'abandonner entièrement. Je ne peux pas vivre vraiment, complètement, absolument ce moment magique avec Saint.

Je ne le pourrai pas tant que je ne serai pas allée au bout de ma mission, pas tant que je n'aurai pas obtenu justice pour Wren.

Ce n'est qu'à cette condition que je pourrai aller de l'avant.

Parce que c'est ce que je veux.

À l'abri entre les bras de Saint, bercée par son souffle, encore transportée par le plaisir nouveau qu'il m'a fait découvrir, j'aimerais tellement pouvoir me laisser aller à tomber amoureuse de cet homme.

Une part de moi l'est déjà, je le sais.

Mais le reste... Le reste de mon âme ne pourra jamais trouver le bonheur tant que je n'aurai pas amené l'agresseur de Wren devant la justice. Je dois le retrouver, plus que jamais.

Et un pressentiment douloureux au creux de mon ventre me souffle que je n'ai plus beaucoup de temps.

Je dois m'assurer qu'il paye pour ses crimes. Alors, je serai enfin libre.

Chapitre 12

Tessa

« Je sais que tu aimes ça, mon cœur. »

La voix rauque et autoritaire de Saint me revient en mémoire et fait vibrer mes nerfs.

Quand je repense à la langue douce de Rose sur mon corps, entre mes cuisses, je sens mes joues s'embraser malgré l'air frais de l'automne. Heureusement que j'ai choisi une table à la terrasse du café, ce matin, parce que je brûle au seul souvenir de mes aventures nocturnes.

Saint a largement tenu sa promesse. Je voulais une distraction, j'ai eu droit à une découverte sensuelle époustouflante qui me fait battre le cœur plus vite rien que d'y penser.

J'avale une gorgée de café et essaye tant bien que mal de me concentrer sur ma dissertation. Pour le moment, je n'en ai rédigé que la moitié mais, devant mon écran d'ordinateur, je ne peux m'empêcher de revivre encore et encore chaque instant de notre nuit sauvage au club. Je peux encore sentir le frisson d'excitation quand les mains inconnues de Rose se sont posées sur mon corps nu... Et l'intensité du plaisir qu'ils sont parvenus à provoquer en moi. Et cette vague qui m'a submergée, qui a pris le contrôle de ma volonté et a anéanti toute réserve, qui m'a fait supplier plus fort...

Je n'avais jamais rien ressenti de pareil. Et ce n'est pas seulement grâce à la présence de Rose. Étrangement, Saint parvient à devancer tous mes désirs, comme s'il avait directement accès à ce qu'il y a de plus secret en moi, à tous les fantasmes que je n'ai jamais osé avouer à quiconque. Il voit le désir brûlant qui couve au fond de moi et il n'hésite pas à s'en emparer. Il n'y a pas la moindre honte, pas le moindre jugement avec lui, juste une acceptation totale.

Je ne m'étais jamais sentie autant en sécurité avec un homme – même quand il me tient en son pouvoir pour me baiser sans retenue. Ce mélange de soumission et de liberté totale est tout simplement enivrant.

Mon téléphone vibre, et je souris en ouvrant un message de lui. Il m'a déposée au café il y a une heure avant de rejoindre les bureaux d'Ashford Pharma qui sont tout près.

Manifestement, je ne suis pas la seule qui ne fait que penser à notre nuit de folie :

Ils me parlent des projections à N+2, moi je ne pense qu'à toi toute crispée autour de ma queue quand elle te caressait les seins.

Je rougis un peu plus sous l'afflux du désir. Je réponds, surprise par ma propre audace :

Tu es dur ?
Je le suis, maintenant.
Tant mieux, parce que je suis toute mouillée pour toi.
Putain, ma belle… Arrête de me torturer.

Cette fois, j'ai un sourire en coin quand je tape sur mon clavier.

C'est rien, je vais aller m'enfermer dans les toilettes en pensant à ta queue dans ma bouche.

Les trois petits points annonçant qu'il est en train d'écrire apparaissent, puis disparaissent... avant de réapparaître à nouveau. Mon sourire s'élargit rien que d'imaginer Saint bloqué dans une réunion ennuyeuse à mourir, à tenter de contrôler un brusque accès de désir.

Enfin, sa réponse apparaît.

Tu me payeras ça plus tard, coquine.

Un délicieux frisson d'impatience me parcourt.

Je range mon téléphone – et avec lui, les idées qui me viennent sur la punition que Saint me réserve – et je me remets à ma dissert.

Hélas, le thème de la contestation du pouvoir au XVIIIe siècle ne fait pas franchement le poids face aux questions qui me hantent.

Max ou Hugh ? Lequel d'entre eux est l'homme dont Wren est parvenue à se souvenir ? Je ne sais toujours pas si Max a un alibi, ni ce qu'a bien pu faire Hugh de tout ce week-end grisé dans son agenda.

Je sens mes nerfs se tendre : je commence à perdre patience. J'ai *besoin* de savoir.

J'ai multiplié les recherches sur Internet à propos de l'un et de l'autre, mais je n'ai rien trouvé de vraiment utile. Rien qui me permette de confirmer ou d'écarter leur culpabilité.

Il y a, pour l'un comme pour l'autre, des tonnes d'informations publiques, et leurs sorties officielles sont postées en ligne. La plupart du temps, il s'agit de soirées privées ultra-sélect pour play-boys du côté de Max et d'événements plus philanthropiques pour Hugh. Seulement, tout ça, ce n'est que la version officielle qu'ils donnent d'eux-mêmes.

Moi, j'ai besoin de savoir ce qu'il y a *derrière* les caméras, loin de la foule.

Je parcours vaguement des photos prises lors d'un tournoi de polo cet été où ils se sont rendus tous les deux, quand j'aperçois un autre visage connu : Imogen.

Est-ce qu'elle pourrait m'en apprendre plus sur eux ? Du peu que j'ai vu, la cousine de Saint connaît tout et tout le monde. Et comme elle est organisatrice d'événements, elle saura peut-être ce qui a occupé Hugh un week-end entier.

Je lui envoie un petit message pour lui proposer un déjeuner. Sa réponse est immédiate.

Désolée, je suis sous l'eau. Préparatifs pour le gros lancement d'Ashford Pharma, demain.

Le lancement ? Saint ne m'a parlé de rien, mais maintenant qu'il y bosse à plein temps, je suis curieuse d'en apprendre un peu plus sur la compagnie.

Et si je passe te déposer un truc à manger pour une minipause ?

Une minute plus tard, je reçois un pouce levé. Parfait.

Je m'arrête dans une supérette toute proche et achète deux salades composées avant de rejoindre l'impressionnant immeuble du QG d'Ashford Pharma, une immense tour de chrome et de verre. Le vaste hall bruisse d'activité.

J'espère croiser Saint au passage, mais quand je demande au réceptionniste d'appeler son bureau, il m'apprend qu'il est sorti déjeuner avec l'équipe comptable.

— Vous avez rendez-vous ? me demande le type avec une froide politesse.

— Non, je dois retrouver Imogen Alcott.

Il se contente de me regarder, toujours glacial.

— Si elle ne vous a pas annoncée, je crains de ne rien pouvoir faire. Quel est son numéro direct ?

— Elle ne travaille pas ici...

J'essaye tant bien que mal de m'expliquer quand j'aperçois un visage familier. Phillip McAllister, le collègue intello de Wren, quand elle travaillait au labo. Il entre justement dans le bâtiment, une thermos dans une main, un pass de sécurité dans l'autre.

Il est habillé, sans aucun style, d'un pantalon en velours côtelé et d'un sweat tout froissé. Je l'appelle d'une voix forte :

— Phillip ? Hé !

Il s'arrête et m'aperçoit.

— Tessa, qu'est-ce que tu fais là ? s'étonne-t-il.

— Je dois retrouver une amie, mais elle n'a pas prévenu de mon arrivée, alors...

— C'est bon, dit-il aussitôt au réceptionniste en levant son badge. Elle est avec moi.

J'ai à peine le temps de le remercier que je suis entraînée vers un portique de sécurité. Je dois ensuite attendre qu'un garde vérifie le sac contenant les salades.

— Waouh, ils cachent les joyaux de la couronne ici, ou quoi ? plaisanté-je quand je suis enfin autorisée à rejoindre Phillip de l'autre côté.

— C'est tout comme, confirme-t-il dans un rire. Ils ne rigolent pas avec la surveillance parce que le labo VIP est au sous-sol. Ils y gardent tous leurs précieux secrets commerciaux.

— OK, je comprends mieux le trip gardes armés jusqu'aux dents et vérification musclée...

Je suis Phillip jusqu'à un ascenseur qu'il appelle en passant sa carte et en entrant un code.

— Quel étage ? me demande-t-il une fois les portes ouvertes.

— Euh... L'étage de la direction, j'imagine...

— La classe, sourit-il quand les portes se referment.

Je ris à mon tour et demande :

— Je ne m'attendais pas à te voir ici, je croyais que tu bossais à Oxford.

— C'est le cas, mais on a tous été convoqués au QG pour un gros événement, explique Phillip en passant une main dans ses cheveux. On est censés se balader et parler de nos recherches. En anglais, ajoute-t-il avec un grand sourire. Ils insistent beaucoup sur ce point : pas de blabla scientifique.

— Eh bien, bonne chance ! Est-ce que tout se passe toujours bien côté recherche, d'ailleurs ?

Je sais que Phillip est soumis à des clauses de confidentialité en béton armé, mais il m'a déjà laissé entendre que leur traitement contre Alzheimer était très prometteur, au point que les essais cliniques pour leur nouveau médicament devraient révolutionner tout le domaine médical.

Wren a bossé sur les débuts de ces recherches, et j'aime me dire qu'elle a contribué à un projet qui pourrait changer la face du monde.

— Et par « tout », je veux parler du projet top secret sur lequel tu bosses et dont je ne connais absolument pas l'existence, précisé-je avec humour.

— Hypothétiquement, si je travaillais sur ce projet top secret, il irait à merveille, répond-il sur le même ton.

— Tant mieux, ça me fait vraiment plaisir.

Nous atteignons le vingtième étage et les portes s'ouvrent. Waouh ! L'endroit est incroyablement moderne et luxueux, avec une vue époustouflante sur la ville. Un peu partout, on aperçoit des directeurs à l'air sérieux en plein meetings tout aussi sérieux.

Phillip émet un sifflement impressionné.

— Ça a l'air sympa par ici, dis donc. Au fait, et toi, qu'est-ce qui t'amène au siège ? Tu n'étudies plus à Ashford ?

— Si, en théorie. Je partage juste mon temps entre ici et là-bas. Mon petit ami vit à Londres, ajouté-je en rougissant, parce que c'est la première fois que je parle de Saint en ces termes.

Je rougis à peine quand il me prend devant une foule, mais l'appeler « mon petit ami » me donne des papillons dans le ventre...

— Mais attends, tu dois le connaître, réalisé-je soudain. C'est Saint, je veux dire Anthony St Clair.

Phillip ouvre des yeux ronds.

— Attends... Tu sors avec l'héritier rebelle ?!

Je glousse.

— C'est comme ça qu'on l'appelle dans le coin ?

— Merde, ne le lui dis pas, demande-t-il d'un air embarrassé. C'est un surnom débile qui circule dans le labo. Parce qu'il reste à l'écart de la boîte familiale, tu vois ?

— Je vois très bien, mais ce n'est plus le cas. Depuis l'infarctus de son père, il travaille dans les bureaux. En fait, il doit être au siège en ce moment.

— Waouh… Eh ben… OK. J'espère que tu es heureuse avec lui, dit-il lentement.

De toute évidence, il est parfaitement au courant de la réputation sulfureuse de Saint.

— Je suis très heureuse, confirmé-je.

Et plus que comblée…

Phillip jette un œil à sa montre.

— Je ferais mieux de retourner au sous-sol avec les intellos scientifiques. Ça m'a fait plaisir de te croiser, en tout cas. Et au fait, tu en as appris plus sur cette société secrète ? demande-t-il en retournant dans l'ascenseur.

Je secoue la tête.

— C'était une impasse, finalement.

Je me revois en train de partir pour la soirée Blackthorn, j'étais tellement pleine d'espoir… Résultat, je me suis retrouvée au milieu d'une bande de riches privilégiés bourrés, trop contents d'entonner leur devise en latin.

— C'est peut-être mieux comme ça, répond Phillip avec un sourire désolé. Je sais que tu voulais en apprendre plus sur le séjour de Wren à Oxford mais parfois… je ne sais pas… il vaut mieux juste aller de l'avant. Garder les bons souvenirs et laisser tomber le reste.

— Peut-être… répété-je dans un écho, même si je n'y crois pas une seconde.

Laisser tomber ? Je ne saurais même pas comment faire.

Les portes se referment et je jette un regard autour de moi. À qui est-ce que je vais pouvoir demander où se trouve Imogen ?

Au moment même où je me pose la question, elle apparaît au bout du couloir, tirée à quatre épingles dans un pantalon de soie bleu marine et un cardigan en cachemire, ses cheveux blonds maintenus dans une tresse parfaite.

— Désolée, s'exclame-t-elle en claquant une bise rapide sur ma joue. J'ai été retardée avec le choix de la musique et j'ai complètement oublié que je t'avais laissée affronter seule la Gestapo de l'entrée !

— Pas de souci. J'ai apporté de quoi te maintenir en vie.

— T'es un ange ! Alors, dis-moi, qu'est-ce qui t'amène dans le coin ? demande Imogen en me précédant dans le couloir. Je suis ravie de te voir, tu n'imagines pas ! Je me suis noyée dans les centres de table toute la matinée, j'ai vraiment besoin d'une pause.

— Et des antipasti de chez Gino ! En fait, j'étais dans le quartier, et pour tout t'avouer, je suis un peu curieuse de découvrir l'endroit. Saint a été coincé ici toute la semaine avec des réunions.

— Tout le monde est sur le pont. Lionel Ambrose a décidé de faire un événement de campagne ici au dernier moment. Évidemment, personne n'en parle comme tel, explique-t-elle en levant les yeux au ciel. Officiellement, c'est une réception à la gloire d'Ashford Pharma, pour son modèle d'innovation. Enfin bref, je me suis retrouvée entraînée là-dedans je ne sais comment. Et tu peux voir à quel point ça se passe bien, conclut-elle en me faisant entrer dans une immense salle.

Je cligne des yeux, effarée. On dirait qu'un ouragan vient de passer par là. Le sol est jonché d'élégants centres de table, de boîtes pleines de vaisselle fine ou de tissus délicats et de décorations diverses.

— Waouh. Et la soirée doit avoir lieu demain ?

Imogen se met à rire.

— Ne t'inquiète pas. J'ai toute une équipe de Minions surentraînés pour m'assister et figure-toi qu'il y a bien une logique à ma folie, me rassure-t-elle en enlevant le bazar d'un coin de table avant de tirer deux chaises. D'ici vendredi soir, l'étage tout entier sera une merveille à la gloire du triomphe inégalé d'Ashford, ou je ne sais quelle connerie ils racontent dans le prospectus.

Je sors nos salades en lui confiant :

— Saint ne me parle pas beaucoup de l'entreprise. Ils développent principalement de nouveaux médicaments, c'est ça ?

Elle hoche la tête en piochant dans son plat.

— En fait, Ashford s'occupe de domaines variés. Le plastique, les cosmétiques, la nourriture pour bébé… il y a même une usine de chocolat quelque part en Belgique !

— Sérieux ?!

Elle esquisse un large sourire.

— Le grand-père de Saint est tombé amoureux d'une chocolatière dans les années 1950, il me semble. Quand leur liaison s'est terminée, il lui a installé un petit empire du chocolat là-bas. Chaque année, pour les fêtes, la famille nous envoie leurs vœux et leurs meilleurs échantillons. Mais évidemment, les médicaments sont le cœur du business. C'est une industrie qui vaut des milliards, et tout le monde se livre une concurrence féroce pour sortir *le* nouveau traitement miraculeux.

— Comme celui contre Alzheimer, réponds-je sans réfléchir.

Imogen ouvre de grands yeux, interdite.

— Comment es-tu au courant ?

Je me rappelle un peu tard que je parle d'un dossier top secret.

— Ma sœur a travaillé sur ces recherches, expliqué-je. Et toi, comment tu es au courant ?

Imogen jette un regard alentour.

— C'est un secret de polichinelle par ici, admet-elle en baissant la voix pour s'assurer que les gens qui passent devant la porte laissée ouverte ne puissent rien entendre. Mes parents ont liquidé toutes leurs actions pour acheter plus de parts d'Ashford Pharma. Et tous leurs amis ont fait la même chose. À la minute où Ashford annoncera les résultats des essais cliniques sur le traitement contre Alzheimer, la cote de l'entreprise va grimper en flèche.

— Ce qu'ils font, c'est pas… du délit d'initié ?

Imogen rit devant mes sourcils froncés.

— Absolument, mais c'est comme ça que ça fonctionne dans ce monde. Tu me rends service, je te rends service… C'est pour cette raison qu'Ashford Pharma déroule le tapis rouge à Lionel Ambrose et l'aide à gagner l'élection. Comme ça, quand il sera Premier ministre, il pourra renvoyer l'ascenseur en diffusant partout le traitement avec l'appui de la Sécurité sociale. Des commandes massives du gouvernement feront encore augmenter le prix des actions Ashford. Tout est connecté…

Pour moi, tout ça ressemble surtout à de la corruption généralisée, mais je ne dis rien. Des boîtes qui valent des milliards et des campagnes politiques nationales… Cet univers me dépasse complètement.

— Oui, les deux familles sont très proches, dis-je à la place en repensant à Hugh.

Imogen confirme d'un hochement de tête.

— Le père de Saint et Lionel sont amis depuis des lustres. Et Cyrus Lancaster aussi. C'est l'un des plus généreux donateurs de la campagne de Lionel et il a sans doute dû investir dans Ashford, lui aussi. Ils ont atteint les sommets tous ensemble.

Et toutes ces familles ont énormément à perdre. Ma gorge se serre quand je songe aux enjeux. Que le responsable de l'agression de Wren soit Max ou Hugh, ils sont aussi puissants et intouchables l'un que l'autre.

Quelqu'un toque à la porte, et une assistante passe la tête dans l'embrasure.

— Miss Alcott, euh… pardon - Imogen ? Un camion est arrivé sur la rampe de livraison avec des milliers de ballons noirs.

Imogen bondit sur ses pieds.

— Noirs ? Non, non, j'ai demandé rouge, argent et blanc, aux couleurs d'Ashford !

— Je suis désolée, balbutie la fille d'un air paniqué.

Imogen se tourne vers moi avec un soupir.

— Je dois vraiment…

— Bien sûr ! Pas de souci. Va gérer cette histoire de ballons, on se voit bientôt !

Je me lève, un peu déçue de ne pas avoir eu le temps de la questionner sur Hugh et Max. Cela dit, j'ai quand même appris quelques infos intéressantes sur Ashford et sur les familles Ambrose et Lancaster, donc je n'ai pas complètement perdu mon temps.

— Tu accompagnes Saint à la réception ? demande-t-elle.

— Il n'en a pas parlé pour le moment.

Imogen pousse un soupir en secouant la tête.

— Je vois... C'est sa méthode habituelle : il pense que s'il ignore une invitation assez longtemps, sa présence va devenir optionnelle. Bizarrement, ça n'a jamais fonctionné pour moi !

— Sans doute parce que tu es absolument nécessaire, lui fais-je remarquer avec un sourire.

— Ouais, je vais devoir travailler sérieusement sur ce point.

Imogen part à toute vitesse s'occuper de la couleur de ses ballons et moi, je prends le temps de tout ranger, avant de reprendre tranquillement le chemin des ascenseurs.

J'en profite pour regarder autour de moi. Il y a sans aucun doute un gros pic d'activité dans le coin. Surtout, je comprends pourquoi Saint a pris soin de rester à l'écart. Tout le monde a l'air tellement sérieux, en tenue d'entreprise, à se presser d'un bureau à l'autre comme s'ils avaient des millions de choses vitales à régler.

J'essaye d'imaginer comment passeraient l'attitude nonchalante de Saint et ses jeans noirs délavés dans une réunion d'équipe, et un sourire me monte aux lèvres.

L'héritier rebelle...

Je vais pouvoir me moquer de lui avec ce surnom parfait ! Je suis sur le point de sortir mon portable pour lui écrire quand j'entends mon nom.

— Tessa ?

C'est le frère de Saint, Robert, qui remonte le couloir derrière moi.

— Salut ! lui lancé-je avec un sourire.

Si Saint a tout du rebelle avec sa mâchoire ciselée et son sourire séducteur, Robert est l'incarnation du fils loyal. Il a une carrure solide, des cheveux blonds et des traits plus arrondis et amicaux que son aîné. Lui a l'air parfaitement à l'aise dans son costume d'homme d'affaires, une bouteille d'eau minérale dans une main, son téléphone dans l'autre.

— Salut. Désolé, c'est le gros bazar ici. C'est sympa de te voir. Tu es passée rendre visite à Saint ? Je vais te raccompagner en bas si tu veux.

— En fait, j'étais venue voir Imogen, expliqué-je en entrant dans l'ascenseur. Mais elle court partout pour préparer le gros événement de campagne.

— Ah oui, c'est vrai ! J'avais presque oublié cette histoire, glousse Robert. Il y a constamment mille trucs sur le planning. J'aimerais que ça se calme, mais pour le moment, faut croire que la boîte n'a qu'une vitesse disponible : supersonique.

— En tout cas, ça doit être excitant. Je sais que Saint a bossé dur ces derniers temps.

— Et c'est toi qu'on doit remercier pour ça !

Je fronce les sourcils.

— Comment ça ?

Robert me répond d'un sourire complice.

— Allez... Je connais bien mon frère : il n'aurait jamais mis un pied dans ce bâtiment de son plein gré, encore moins pour y passer une journée de travail. Pas sans la présence d'un petit ange sur son épaule pour le pousser dans la bonne direction. Alors, quoi que tu fasses, continue ! Il était vraiment temps qu'il revienne se préoccuper de ce qui est important pour notre famille. Les enjeux sont plus élevés que jamais.

Je reste un instant muette, perturbée par l'intensité soudaine de sa voix sur ces derniers mots. C'est peut-être le stress de tout gérer en l'absence de son père...

— Je peux te promettre que je n'ai rien d'un ange et que je n'ai absolument pas poussé Saint à faire quoi que ce soit, réponds-je fermement. Tout ça, ça vient de lui. Il veut vraiment vous aider. L'attaque de votre père a été un choc et... il a changé depuis, en tout cas en ce qui concerne Ashford et ses responsabilités familiales.

Parce que, pour ce qui touche à certains autres aspects de sa personnalité, comme son goût pour les aventures sensuelles hors norme, rien n'a changé...

Robert semble surpris.

— Vraiment ? D'accord. En tout cas, il avait déjà changé avant l'accident de papa. Depuis que vous avez commencé à sortir ensemble, il est différent.

— En mieux, j'espère ? demandé-je avec une légèreté forcée, tandis qu'on émerge de l'ascenseur dans l'immense hall d'accueil.

L'idée que son frère me considère comme une sorte de modèle qui a ramené Saint dans le droit chemin me met d'autant plus mal à l'aise qu'à cause de mon enquête, je risque au contraire de faire exploser tout ce petit monde bien ordonné.

— En beaucoup mieux ! me rassure Robert avant de reprendre, du même ton pressant : J'espère qu'on vous verra tous les deux à la soirée Ambrose demain soir. C'est important qu'il y soit, qu'on montre un front uni.

— J'espère qu'on pourra venir, réponds-je vaguement. J'aimerais beaucoup en savoir un peu plus sur le travail que vous faites ici. Tu sais, ma sœur a travaillé sur un projet médical à Ashford Pharma avant sa mort. Elle était au labo d'Oxford. Wren Peterson. Peut-être que tu l'as rencontrée ?

Robert s'étouffe brusquement sur sa gorgée d'eau minérale et se frappe la poitrine.

— Désolé, c'est parti du mauvais côté, tousse-t-il avant d'avaler le reste de la bouteille, le temps de se remettre.

Il répond enfin, le visage rougi :

— Wren, tu dis ? Ça ne me dit rien. C'est mon père qui pilote le département de la recherche. Enfin, c'était lui qui s'en occupait… C'est une grosse boîte, tu comprends ?

Je hoche la tête. Robert recule déjà.

— Je dois vraiment y aller. Le devoir m'appelle…

— Je vais faire de mon mieux pour traîner Saint ici demain soir.

Robert m'adresse un sourire rapide.

— Ne t'embête pas pour ça. Saint est… Saint. Prends soin de toi !

Sur ce, il tourne les talons et je reprends le chemin de la maison, encore un peu perturbée par l'intensité étrange du comportement de Robert.

Je suppose qu'il doit simplement subir une pression de fou. Il gérait déjà Ashford Pharma avant que Saint n'entre en action et, avec leur père hors du coup, ce doit être un stress énorme de préparer le lancement de leur traitement miracle.

J'essaye de me mettre à sa place, mais j'avoue que j'ai du mal à me représenter ce que ça peut signifier d'être le second fils d'une famille aussi puissante. Même si Saint ne veut aucune des responsabilités qui vont avec son statut d'héritier de la fortune Ashford, est-ce que Robert l'envie ? Est-ce qu'il aimerait être à la place de son aîné pour devenir le prochain duc ?

Après tout, c'est lui qui met tout son temps et toute son énergie dans l'entreprise familiale, alors que Saint a pris un chemin différent. Dans tous les cas, cette situation ne doit pas franchement aider à resserrer les liens fraternels.

Je tourne à l'angle de la rue de Saint, une jolie voie plantée d'arbres qui abrite de superbes maisons mitoyennes.

Après notre folle aventure au club hier soir, je meurs d'envie d'une soirée cocooning avec lui : commander à manger, mettre un film et…

Au moment où j'ouvre la porte, j'aperçois une petite enveloppe en papier kraft tombée sur le paillasson avec le reste du courrier. Mon nom y est écrit au marqueur noir.

Je m'immobilise, submergée par un frisson désagréable.

Je me baisse lentement pour la ramasser. Il n'y a ni adresse ni timbre, donc quelqu'un est venu déposer l'enveloppe en personne.

J'observe la rue déserte, avant de refermer la porte, de plus en plus mal à l'aise. Qui sait que je suis ici ?

Je me souviens du bruit étrange qui m'a terrifiée l'autre soir à Oxford, et cette impression d'être observée resurgit. Sans même parler du type qui m'a agressée dans la rue pour me dire de ne plus enquêter sur Blackthorn...

Du calme, ce n'est probablement rien.

Un message laissé par Imogen ou Hugh, sans doute... Lentement, je rejoins la cuisine et me prépare mentalement. J'ai très envie de jeter l'enveloppe sans même regarder son contenu, mais ma curiosité est la plus forte. Sur une brusque inspiration, j'ouvre l'enveloppe.

À l'intérieur, il y a une seule feuille de papier, avec une ligne de texte :

Tu ne sais pas où tu mets les pieds. Arrête de poser des questions avant qu'il soit trop tard.

Je relis le message. Plusieurs fois.

Trop tard pour quoi ?

Le bruit de la serrure me tire brusquement de ma réflexion. Je me fige, le cœur au bord des lèvres. Jusqu'à ce que Saint apparaisse, de retour du travail.

— Ça fait tellement de bien de te voir ! lance-t-il depuis le couloir, un sourire tendre aux lèvres. J'ai bien cru que cette journée n'allait jamais se terminer. Et toi ? Comment c'était ?

Il s'arrête pour retirer sa veste et poser sa serviette en cuir.

En une fraction de seconde, je prends ma décision : je ne peux pas lui parler du mot. Il s'inquiéterait et risquerait de vouloir que j'abandonne l'enquête. Je ne peux pas. Je suis allée trop loin pour faire machine arrière.

Je me reprends rapidement, et froisse le papier et l'enveloppe avant de les enfoncer dans la corbeille, sous un tas de courrier à jeter.

— Super ! J'ai déjeuné avec Imogen. Ah, et j'ai croisé ton frère, aussi.

— Petite réunion de famille classique, quoi, plaisante-t-il en me rejoignant pour me serrer dans ses bras. Alors que moi j'ai passé la journée dans une pièce pleine de comptables. Si tu veux une blague sur les écarts types, tu me dis, je suis un expert en jeux de mots mathématiques !

Je m'oblige à lui sourire, même si mon cœur bat beaucoup trop fort.

— Il n'y a rien de typique dans tes écarts pervers, répliqué-je.

Saint éclate de rire.

— Tu as ça dans le sang ! Tu t'intégrerais à la perfection dans ces réunions !

Il pose un rapide baiser sur mes lèvres.

— Thaï ? Ramen ? Qu'est-ce que tu préfères ? Tu vas avoir besoin d'énergie, ajoute-t-il avec un sourire entendu. N'espère pas que j'ai oublié que tu mérites une bonne fessée : j'ai bandé toute la matinée après tes textos.

Je retiens un soupir de soulagement en essayant de ne pas penser au papier roulé en boule à quelques pas de nous. Lui en parler ne changerait rien. C'est ce que je me répète.

Après tout, je connaissais les risques qu'il y avait à me lancer aux trousses de l'agresseur de Wren. Rien de ce qu'il fera ne pourra m'arrêter maintenant.

Et puis, si le coupable commence à s'inquiéter assez pour me menacer, ça ne peut vouloir dire qu'une seule chose : je me rapproche.

Chapitre 13

Saint

Bordel !

Ma raquette manque une nouvelle balle lancée à toute allure. Elle part s'écraser derrière moi et rebondit bruyamment sur les murs polis du terrain de squash.

Hugh rit, tout content.

— T'es pas en forme, se moque-t-il, à peine en sueur dans son survêt. Trop de nuits blanches, mon pote.

— Au contraire, rétorqué-je en haletant bruyamment. J'ai jamais été en meilleure forme.

— J'en doute pas ! Déjà, t'es debout à cette heure !

Hugh me lance une nouvelle balle et je l'envoie contre le mur en servant. Ça fait un moment qu'on n'a plus joué ensemble. En fait, depuis que j'ai appris qu'il était potentiellement l'agresseur de Wren.

Tessa a insisté pour que je le retrouve tôt ce matin. Elle veut essayer d'en apprendre plus sur l'alibi de Hugh.

Je ne crois pas une seule seconde qu'il puisse être coupable, seulement je suis parfaitement conscient que cette seule possibilité nous rend fous, Tessa et moi. Voilà pourquoi je suis là, à servir une nouvelle balle en me demandant quelles questions lui poser pour l'écarter de cette foutue liste de suspects.

Cette fois, je parviens à envoyer une balle correcte, avant que Hugh ne me la retourne dans un angle impossible à atteindre.

— Reparlons de ta forme épique... se moque Hugh.

Je fais semblant de me vexer.

— Rappelle-moi pourquoi j'ai accepté de jouer avec toi, alors que tu m'écrases à chaque fois ?

Il fait une pause pour boire un coup. J'attrape ma bouteille d'eau à mon tour pour m'épargner la déshydratation mortelle.

— Parce que ça fait du bien à ton ego surdimensionné ! On le sait tous depuis des années : le grand Anthony St Clair a besoin d'être remis à sa place, et souvent... Sans ça, tu serais insupportable.

J'éclate de rire. Hugh et moi, ça remonte à tellement loin ! Nous tous, en fait.

— T'inquiète pas pour ça. Tessa s'assure que je garde les pieds sur terre jour après jour.

Hugh lève un sourcil.

— Ça marche toujours entre vous, alors ?

Je hoche la tête en essuyant la sueur qui coule sur mon front.

Ce qu'il y a entre nous, c'est solide, profond, et en même temps totalement hors de contrôle. Je peux tourner les choses comme je veux, la vérité est simple : je suis complètement fou d'elle.

— Et toi ? demandé-je, pas franchement pressé de lui détailler le pouvoir que Tessa a sur moi, ni ce que j'ai ressenti en la voyant jouir comme jamais sous la langue d'une autre femme. Tu sortais pas avec une fille belge ? Celle qui avait un vignoble.

Hugh secoue la tête.

— Ça n'a pas duré. Et honnêtement, en ce moment... C'est un vrai cirque avec la campagne de mon père. Les journalistes sont à l'affût du moindre détail qui concerne même vaguement la famille. Y a pas beaucoup de nanas qui seraient prêtes à signer pour un tel degré d'intrusion dans leur vie privée.

— Et celles qui le sont ne sont pas celles qu'il nous faut, confirmé-je, compatissant.

Je n'ai jamais été aussi scruté par les journalistes que Max et Hugh, mais on a tous connu notre lot de coureuses de dot croisées en soirée, des filles trop heureuses d'avoir leur photo dans *Town & Country Magazine*, au bras de l'un d'entre nous.

J'en profite pour essayer d'amener la conversation vers la période qui m'intéresse.

— Tu te rappelles Tara, que tu voyais l'an dernier ? C'est pas elle qui avait essayé de s'incruster à la soirée Blackthorn ? Max avait raconté un truc comme ça...

— Mince, je l'avais complètement oubliée ! s'amuse Hugh. Effectivement, elle s'est ramenée avec toutes ses copines, complètement bourrées au lambrusco. On a dû poliment les mettre à la porte avant que Cyrus ne pique une crise.

— Dur ! J'ai raté ça ! J'ai entendu dire que l'*after* était ouf l'an dernier.

— Je sais pas, je ne suis pas resté très longtemps, répond Hugh en haussant les épaules. Tu sais que c'est pas vraiment mon truc. J'y vais seulement pour que mon père puisse échanger des poignées de main avec ses donateurs.

Je suis sur le point de lui demander ce qu'il a fait s'il n'est pas resté, mais il pousse un lourd soupir et se laisse aller contre le mur.

— Franchement, j'ai vraiment hâte que cette foutue campagne se termine. Je compte les jours ! J'ai l'impression d'être constamment sous la lame d'un microscope. Et je te parle pas des mémos... Tous ces consultants qui nous disent quoi faire, quoi penser... Est-ce qu'on doit aller dîner en famille dans un restaurant indien, pour montrer l'engagement de Lionel Ambrose pour une nation multiculturelle ? Ou est-ce qu'on doit plutôt prendre une bière dans un pub, histoire de montrer son attachement aux valeurs traditionnelles anglaises ?

Hugh roule des yeux exaspérés, en poursuivant :

— J'ai commis l'erreur d'être en retard à une réunion de campagne l'autre jour, j'ai eu le droit à une leçon de morale sur les responsabilités familiales et l'obéissance filiale.

— Ah, ça, je connais la chanson, compatis-je en levant ma bouteille d'eau pour un toast. L'héritage, la protection du nom et toutes ces conneries...

Je me sens sincèrement désolé pour lui. Après tout, nous subissons tous les mêmes soucis avec nos familles et leurs attentes oppressantes.

Hugh devient tout à coup sérieux.

— C'est vrai, cela dit. Au fond, c'est ce qu'il y a de plus important, non ? Ne pas les laisser tomber... Protéger l'héritage qu'ils ont construit... quel qu'en soit le prix. On le leur doit. On leur doit tout.

— T'as trop écouté les discours des réceptions Blackthorn, toi, plaisanté-je, un peu surpris. Si tu fais pas gaffe, tu vas te mettre à parler en latin.

Hugh n'a jamais été un fervent défenseur de toutes ces traditions. Il n'est certes pas un mouton noir comme moi, mais je croyais qu'il voulait tracer sa propre route.

— Qu'est-ce que Cyrus adore répéter, déjà ? Le passé nous ouvre la voie du futur ? Tu parles ! Le passé nous enchaîne au futur, oui, ajouté-je.

Hugh secoue la tête, un faible sourire de retour sur ses lèvres.

— Pas faux. Premier ministre... bordel ! Comme si mon père n'était pas déjà assez insupportable comme ça. Qu'est-ce que ce sera quand il sera à la tête de la nation tout entière ?

— Prends les choses dans l'autre sens : il n'y aura plus une seule entrée VIP en ville qui t'échappera. Tu vas pouvoir t'éclater avec la jet-set de tout Davos dans n'importe quel club. Et pense à toutes ces filles fans de parlementaires, prêtes à tout pour goûter au pouvoir... Toutes à tes pieds !

Il rit à ma plaisanterie.

— D'après ce que je sais, toi, tu n'as pas besoin de ce genre de ruses pour les attirer. Quoique... la carte « futur duc », ça doit jouer.

— Si je pouvais me débarrasser de ce satané titre et, au passage, de toutes les conneries familiales qui vont avec, je le ferais dans la seconde, marmonné-je.

Je repense à la promesse de mon père de mettre un terme à sa liaison avec Valérie DeJonge. J'ai vérifié les comptes et, au moins, les paiements se sont interrompus. Est-ce que ça signifie que c'est bel et bien terminé, ou simplement qu'il a trouvé un moyen de couvrir ses traces ?

Nous rejoignons les vestiaires pour nous doucher, mais je ne peux m'enlever cette question de la tête. J'espère vraiment que mon père va trouver un moyen de se sortir de cette histoire, avant qu'elle ne nous éclate à la figure.

Hugh a raison sur un point : le moindre de nos faits et gestes est scruté en ce moment. Sa famille à lui en raison de la campagne politique de son père, la nôtre à cause du lancement prochain du nouveau médicament révolutionnaire. Et, pour ne rien arranger, les deux sont étroitement liés. La dernière chose dont nous avons besoin, c'est un scandale.

Du genre qui révélerait que Hugh est un prédateur violent...

Je l'étudie discrètement pendant qu'il peigne ses cheveux et remet sa montre en place. On se connaît depuis tellement longtemps. Je sais que le bracelet de cuir de sa montre lui a été légué par son grand-père et que, depuis une expérience désastreuse chez un coiffeur-styliste renommé, il ne se fait plus couper les cheveux que chez un vieux barbier sur Bethnal Green en qui il a entièrement confiance.

Je ne peux pas l'imaginer faire les trucs horribles que Tessa a décrits.

Ni lui, ni Max, ni aucun de ces types que je connais depuis des années. Pourtant, l'un d'entre eux l'a fait. Quelqu'un ment et cache une part sombre de sa personnalité.

Une fois de plus, je me demande si le tatouage qui nous lie est un indice aussi solide que Tessa le pense. Je ne lui en ai pas parlé, mais je ne peux m'empêcher de me dire que Wren s'est peut-être trompée, d'une façon ou d'une autre.

Tessa a bien dit que les souvenirs de sa sœur n'étaient que des fragments embrouillés à cause de la drogue qu'on lui avait fait prendre. Et si le tatouage n'était pas le bon ? Si on cherchait dans la mauvaise direction, au risque que le véritable criminel s'en sorte...

Il n'y a pas le choix : il faut qu'on éclaircisse les alibis de Max et Hugh pour les écarter définitivement. Je n'ai pas menti à Tessa en lui promettant mon soutien. Peu importe si ça doit me coûter certaines amitiés, on découvrira la vérité. Ensemble.

Je dois seulement espérer qu'on y parvienne avant que les doutes constants et la méfiance généralisée ne me rendent complètement fou.

Après la séance, je rentre au bureau et passe la journée à travailler sur les questions budgétaires avec mon nouvel ami de la compta, Harold. Ce n'est pas franchement palpitant, ce qui a l'avantage de me permettre d'observer ce qui se passe autour de nous. Tout le monde semble distrait par la réception prévue ce soir. De temps en temps, je vois Imogen passer d'un pas rapide, ses Minions derrière elle.

À 18 heures, je quitte enfin l'étage de la comptabilité pour retourner tout en haut. Ma cousine a fait du sacré bon boulot.

Des centaines d'invités sont déjà arrivés : la crème des médias britanniques, du gouvernement et de la bonne société. Des ballons et des arrangements floraux aux couleurs d'Ashford, rouge et argent, égayent l'endroit, même si la soirée est censée célébrer toute l'industrie britannique et pas seulement notre entreprise.

— Tu t'es surpassée, la félicité-je quand Imogen émerge de la masse des invités, l'air incroyablement sereine dans sa robe beige du meilleur goût.

— N'est-ce pas ? réplique-t-elle en observant la foule animée, un sourire satisfait aux lèvres. Et ce, malgré tous les efforts de l'équipe Ambrose. Tu sais comment ils sont, aux relations publiques, il leur faut des drapeaux sur toutes les surfaces... Aucun goût, aucune subtilité.

— Je suis pas certain que subtilité et politique fassent bon ménage. Pas si tu veux gagner, en tout cas.

Imogen lève les yeux au ciel.

— On sait tous que la victoire lui est acquise, fait-elle remarquer en replaçant des brochures brillantes à la gloire d'Ashford Pharma sur une table – brochures que j'ai passé ma semaine à corriger et arranger. Les journaux Lancaster l'ont encensé toute la semaine. « Le seul choix raisonnable », voilà ce qu'ils ont titré. Et t'as vu ces photos avec Hugh et toute la famille ? ajoute-t-elle avec une grimace. La presse les appelle les Kennedy britanniques.

J'émets un grognement écœuré.

— Hugh va arracher les yeux de Max.

— Ou bien lui serrer la main pour les avoir directement propulsés au 10 Downing Street ?

Imogen parcourt la salle du regard et pousse un lourd soupir.

— Tout ça, ça ne te paraît jamais... glauque ?

— Glauque ? répété-je, amusé par son air écœuré.

— Oui, malaisant... C'est injuste que le monde fonctionne comme ça.

Elle garde le silence un moment, les sourcils froncés, avant de poursuivre :

— Lionel Ambrose et Cyrus Lancaster se retrouvent dans une pièce et décident qui va gouverner le pays. Ton père lève à peine le petit doigt et, tout à coup, les médicaments d'Ashford obtiennent une jolie autorisation du gouvernement et une commande massive. Et nous, on est là, à agiter des fanions sur leur passage.

J'avale mon champagne d'un trait.

— J'avoue, dit comme ça... Mais c'est ainsi que le monde a toujours tourné, non ? Avant Lionel et Cyrus, avant mon père. C'était déjà pareil pour leurs pères, et leurs pères avant eux.

— Et c'est quoi la suite ? demande Imogen, un sourcil levé. Dans vingt ans, tu vas suivre leurs traces, faire des deals secrets avec Hugh et Max ?

— Absolument pas.

— Toi, admettons. Et Robert, alors ?

Je tourne la tête dans la direction de son regard, vers mon frère qui serre des mains et sourit aux caméras en posant avec mon père et Lionel, devant l'un de ces fameux Union Jack[1], décidément peu subtils.

Je n'ai pas la réponse à cette question, alors je lui demande en retour :

— Qu'est-ce qui te rend si pensive, tout à coup ?

Elle hausse vaguement une épaule.

— Sache que je suis capable d'avoir une réflexion profonde de temps en temps, réplique-t-elle avec légèreté en tirant un petit fil de sa robe. Je ne pense pas qu'aux potins et aux ornements floraux, figure-toi.

— Crois-moi, je le sais. Gare à ceux qui te sous-estiment !

Je lui adresse un sourire affectueux qu'elle me rend.

— Je pourrais dire la même chose de toi, seulement, on sait tous les deux que tu fais semblant d'être un intellectuel désinvolte. Heureusement que t'es beau, pour rattraper un peu ton cerveau dégénéré.

J'éclate de rire, quand j'aperçois tout à coup Tessa qui tente de se frayer un chemin à travers la foule.

On s'est mis d'accord pour se retrouver directement ici, donc je ne l'ai pas vue dans sa robe bleu marine avant cet instant. La coupe est absolument sage, pas de décolleté et une longueur aux genoux, pourtant mon corps réagit immédiatement. Le tissu moule parfaitement la moindre de ses courbes et, avec ses cheveux lâchés en boucles légères, elle est belle à couper le souffle.

Je sens Imogen me donner une tape sur le bras, m'obligeant à détourner mon attention.

— Quoi ?

— Oh ! rien... Ça fait juste une minute que je parle dans le vide, s'amuse-t-elle en lançant un regard entendu vers Tessa. T'es complètement accro.

Je ne prends pas la peine de nier. Elle a raison, je suis complètement fou d'elle et je me fiche que tout le monde le sache.

1. L'Union Jack est le nom du drapeau du Royaume-Uni.

— Si tu vois ma mère, essaye de l'attirer dans la direction opposée, OK ? Moins de temps elle passe avec Tessa, moins il y a de chance que celle-ci prenne un vol retour vers les États-Unis pour échapper à la grande glaciation.

— Tu me le revaudras, cous' ! rétorque Imogen en riant.

Je traverse la salle en répondant vaguement aux saluts. Il n'y a qu'une seule personne que j'ai envie de voir.

— Oh ! Dieu merci ! s'exclame Tessa quand je la rejoins.

De toute évidence, le plaisir de nos retrouvailles est réciproque. Elle serre fort ma main dans la sienne en regardant autour d'elle.

— Quelqu'un m'a demandé si je travaillais au Département du commerce et de l'industrie et ce que je pensais de la politique technologique qui doit être négociée au prochain G8... J'ai failli déclencher une guerre commerciale internationale !

Je souris et l'attire à moi pour l'embrasser.

— Tu aurais dû leur dire que tu favorisais les politiques protectionnistes. T'aurais fait s'effondrer les marchés boursiers dès demain matin !

Avec elle dans mes bras, je me sens déjà mieux. Avec elle, tout est mieux, en fait.

Tessa recule légèrement pour conserver une distance polie entre nous.

— Lionel Ambrose a l'air à l'aise, dit-elle avec un mouvement de tête vers l'homme en question.

Il discute avec mon père et un groupe de journalistes. Il est effectivement imposant, charismatique, à sa place au milieu de sa cour.

— Hugh est déjà là ? Comment s'est passé le squash ? m'interroge Tessa. Tu as découvert quelque chose d'utile ?

Je secoue la tête à regret. Je sais qu'elle va être déçue.

— Il était présent à la soirée l'an dernier, mais on le savait déjà. Il a dit qu'il était parti tôt, mais je n'avais pas moyen de l'interroger sur ce qu'il a fait ensuite.

Son visage trahit sa déception et mon cœur se serre.

— Et Max ? Est-ce qu'il assiste à ce genre de soirée ?

— Pas s'il peut l'éviter.

— Donc on n'a aucune information, lâche-t-elle, les lèvres serrées. Le temps presse.

— Qu'est-ce qui te fait dire ça ?

J'ai remarqué un changement d'humeur chez elle ces derniers jours. Elle est encore plus déterminée dans sa quête. Elle veille tard le soir, passe des heures à faire des recherches sur Internet à la recherche du moindre indice, bâcle ses devoirs universitaires... Elle est complètement obsédée par les alibis possibles de Max et Hugh, et cherche constamment des moyens de les amener à mentir pour les prendre en faute.

Je sais bien que ses recherches sont vitales pour elle, seulement je ne peux pas m'empêcher de ressentir un certain malaise en voyant comment tout ça consume chacune de ses pensées.

Même ce soir, son esprit est complètement accaparé par le moindre lien qui pourrait la ramener à Wren.

— Plus je pose de questions, plus je creuse, plus il y a de chances que l'agresseur apprenne que je suis sur ses traces et disparaisse, explique-t-elle en détournant le regard. Regarde Blackthorn... Ils ont découvert que j'enquêtais sur eux et ont envoyé ce type m'agresser. Si le coupable se sent menacé... qui sait de quoi il sera capable ?

— Je ne laisserai personne s'en prendre à toi, lui promets-je en la serrant contre moi.

L'attaque qu'elle a subie à Oxford me hante encore. J'aurais dû être là pour la protéger.

— Tu n'as plus à t'inquiéter de ça, tu n'es plus après la confrérie.

— Et alors ? Rien ne nous dit que ma nouvelle cible est moins dangereuse.

Je me penche et pose un baiser léger sur ses lèvres pour tenter d'effacer les ombres de son regard.

— On va le trouver, assuré-je.

Même si je n'ai aucune idée du comment... Et puis, une fois qu'on l'aura trouvé... quoi ? On n'en a encore jamais parlé. Tessa doit bien savoir qu'elle ne peut pas juste aller le dénoncer à la police et espérer que le système lui rende justice.

Wren est morte depuis des mois, il n'y a aucun témoin, aucune preuve de ce qui l'a conduite au suicide, seulement de vagues fragments d'informations. Absolument pas de quoi porter plainte, encore moins condamner quiconque.

Sans même parler du fait que ni les Ambrose, ni les Lancaster n'accepteraient ne serait-ce qu'un début d'enquête officielle. Leurs avocats enverront bouler le procureur le plus déterminé.

Alors qu'est-ce que Tessa attend de tout ça, exactement ? Est-ce que je veux le savoir, d'ailleurs ?

J'attrape une autre coupe de champagne. Pour ne rien arranger, j'aperçois mes parents qui se déplacent de groupe en groupe. On se retrouvera bientôt face à eux. Alors, j'attrape la main de Tessa et je l'attire à l'écart.

Histoire d'alléger un peu l'humeur sombre, je propose :

— Et si on faisait un petit tour ?

— J'ai déjà visité.

Elle sourit cependant quand je l'entraîne dans un recoin caché derrière l'espace de réception central.

Je murmure en déposant des baisers sur son cou :

— Peut-être, mais tu n'as pas eu le droit à une visite privée toute spéciale…

J'entends son souffle se bloquer dans sa gorge et sa peau se hérisse de frissons quand je trouve l'endroit sensible qu'elle adore.

— Tu ne devrais pas plutôt serrer des mains parmi la foule ? demande-t-elle, alors que ses joues sont rosies et ses yeux brillants de tentation.

— Jouer les fils obéissants ? Bof. Je préfère écouter le petit bruit de gorge que tu fais juste avant de jouir, rétorqué-je sans baisser la voix.

— Saint ! proteste Tessa en jetant un regard autour de nous pour s'assurer que personne n'a entendu.

Évidemment, tout le monde est bien trop occupé à boire pour se préoccuper de nous.

— Je n'entends pas de « non », soufflé-je en laissant mes mains glisser plus bas.

Tessa se mord la lèvre. Les joues un ton plus rose, elle soutient mon regard, audacieuse.

— Maintenant que j'y réfléchis, j'ai très envie de voir ton bureau, pour m'imaginer où tu es exactement quand je t'envoie ces messages qui te font bander.

Je ravale un grondement et l'entraîne le long du couloir jusqu'à ce qu'on atteigne le bureau du boss. C'est là que j'ai travaillé ces deux dernières semaines.

Le bruit de la fête est étouffé ici.

— Classe, siffle Tessa en faisant le tour de la luxueuse pièce, meublée avec un canapé, des fauteuils de designer et un immense bureau placé face à une vue à couper le souffle. Mais le décor laisse un peu à désirer, ajoute-t-elle avec un sourire narquois en soulevant une photo encadrée de ma mère.

Je la lui prends et la repose hors de notre vue.

— C'est le bureau de mon père.

Tessa hausse un sourcil et agrippe mon col pour m'attirer vers elle.

— Et tu comptes me prendre ici même ? Tu portes vraiment bien ton surnom d'héritier rebelle...

Je ris en saisissant ses hanches pour la hisser sur la surface de bois poli.

— Hein ? C'est quoi ce surnom ?

— C'est comme ça qu'ils t'appellent, ici...

— Non, t'es sérieuse ?

— Parfaitement. Et je compte bien m'y mettre, moi aussi. Monsieur l'héritier rebelle.

— Alors je vais devoir trouver un moyen de te faire taire, murmuré-je en capturant ses lèvres.

J'aime tellement la façon dont elle réagit à mon contact. Ses lèvres s'entrouvrent d'elles-mêmes, son corps s'alanguit contre le mien, impatient d'être touché.

Mes mains parcourent ses courbes, pressant, effleurant, caressant chaque endroit dont je sais qu'il la fera gémir et haleter un peu plus fort. Mes paumes enserrent ses seins, et je savoure son petit cri quand je pince les pointes délicates déjà durcies.

Cette femme est incroyable. L'effet qu'elle a sur moi... Déjà, mon sang s'est transformé en lave dans mes veines, je brûle de sentir ses muscles intimes m'enserrer délicieusement, pendant qu'elle me suppliera de la prendre plus fort.

Quand je libère enfin sa bouche, elle murmure mon prénom dans un souffle.

— Je croyais t'avoir demandé de me dire ce dont tu as besoin, la grondé-je en plaisantant.

Mes mains remontent lentement le tissu de sa robe sur ses cuisses, toujours plus haut.

— Qu'est-ce que tu veux me dire, ma belle ? « Saint, oui... », « Saint, encore... », « Saint, prends-moi tout de suite... » ?

— Tout ça, halète-t-elle quand mes doigts trouvent son sexe, déjà mouillé pour moi.

— Même avec la porte ouverte ?

Ses yeux papillonnent, peinant à se concentrer sur ladite porte.

— *Surtout* avec la porte ouverte, réplique-t-elle.

L'excitation que je lis dans ses yeux à cette idée a raison de moi. Comme à chaque fois.

Je presse doucement sa chair sensible avant de glisser un doigt en elle, submergé par son étroitesse brûlante, enivré par le désir qui embrume soudain son regard.

— Tu es tellement prête pour moi, mon cœur.

Je ravale un grondement sauvage et l'embrasse à nouveau. Ma langue accapare sa bouche, se délectant de sa saveur enivrante. Elle passe les bras autour de mon cou pour m'attirer plus près, pressante, impatiente, nerveuse.

— Tu en veux plus, ma belle ?

Je joue avec elle en pliant mon doigt au creux de son sexe. Elle émet un grondement de frustration.

— Tu sais que oui.

— Alors, demande gentiment…

Je mordille le lobe de son oreille et Tessa frémit.

— S'il te plaît… ?

— Plus gentiment, exigé-je en retirant mon doigt pour jouer avec son clitoris, la faisant gémir de frustration.

J'adore la rendre folle de désir. C'est tellement grisant de la voir ainsi, de voir qu'elle a besoin de moi, que je peux rendre son plaisir tellement plus doux et puissant. La façon dont elle me supplie, de son corps et de sa bouche, est le meilleur aphrodisiaque au monde.

Seulement, ce soir, elle n'est finalement pas d'humeur à me supplier. Elle m'agrippe au col et me défie du regard.

— Donne-moi ce que je veux. Fais-moi crier ici, sur le bureau de ton père. Comme ça, à chaque fois que tu seras convoqué pour une leçon de morale, tu pourras m'imaginer allongée, les jambes écartées pour toi, en train de gémir.

Bordel.

Mon audacieuse, ma magnifique Tessa…

Je la pénètre de deux doigts et la sens s'arquer sous la pression délicieuse.

— Saint… halète-t-elle.

J'étouffe son gémissement en couvrant sa bouche de ma main. Je vois ses yeux s'élargir un instant de surprise, mais je sens ses muscles intimes se contracter plus fort autour de mes doigts. Elle aime ça, alors je maintiens mon bâillon avant d'insérer un troisième doigt en elle pour aller et venir.

— Pas un bruit, ma belle, ordonné-je sévèrement en mordillant son oreille. C'est ce que tu voulais ? Alors, prends-moi. Je veux te sentir bien serrée autour de mes doigts… Voilà, comme ça.

Elle se crispe autour de ma main, les yeux révulsés, et je n'ai jamais rien vu d'aussi excitant. La façon dont son corps est secoué de tremblements, dont ses muscles intimes se tendent alors que l'orgasme monte, c'est une expérience grisante.

— Voilà, ma belle, tu y es presque.

Je pousse un grondement de satisfaction en la sentant perdre pied. D'abord, ses jambes se mettent à trembler, puis ses gémissements se font désespérés et, tout à coup, son corps se tend, presque comme si elle tentait de résister à la montée du plaisir. Mais je ne la laisse pas faire, j'enfonce mes doigts plus loin en elle, appuyant ma paume contre son clitoris, jusqu'à ce qu'elle abandonne la lutte.

Elle jouit dans un cri étouffé et se laisse retomber en arrière au milieu des dossiers, haletante et comblée.

Elle a raison : je ne pourrai plus mettre un pied dans ce bureau sans me mettre à bander et la revoir ainsi, alanguie et vibrante de plaisir.

Ma sublime déesse.

Lentement, je retire mes doigts et lèche sa saveur délicieuse. Entre ses cils, Tessa me regarde, légèrement rougissante, alors qu'un instant plus tôt, c'est elle qui exigeait que je la baise avec mes doigts.

— Salut, souffle-t-elle en revenant sur terre.

Je lui souris. Je suis tellement dingue de cette femme qu'un seul mot d'elle suffit à faire gonfler mon cœur… et autre chose.

— Hey, mon cœur, réponds-je en écartant tendrement une mèche de son front. Ça va mieux ?

Elle hoche la tête, un sourire heureux aux lèvres.

— Je me demandais juste…

— Quoi ? Dis-moi ?

— Pourquoi ta queue n'est pas déjà en moi ?

Le désir m'enflamme un peu plus les reins.

— Pardon, je compte bien rectifier cette erreur tout de suite.

Je pose la main sur ma ceinture, mais suspends mon geste quand j'entends des bruits de voix qui se rapprochent dans le couloir.

D'un mouvement rapide, je redresse Tessa et la remets debout. L'excitation d'être découverts est une chose, mais je n'ai aucune intention d'en faire la cible des ragots du bureau.

— Ils ne peuvent pas nous entendre, proteste Tessa à mi-voix.

— Ils nous auraient entendus, étant donné la façon dont je comptais te prendre.

Je lisse sa robe pour qu'elle soit décente. C'est à peu près bon, sauf l'éclat de pure jouissance qui illumine encore son regard.

— Fais-moi confiance, mon cœur. Les ragots vont très, très vite dans un endroit comme celui-ci. Tu veux vraiment que tout le monde dans l'immeuble sache comment je te fais crier ? Même mes parents ? Lionel Ambrose ? Cyrus Lancaster ?

Ses yeux s'agrandissent d'horreur.

— OK, tu marques un point, lâche-t-elle avant de lisser frénétiquement ses cheveux désordonnés.

Je l'observe en train de se ressaisir, et même si mon érection me fait mal et que je vais devoir retourner dans la foule avec ma veste stratégiquement posée sur mon bras pour cacher les dégâts qu'elle a causés, je ne peux pas m'empêcher de sourire. Dans ces rares moments où il n'y a que nous deux - sans liste de suspects, sans quête de vengeance, sans emmerdes familiales... -, je me sens merveilleusement en paix.

— Prêt ? rayonne-t-elle en prenant ma main.

— Euh... oui.

Je m'éclaircis la gorge, un instant décontenancé par le cours de mes pensées et l'émotion qui me coince la gorge. Je lui tiens la porte du bureau ouverte et nous reprenons le couloir en sens inverse. Il y a des gens tout proches, qui se sont mis à l'écart de la fête pour discuter au calme. Heureusement que j'ai mis un terme à notre petit interlude : Tessa aurait alerté tout le monde.

— Ton frère est là, dit-elle en désignant Robert.

Il est en pleine discussion avec Lionel et mon père, leurs têtes penchées l'une vers l'autre.

— Ça a l'air sérieux, commente Tessa en interceptant le plateau chargé de petits-fours d'un serveur.

— Les affaires de famille le sont toujours, réponds-je, tendu.

Soudain, ils lèvent la tête et nous aperçoivent. Je leur adresse poliment un hochement de tête et un signe de la main, et Robert se dirige aussitôt vers nous.

— Belle réception, non ? lance-t-il, rayonnant.

— C'est très sympa, répond poliment Tessa. Saint me faisait justement visiter.

Elle conclut avec un léger sourire en coin qui m'est exclusivement destiné.

J'essaye de ne pas m'étouffer sur ma bouchée de toast au saumon fumé. Robert lui rend son sourire.

— Merveilleux ! Au fait, j'ai entendu dire que tu avais commencé à travailler avec Hugh à la Fondation...

— Tout à fait. Sur un projet de levée de fonds. C'est passionnant.

J'interviens fièrement :

— Elle est trop modeste pour le dire, mais Tessa a pas mal fait bouger les choses là-bas ! Hugh chante ses louanges depuis des semaines.

— Et c'est pas rien, acquiesce Robert avec conviction. Hugh est un type incroyable. Tel père, tel fils ! Je ne serais pas étonné qu'il suive les traces de son père au gouvernement dans quelques années.

Je reste muet un instant, stupéfait de le voir tellement admiratif devant mon ami de toujours. J'oublie trop souvent que Robert a le syndrome du petit frère : il considère notre groupe avec l'adoration des gamins qui regardent les super-héros, parce qu'il a grandi en nous suivant, mes amis et moi.

— Euh... Pas sûr que Hugh soit d'accord, réponds-je enfin avec amusement.

Robert n'en démord pas.

— Tu devrais le voir parler à une foule ! Cette conférence qu'il a donnée l'an dernier à Stockholm... Je peux te dire que ça a fait du bruit. D'ailleurs, Tessa, tu devrais la regarder, il parle des missions de la Fondation, de l'équilibre à trouver pour intervenir positivement à l'étranger sans pour autant bafouer la souveraineté locale... C'était en octobre, il me semble. Oui, c'est ça, je me souviens qu'à la soirée Blackthorn, il testait son discours sur nous, parce que la conférence avait lieu le lendemain. Il crevait de trouille, le pauvre.

— J'imagine, répond lentement Tessa.

Je peux sentir la tension qui émane d'elle, mais j'attends que Robert s'excuse pour aller parler à d'autres invités avant de me tourner vers elle.

Tessa me fixe, le regard intense.

— Tu l'as entendu ? Hugh a quitté la soirée Blackthorn pour aller donner une conférence en Suède !

— Wren, acquiescé-je, submergé par une intense vague de soulagement. Elle a été enfermée ce week-end-là, donc ça ne peut pas être lui.

— Si son alibi tient la route, tempère Tessa en sortant son téléphone.

Un instant plus tard, elle pousse un soupir soulagé et tourne l'écran vers moi. Sur une vidéo, Hugh arpente une scène, l'air timide et passionné à la fois, devant une salle de conférences pleine à craquer. La date de la vidéo ne laisse plus place au doute : tout ça se passe le lendemain de la soirée Blackthorn.

Je scrolle la liste de vidéos et en trouve une autre de la veille au soir, lors du cocktail de réception des intervenants.

— Regarde. Cocktail de bienvenue le dimanche soir. Il est parti tôt de la soirée Blackthorn pour aller directement à l'aéroport, sinon il n'aurait pas pu être au cocktail à temps.

— Et il n'a pas pu rentrer en Angleterre avant le lundi après-midi, confirme Tessa. Ce n'est pas lui. Ce qui signifie...

— ... que Max est le dernier sur la liste, lâché-je lentement. En tout cas, jusqu'à ce qu'on comprenne ce qu'il y a au-delà de cette histoire de tatouage.

— C'est lui, insiste sombrement Tessa.

— On ne peut pas en être sûrs...

— C'est le seul qui reste !

Elle a l'air de vouloir partir à la poursuite de Max dans la minute, alors j'essaye de tempérer son impatience.

— Et c'est pour ça qu'on doit vérifier ce qu'il faisait cette fameuse nuit. Tu l'as dit toi-même, on doit être prudents pour que celui qui a fait ça ne puisse pas couvrir ses traces.

— « Celui qui a fait ça... » ? répète-t-elle, le visage fermé. Tu ne le crois toujours pas coupable ? Même si c'est le seul autre à porter ce foutu tatouage ?!

Je suis sur le point de lui rappeler que la preuve de Wren n'est pas si limpide, quand quelqu'un approche.

Valérie DeJonge.

Je préférerais autant garder mes distances avec la maîtresse de mon père, mais il est déjà trop tard.

— Saint, me salue-t-elle d'un froid hochement de tête avant de se tourner vers Tessa pour lui faire une bise beaucoup plus chaleureuse. Tessa, je suis ravie de vous revoir. Je ne savais pas que vous étiez si proche de la famille St Clair.

De toute évidence, Tessa digère encore l'alibi miracle de Hugh, mais elle parvient à répondre.

— Euh... en effet, c'est tout récent, répond-elle avant de m'expliquer comment elles ont fait connaissance. Le Dr DeJonge était la tutrice de Wren quand celle-ci travaillait au labo.

— Appelez-moi Valérie, je vous en prie. Wren était une scientifique tellement prometteuse. On travaillait ensemble sur les premiers tests du nouveau médicament d'Ashford. Je me disais justement combien il était dommage qu'elle ne soit plus là pour voir nos rêves prendre forme. Enfin, si le traitement fonctionne, bien entendu...

— Si... ? répété-je, surpris. Je croyais que les résultats étaient quasiment confirmés, à ce stade.

S'ils ne le sont pas, c'est l'avenir de l'entreprise qui est en jeu. Mon père a tout misé sur ce remède miraculeux, d'après les projections financières des années à venir que j'ai pu consulter. Le moindre bruit de couloir porte sur les résultats incroyables de ces essais et sur la façon dont ce médicament est sur le point de révolutionner le monde entier – et les profits d'Ashford au passage.

Valérie lâche un léger rire.

— Vous nous connaissez, nous, les scientifiques... On aime revérifier les données cent fois. Qui sait ce qu'on peut trouver à la dernière minute...

Son regard s'égare vers la foule et, en suivant sa direction, je découvre mon père, les yeux rivés sur nous. Il a l'air stressé et anxieux. Pas étonnant : il doit flipper que Valérie nous révèle des détails croustillants sur leur liaison.

Évidemment, il nous rejoint en moins d'une minute.

— Désolé de devoir t'interrompre, Saint, mais mon discours va bientôt commencer. Tessa, ravi de vous voir ici ce soir. Vous êtes magnifique.

Mon père jette un regard rapide à Valérie mais n'ajoute pas un mot. L'ambiance est soudain glaciale et je me demande s'il en a vraiment terminé avec cette histoire.

— Avant de partir, laissez-moi vous donner mes coordonnées personnelles, Tessa. J'aimerais beaucoup déjeuner avec vous pour discuter du travail de Wren sur ce projet. La sœur de Tessa a participé aux recherches avec moi, indique-t-elle ostensiblement à mon père.

Il a soudain l'air complètement paniqué. Visiblement, le fait qu'on soit tous là à papoter tranquillement, sans mentionner l'infidélité qui est aussi grosse qu'un éléphant dans la pièce, ne le met pas à son aise.

— Le monde est petit, lâche-t-il.

Encore un peu et ma mère ne devrait pas tarder à nous rejoindre.

— N'est-ce pas ? réplique Valérie en tendant sa carte à Tessa. Vous devriez vous joindre à nous, Saint. Je crois comprendre que vous allez jouer un rôle plus important dans l'entreprise désormais. J'aimerais beaucoup vous présenter nos recherches, vous faire comprendre comment les essais cliniques fonctionnent et de quoi l'entreprise est capable.

Mon père toussote nerveusement.

— On devrait vraiment y aller, lâche-t-il en agrippant mon bras pour m'entraîner à l'écart.

Je me dégage dès que nous avons fait quelques pas.

— Tu me coupes la circulation.

— Pardon, mon grand. Le stress de la soirée me gagne, je suppose.

Le visage rouge, il desserre son nœud de cravate. De près, je vois bien qu'il est pâle. Il a perdu du poids depuis son infarctus, sans doute à cause du régime que ma mère lui fait suivre. Il observe la salle, tendu à l'extrême.

— Je boirais bien un verre, lâche-t-il.

— Je croyais que les médecins te le déconseillaient, lui rappelé-je.

— On dirait ta mère, soupire-t-il.

— Que Dieu m'en préserve, murmuré-je avec un regard vers Tessa.

La pauvre a l'air de vouloir être n'importe où plutôt qu'ici. Je devine qu'elle a hâte de reprendre notre conversation à propos de Max. Je dois nous sortir de là avant que quelqu'un remarque sa tension.

— Tu sais, papa, on ne voudrait pas te retenir. Profite de ta soirée...

— Pas si vite, nous arrête-t-il, tandis que ses yeux retournent anxieusement se poser sur Valérie. Je te dois des excuses.

Je m'immobilise, stupéfait.

— Pardon ?

— J'ai entendu des retours excellents sur ton investissement ici. Je suis fier de toi.

Jamais je n'ai entendu mon père prononcer ces mots à mon adresse. En tout cas, pas au cours des dix dernières années. Avant que je puisse demander d'où vient ce brusque revirement, il ajoute précipitamment :

— En fait, tu mérites des vacances. Depuis que tu es venu en renfort au bureau, tu n'as pas arrêté. Qu'est-ce que tu dirais d'un petit voyage en Provence ? Je suis sûr que Tessa va adorer.

Son regard revient malgré lui sur Valérie. Elle lui répond d'un œil noir et je réalise ce qu'il veut : m'éloigner d'ici, m'envoyer loin de sa maîtresse et des magouilles financières des comptes d'Ashford...

De façon délicieusement ironique, il s'avère que je lui cause finalement plus de souci en étant un bon fils obéissant et aidant, plutôt que quand je vaquais à mes propres occupations.

J'ouvre la bouche pour rejeter son offre, mais Tessa me prend de vitesse :

— J'adorerais visiter le sud de la France ! C'est tellement gentil à vous !

Mon père est à deux doigts de pousser un soupir de soulagement.

— Parfait. Vous pouvez y aller dès ce week-end. Et pas besoin de vous presser pour le retour, ajoute-t-il avec une tape sur mon épaule. Robert peut gérer en attendant. Vous deux, allez vous reposer et profiter de vos vacances.

Un chuchotement traverse la foule qui commence à se rassembler pendant que Lionel s'approche du micro. Mon père prend rapidement congé et le rejoint.

Je me tourne vers Tessa.

— Tu m'expliques ?

Les mâchoires serrées, elle répond :

— Max est dans le sud de la France, Annabelle me l'a dit. Je ne veux pas attendre ici. Il est le dernier nom sur notre liste. Il est temps qu'on discute avec lui pour savoir ce qu'il sait de Wren.

Le voilà de retour : ce regard déterminé, calculateur, froid. Sa mission se dresse toujours entre nous et l'avenir que j'imagine avec elle.

— Très bien. On y va, alors.

J'ai toujours du mal à envisager que mon pote d'enfance puisse être responsable d'un tel crime. Il y a forcément une explication, une erreur. Quoi qu'il en soit, je dois savoir, parce que le plus tôt cette histoire parviendra à son terme, le plus tôt Tessa pourra se débarrasser du terrible fardeau qu'elle porte.

Elle pourrait être libre. Heureuse. Avec moi.

Un frisson désagréable me hérisse l'échine. D'ici là, je ne sais pas jusqu'où elle est capable d'aller pour obtenir justice.

Chapitre 14

Tessa

C'est Max le coupable.

Je ne parviens pas à penser à quoi que ce soit d'autre. Cette idée me consume d'une rage brûlante.

C'est lui, forcément. Il est le dernier sur notre liste. Il était présent à la soirée Blackthorn. Il a le bon tatouage sur la cuisse. En prime, je sais déjà qu'il connaissait Wren, peut-être même qu'ils avaient une liaison.

Est-ce que c'est lui qui a proposé à ma sœur de l'accompagner à l'*after* ?

Les yeux rivés sur l'album de fin d'année, je contemple le cliché de cette soirée où tout a basculé. Wren tournoie sur elle-même, tellement libre, heureuse.

Max a pu lui raconter des histoires sur leur confrérie secrète, sur leurs *afters* légendaires. Et elle a sauté dans la voiture en direction de son domaine familial pour se joindre à la fête. Pour elle, c'était juste une autre aventure au cours de son voyage de rêve en Angleterre.

Je m'imagine très bien Max placer un verre drogué dans sa main, pendant qu'elle danse comme une folle. Wren avait confiance en lui, elle s'amusait, sans se douter du cauchemar qui l'attendait, sans imaginer un seul instant que le charmant play-boy qui l'accompagnait pouvait avoir de mauvaises intentions.

Je ferme à peine l'œil, jusqu'à ce que l'aube apparaisse derrière les fenêtres. Je me glisse hors du lit en prenant garde de ne pas réveiller Saint.

J'enfile rapidement un survêtement et sors de la maison pour un jogging matinal. Au passage, je compte faire un détour dont Saint ne doit jamais entendre parler.

— T'es certaine de ce que tu fais ? s'inquiète Phillip en regardant nerveusement autour de lui.

À peine dehors, je lui ai envoyé un texto pour lui dire de me retrouver dans un coin discret de Hyde Park. La rosée matinale brille sur l'herbe, et il n'y a que quelques rares promeneurs de chiens.

— Ce n'est pas un jeu, Tessa. Entre les mauvaises mains, ce truc peut être vraiment dangereux.

— Je serai prudente, promis. Tu l'as apporté ?

Phillip soupire, puis tire à contrecœur un petit paquet de son manteau. Il me le tend rapidement, et je l'enfouis dans la poche de mon sweat.

— Merci, vraiment. Je suis désolée de ne pas pouvoir t'en dire plus… Sache juste que c'est pour Wren.

— Je ne veux pas savoir, répond-il fermement. Sois prudente, c'est tout.

— Je le serai.

La seule chose qui m'importe désormais, c'est de mettre Max face à ses mensonges. Et je compte bien y arriver… grâce aux petites fioles dans ma poche.

De retour à la maison, je dis bonjour à Saint comme si de rien n'était. Nous préparons rapidement une valise et embarquons pour le sud de la France.

Très vite, je réalise que voyager, dans le monde de Saint, n'a rien à voir avec la définition que j'en avais jusque-là.

— Du champagne, monsieur ? propose l'hôtesse avec un sourire amical à notre intention.

— Pourquoi pas ? répond Saint en se relaxant dans le siège de première classe, à côté de moi. Tessa ?

J'acquiesce, l'estomac noué par le stress. Je ne songe qu'à notre mission.

L'hôtesse nous sert deux coupes et un plateau de fruits. Je repense à mon vol pour l'Angleterre, avant que tout ça ne commence : des heures interminables au-dessus de l'Atlantique avec des hôtesses à cran, des bébés en pleurs et des sachets de bretzels industriels. Aujourd'hui, je peux m'étendre entièrement dans un fauteuil aussi confortable que stylé, après avoir coupé toutes les files d'attente grâce à un accès VIP à l'aéroport, le tout en me voyant proposer des serviettes chaudes pour me laver les mains et de délicieux snacks à chaque nouveau salon VIP.

C'est vraiment dommage que je sois beaucoup trop tendue pour en profiter.

— On atterrit bientôt, me dit Saint avec un sourire rassurant. Ça va aller.

Je parviens à esquisser un faible sourire. Il croit que je suis sur les nerfs à cause du vol. Il n'a pas lâché ma main un instant depuis l'aéroport. Je n'ai pas pu lui dire la vérité. Le pauvre espère encore qu'on va pouvoir innocenter Max.

Je comprends sa loyauté. Ils sont amis depuis des siècles. Personne n'a envie de penser que quelqu'un en qui il a confiance puisse commettre de pareilles horreurs. Malgré ce conflit de loyauté douloureux, Saint a été à mes côtés à chaque étape.

Il m'a soutenue dans mes recherches et je sais qu'il est prêt à briser cette amitié pour découvrir la vérité. Mais je vois bien comment tout ça le bouffe de l'intérieur. Ça l'oblige à tout remettre en question, à se méfier de personnes sur qui il a compté pendant des années...

Moi-même, j'ai détesté devoir suspecter Hugh avant qu'on ne découvre son alibi, alors que je venais à peine de le rencontrer. Saint a autant besoin que moi que toute cette histoire se termine.

Raison pour laquelle les fioles confiées par Phillip sont soigneusement rangées dans ma pochette de maquillage. J'ai besoin d'être sûre. Pour pouvoir faire payer Max pour ce qu'il a fait.

L'avion traverse une petite zone de turbulences et je sursaute. Aussitôt, Saint me serre la main.

— C'est bientôt terminé, me rassure-t-il.

Il a raison. C'est quitte ou double. Dans très peu de temps, Max va répondre de ses crimes.

Enfin, notre avion atterrit à Nice et nous récupérons la voiture de sport louée par Saint. Il conduit à travers la campagne française parsemée de petits villages historiques et de fermes, un paysage splendide dans la lumière d'octobre.

— Ma famille possédait déjà cette maison avant ma naissance, lance Saint, visiblement heureux de se retrouver ici. Mes étés dans cette région font partie de mes meilleurs souvenirs. Mon père travaillait depuis les bureaux européens tout près et ma mère passait son temps à faire du shopping à Saint-Tropez ou ailleurs. Résultat, mes frères et moi, on passait nos journées dans la piscine, en balade au village ou dans la nature, et on draguait toutes les petites Françaises du coin, avec lesquelles on n'avait aucune chance. Enfin, en ce qui nous concernait, Robert et moi, ajoute-t-il avec un sourire nostalgique. Edward les charmait toutes, évidemment, même si son français était abominable.

Je lui rends son sourire en essayant de me détendre. Même dans mon état, je suis capable d'apprécier la beauté des environs. Dans n'importe quelle autre situation, j'aurais demandé à entendre plein d'histoires de ses séjours estivaux, j'aurais voulu m'arrêter pour goûter un verre de vin sur la place de l'un de ces villages typiques.

Seulement, je ne suis pas en vacances, et la rage qui court dans mes veines me permet seulement de contempler les champs et les vignes en comptant les kilomètres parcourus jusqu'à ce que Saint tourne enfin dans une longue allée ornée de cyprès.

— Nous y voilà ! lance-t-il avec affection quand nous parvenons devant un splendide manoir.

Construit dans une pierre dorée, il est surmonté de tuiles d'argile rouge et orné de larges fenêtres avec des volets peints dans un bleu vibrant.

— C'est magnifique. On se croirait dans une carte postale !

Je sors de la voiture, impressionnée.

— C'est à peu près comme ça que mes parents ont trouvé la bâtisse, confirme Saint.

Il prend nos bagages dans le coffre, avant d'aller ouvrir la porte d'entrée. À l'intérieur, je découvre une déco chaleureuse et authentique avec des murs blancs, des tomettes au sol et un mobilier ancien dans les tons bleu et crème.

Saint me conduit jusqu'au vaste salon, puis dans la cuisine au charme traditionnel, qui donne sur la piscine et le jardin.

— Ma mère adore raconter cette histoire, reprend-il. Elle a découvert une peinture à l'huile de la maison dans une galerie d'art du coin. Elle en est instantanément tombée amoureuse et mon père lui a fait la surprise de la lui offrir pour leur anniversaire de mariage.

Je cligne des paupières, stupéfaite. Non seulement à l'idée que certaines personnes s'offrent un petit château en cadeau de mariage, mais aussi en imaginant la mère de Saint, cette femme glaciale et hautaine, se montrer sentimentale à propos de quoi que ce soit.

Saint doit remarquer mon air incrédule, parce qu'il se met à rire.

— Je sais, moi aussi j'ai du mal à l'imaginer. Je suppose qu'à l'époque, mes parents étaient jeunes et amoureux...

Il s'interrompt une fraction de seconde et lâche brusquement :

— Mon père couche avec Valérie DeJonge.

— Quoi ?

— Couche ou couchait, précise-t-il. Il a juré qu'il avait mis un terme à leur liaison. J'ai découvert en vérifiant les comptes d'Ashford qu'il lui versait de l'argent. Comme si je n'avais pas assez de choses à gérer en ce moment. Je dois en prime enfouir ses sales petits secrets.

Saint pousse un soupir frustré en se passant une main dans les cheveux.

— Je suis désolée, murmuré-je en le prenant dans mes bras. Il te met dans une position horrible.

— Ouais, ça devient une habitude ces derniers temps.

Je relève la tête et lui adresse un sourire d'excuses. Mon enquête le place également dans une situation intenable vis-à-vis de ses plus vieux amis.

— Pour ça aussi, je suis désolée.

Il pose un baiser sur le haut de mon crâne.

— Ne le sois pas. Tu n'as aucune raison de l'être.

Nous restons un instant serrés dans les bras l'un de l'autre, avant qu'il ne s'écarte finalement.

— Allez, il est temps de se mettre au boulot, lâche-t-il en sortant son téléphone de sa poche.

Il lance un appel et met le haut-parleur, pour que je puisse entendre la voix de Max.

— Tu ne devineras jamais où Tessa et moi venons d'atterrir, lance Saint. On fait un petit break en Provence ! T'es toujours dans le coin ?

— Carrément ! s'enthousiasme Max. Il y a une soirée chez moi, en plus ! Plus on est de fous, plus on rit !

J'entends effectivement de la musique et des rires en arrière-fond, et des voix féminines qui appellent Max. Saint me questionne du regard et je hoche la tête.

— On arrive !

— Tu es certaine ? me demande-t-il après avoir raccroché. On a passé la journée à voyager. On peut aussi se reposer ce soir et le voir demain ?

— Non, non, ça va. Je ne peux pas profiter de la maison, même si elle est magnifique. Je n'arriverai pas à me détendre.

En prime, si Max fait la fête depuis un moment déjà, il sera désinhibé et plus enclin à se dévoiler. Peut-être même assez pour me révéler la vérité sur ce qu'il a fait cette nuit-là sans que j'aie besoin de prendre des mesures plus extrêmes… En tout cas, je l'espère.

Le temps qu'on fasse le trajet jusque chez Max dans les faubourgs de Cannes, le soleil plonge lentement dans la mer. Tandis qu'on traverse les rues de la ville, je mesure la différence entre la ville côtière et les petits villages pittoresques de l'arrière-pays. Ici, tout est festif, bruyant, glamour. Les promeneurs, en chemin pour le dîner, portent des tenues classes qui ne cachent rien de leur richesse.

La maison de Max colle parfaitement à cette image : perchée sur les hauteurs de la ville, c'est un bâtiment moderne tout en verre. Une immense piscine à débordement surplombe la baie, tout au bout de l'immense terrasse.

La fête est à son comble quand on arrive, et l'allée tellement pleine de Lamborghini et de Mercedes qu'on doit se garer plus loin et terminer à pied.

— Du Max tout craché, commente Saint avec une pointe d'affection qui me fait mal. Ça peut faire trois jours, comme trois heures, que ça dure.

Des fêtards sortent de la maison pour rejoindre la terrasse. Il y en a pour tous les goûts niveau style : de la microrobe moulante au sweat à capuche. Il y a même un type en blouson de ski, boxer… et rien d'autre. Ma robe noire a l'air presque trop sage dans cette foule, et je ressens un brin de nervosité quand nous entrons dans l'immense salon moderne.

Je serre un peu plus fort la main de Saint dans la mienne. Je ne peux plus reculer désormais.

— Hello, hello ! lance Max en émergeant de la foule, pieds nus, en pantalon de lin et la chemise ouverte jusqu'au nombril.

Il tient une bouteille de vodka dans une main, un cigare dans l'autre : la caricature du play-boy richissime.

— Servez-vous un verre, du caviar, il y a tout ce dont vous avez besoin, ici ! De la *weed*, des femmes, du vin. Et Gino est dans le coin s'il vous faut quelque chose de plus fort, ajoute-t-il avec un clin d'œil. Faites comme chez vous !

De toute évidence, il n'en est pas à son premier verre... Je reste en retrait pendant que Saint le serre dans ses bras. J'ai toujours vu Max ainsi : tapageur et excessif. De là à le considérer comme un prédateur ? Je m'y refusais.

Seulement, maintenant, je le regarde avec des yeux neufs, lucides.

— Tessa, je suis heureux que tu aies pu venir, m'accueille-t-il en me faisant la bise.

Je me force à ne pas reculer à son contact.

— Très bel endroit. Alors, c'est là que tu te cachais ? demandé-je avec un sourire amical qui me coûte.

— J'ai dû fuir, mais chht, ne dis rien à mon père ou il me ramènera direct à Londres pour écouter les discours indubitables de Lionel Ambrose. Indubitables ? répète-t-il en fronçant les sourcils. C'est pas ça... Interminables !

Saint rit.

— T'as bu combien de verres exactement ?

— Pas assez, mon ami, jamais assez !

Max nous entraîne à travers l'immense living-room qui donne sur la terrasse principale. Malgré l'air frais de l'automne, la piscine est pleine à craquer de mannequins en bikini.

— J'ai entendu dire que Hugh et toi, vous avez été de vrais boy-scouts à la fiesta d'Ashford, lance Max avec un sourire moqueur. Vous avez fait la fierté de vos illustres familles.

— J'ai en tout cas évité un scandale, confirme Saint, avec un sourire en coin à mon intention. De justesse...

Ma poitrine se serre au souvenir de notre petite visite du bureau de son père. Bizarrement, tout était beaucoup plus simple avant que je ne sois fixée sur l'alibi de Hugh... et la culpabilité de Max.

Maintenant, je n'ai plus d'autre choix que d'affronter la dure réalité : je suis face à l'agresseur de Wren.

Il se laisse paresseusement tomber sur un énorme canapé crème et demande qu'on change la musique d'un air de souverain blasé.

— Ah ! Te voilà, ma chérie ! lance-t-il en regardant derrière nous. Tu vois ? Je t'avais dit que ce serait mieux que l'ambiance eurotrash[1] habituelle !

— Oh ! Tessa ! Dieu merci ! s'exclame Annabelle en me claquant une bise enthousiaste. Je suis tellement contente de te voir ! Je ne connais absolument personne ce soir, je n'ai aucune idée d'où Max trouve tous ces gens !

— J'envoie juste le *bat signal* et les personnes cool débarquent, déclare-t-il.

— Et par « cool », il veut parler de tous les mannequins, DJs et rois de la cryptomonnaie de la Côte d'Azur, glousse Annabelle en m'entraînant à côté d'elle sur le canapé.

Elle pioche deux boissons dans un énorme seau rempli de glaçons, de canettes et de minibouteilles de champagne, et lance :

— *Cheers !*

Sa joie provoque en moi une nouvelle vague de douloureuse culpabilité. J'étais tellement concentrée sur Max que je n'ai pas pensé un seul instant à Annabelle et à ce que tout ça impliquait pour elle.

Ils sont censés se marier le mois prochain : le mariage de rêve de la saison... qui va tourner au cauchemar si j'obtiens ce que je suis venue chercher.

Je croise le regard de Saint. Nous ne sommes pas là pour nous éclater. Nous avons une mission. Il me répond d'un imperceptible hochement de tête. Il a compris.

1. Terme péjoratif désignant un certain type d'Européens riches, influents et prétentieux.

— Alors, dis-moi, c'est quoi le programme après cette petite escapade ? demande-t-il à Max, nonchalamment adossé au canapé, comme s'il profitait simplement de la vue. J'ai entendu dire que tu passerais un peu de temps au *London Weekly* la semaine prochaine, en prévision du grand jour.

— « Un peu de temps » ? grimace Max. Je vais plutôt passer des heures en réunions éditoriales ! Un calvaire... Mais mon père insiste pour que je passe du temps à la rédaction avant de prendre un poste à la direction de Lancaster.

— Ouais, c'est plus ou moins ce qu'il a dit à la soirée Blackthorn, compatit Saint. Il compte garder constamment un œil sur toi pour éviter que l'histoire ne se répète. Hugh m'a raconté le bazar que tu as mis l'an dernier en faisant venir toutes ces nanas à l'*after* de Blackthorn. J'aurais adoré voir la tête de ton père. Je parie qu'il était vert de rage ?

— Bingo ! confirme Max en bâillant, le regard distrait par une top model qui traverse la pièce.

— De quelles nanas vous parlez ? intervient Annabelle.

Aussitôt, Max lui tapote la cuisse.

— T'inquiète, elles étaient là pour que Hugh s'amuse, pas moi. Tu me tiens en laisse, ma chérie. De toute façon, ces saletés de crevettes m'ont rendu malade comme un chien et j'ai passé la nuit à vomir. Croyez-moi, ne mélangez jamais tequila et fruits de mer ! J'arrive toujours pas à regarder une bouteille de Casa Noble depuis cette histoire. Les médecins ont dit qu'ils n'avaient jamais vu quelqu'un vomir autant.

— Les médecins ? Tu étais à l'hôpital après la soirée ? demandé-je, sous le choc.

Ça ne correspond pas du tout à la chronologie de l'agression.

— Pendant deux jours ! soupire Max. À me faire vider l'estomac par la crème des médecins de St Michael. Mon père a pratiquement dû leur offrir le financement d'une nouvelle aile pour rattraper ce fiasco. Hé, Gino ! lance-t-il en se redressant brusquement. Je reviens tout de suite, je vais juste me repoudrer le nez, ajoute-t-il avec un clin d'œil à notre intention.

Mon cœur sombre. Un tel alibi est facile à confirmer – l'hôpital aura un dossier patient, des papiers d'admission… Si Max mentait, il n'aurait pas raconté une histoire si facilement vérifiable.

Comment est-ce possible ? S'il dit la vérité, toutes mes recherches n'ont plus aucun sens. Je me lève à mon tour. J'ai besoin de m'éclaircir les idées.

— Je reviens. Où sont les toilettes ?

Je sens sur moi le regard inquiet de Saint – lui aussi doit se dire que l'histoire de Max est forcément vraie. Seulement, je n'ai pas envie d'en parler maintenant.

— Au bout du couloir, à droite. Je viens avec toi ! s'exclame joyeusement Annabelle.

Elle me traîne à travers la foule en papotant au sujet du look de certains invités et de ce que Max et elle ont fait ces derniers jours.

— … Le shopping est super, c'est vrai, mais on ne peut plus circuler avec ces stars de TikTok qui filment leur nouveau sac Hermès reçu en cadeau, j'en peux plus !

Je l'écoute à peine. Enfin, nous parvenons aux toilettes et je prends une longue inspiration, soulagée d'avoir un peu de répit.

La pièce est spacieuse et carrelée de blanc, et un grand balcon offre une vue sur la mer.

— Ça va, ma chérie ? lance Annabelle en disparaissant dans l'une des cabines qui s'alignent le long d'un mur.

— Oui, oui, très bien. J'ai juste encore un peu mal au cœur à cause de l'avion, mens-je.

— Oh ! il y a eu beaucoup de turbulences ? Je déteste ça ! Si tu te sens vraiment mal, on peut te faire un *banana bag* direct. Le médecin de Max à Londres peut te prendre rendez-vous avec quelqu'un ici. Mince, t'as un tampon ?

— Je crois, laisse-moi vérifier.

Je farfouille dans mon sac et lui glisse un tampon sous la porte.

— Tu es un ange !

Un instant plus tard, Annabelle ressort et va se laver les mains.

— C'est sans doute une question stupide, mais c'est quoi un « *banana bag* » ? demandé-je en m'appuyant à la rambarde pour inspirer la brise marine.

La tête me tourne après la révélation de Max, et je me sens complètement perdue. J'aurais vraiment besoin d'un bon verre de cette tequila qui a prétendument envoyé Max aux urgences.

— C'est de la magie pure ! s'exclame Annabelle. C'est un sachet qu'ils te perfusent, plein de bonnes vitamines. Ça t'élimine une méchante gueule de bois en un instant ! Max a le numéro du type qui fait ça en favori. Ne crois pas un instant à ces histoires d'indigestion, ajoute-t-elle en remettant une couche de rouge sur ses lèvres. Je te parie mille balles qu'il a juste passé une heure avec une aiguille dans le bras avant d'être à nouveau frais et dispo. Il fait ça tout le temps ! Il aime juste jouer les drama queens.

Je parviens à feindre un rire, alors que mon cœur cogne violemment contre mes côtes. Annabelle n'en a pas conscience, mais elle vient d'exploser l'alibi de Max. Il a très bien pu droguer Wren et la cacher quelque part le temps de revenir de l'hôpital pour l'agresser.

La soirée Blackthorn de l'an dernier s'est déroulée au domaine des Lancaster, sur son territoire. Qui sait s'il n'y a pas des caves désertes ou des celliers à vin poussiéreux sous leur maison ? Il a pu la retenir là-bas, cachée, pendant que tout le monde faisait la fête, ignorant les horreurs qui se déroulaient tout près.

— Je ferais bien d'y retourner avant que Max ne se mette dans le pétrin, lâche-t-elle avec un grand sourire.

— Bonne chance, alors.

Je la suis hors des toilettes, mais tandis qu'elle repart en ligne droite d'où l'on vient, je me mêle à la foule et longe les murs de la pièce. Je dois anticiper mon prochain coup. De toute évidence, Max ment comme il respire. Lui poser des questions ne m'apportera donc rien.

Je ne voulais pas en arriver là, mais les petites fioles que Phillip m'a données vont finalement se révéler utiles. Si je joue adroitement mes cartes...

J'observe Max qui agite la tête en rythme près du DJ. Son regard croise soudain le mien, alors je lui adresse un petit coucou séducteur avant de m'éloigner en m'assurant de rouler juste ce qu'il faut des hanches le long du couloir qui mène à la cuisine.

Elle est pleine de serveurs et de traiteurs, mais je m'y attarde en buvant une bouteille d'eau, comptant à rebours jusqu'à...

— Tu es plus jolie à chaque fois que je te vois, déclare Max avec un sourire charmeur en entrant dans la pièce. Saint a intérêt à bien te traiter, sinon... tu n'as qu'un mot à dire.

— Et qu'est-ce que tu feras dans ce cas ? réponds-je, la voix juste assez haletante.

S'il ne s'agissait pas de Max, je n'espérerais pas un instant qu'un mec trahisse son pote, mais Annabelle m'a dit que la conquête était tout ce qui comptait pour lui. Max aime prouver sa domination masculine. Et quelle meilleure manière de le faire que de séduire la petite amie de son pote ?

De fait, les yeux de Max brillent déjà de désir.

— Oh ! je pense à deux ou trois trucs, lâche-t-il avec un clin d'œil.

Je réponds d'un rire mi-gêné, mi-séduit.

— Tu es diabolique.

Max s'approche un peu plus près.

— Et tu n'en as pas vu le quart, ma belle. Les histoires que je pourrais te raconter...

— Arrête de me taquiner, répliqué-je avec une moue. Tu sais, tout le monde parle de la réputation scandaleuse de Saint, mais ces temps-ci, il ne fait que travailler à Ashford. Il m'a promis des vacances sympas, mais il a déjà prévu de passer la journée à visiter des labos je ne sais où, demain. Je vais devoir rester toute seule à m'ennuyer à mourir.

— C'est une honte, souffle Max.

Il fait un pas de plus. Je suis presque coincée contre le comptoir.

Il croise mon regard, les yeux brillants de promesses sensuelles.

— Une femme comme toi devrait être constamment divertie.

— Merci ! C'est ce que je m'évertue à lui dire !

Je lève les yeux au ciel pour appuyer mon propos, tout en m'excusant intérieurement auprès de Saint pour ce que je suis en train de faire. Seulement, je dois jouer la petite amie qui s'ennuie pour aller au bout de mon plan.

— Enfin bref, je vais encore devoir passer ma journée au bord de la piscine à bronzer.

— Pourtant, je ne vois aucune marque de bronzage, plaisante Max en suivant ma clavicule du doigt.

Je me retiens de m'écarter pour échapper à ce contact qui me répugne et je parviens à lui décocher un sourire séducteur.

— On est en Europe, non ? Personne ne porte de haut de maillot, ici. Ni même de bas, parfois...

Son regard brille de convoitise.

— Pourquoi tu ne me passerais pas un petit coup de fil, demain ? Une fois que notre bon vieux Saint sera parti travailler. Je pourrais t'aider à mettre de la crème solaire... et te divertir comme tu le mérites...

Je le tiens.

— Cette idée me plaît bien, soufflé-je en me glissant sous son bras pour échapper à son étreinte, comme par jeu. On parle bien d'un divertissement discret ?

Je feins de m'inquiéter que Saint apprenne notre plan.

— Mes lèvres sont scellées, assure Max avec un clin d'œil.

— C'est dommage, minaudé-je en riant, j'aurais pensé qu'elles pourraient être utiles à quelque chose...

Sur ce, je m'éloigne avec un sourire en coin et retourne au cœur de la fête.

Je retrouve Saint en train de discuter sur la terrasse.

— Tout va bien ? demande-t-il en glissant son bras autour de ma taille.

— Génial !

Il est visiblement détendu, manifestement soulagé maintenant qu'il pense que Max a un alibi pour l'attaque et que je l'ai rayé de ma liste.

Je ne le détrompe pas.

Il essayerait seulement de me dissuader. Mais je ne veux pas l'être. Je dois aller jusqu'au bout.

Les lèvres de Max ne resteront pas scellées longtemps. Pas avec ce que je lui réserve.

Chapitre 15

Tessa

— Je ne suis pas obligé d'aller visiter ce labo, tu sais, assure Saint en resserrant sa cravate.

Nous venons de déguster de merveilleuses viennoiseries et du pain frais de la boulangerie du village, et je profite de la piscine du château provençal et de l'air frais de l'automne en sweat et bas de jogging. Contrairement à moi, Saint est parfaitement élégant, un lourd dossier dans une main, son téléphone dans l'autre.

— Robert a dit que ça pourrait être utile que je me montre, mais franchement, je préfère rester tranquillement ici avec toi, reprend-il avec ce sourire qui me fait instantanément fondre d'habitude.

Mais pas aujourd'hui.

— Tu as organisé ta visite, non ? Ils ont probablement déjà déroulé le tapis rouge et donné toutes les blouses blanches au pressing. Tu ne peux pas leur faire ça.

Je déglutis, la gorge sèche. Je déteste lui mentir, mais impossible de lui parler de mon plan secret avec Max. Résultat, j'ai passé la matinée à compter les minutes avant son départ.

— T'as raison, soupire Saint. Ça va aller, toi ?

— Tu veux dire, moi, toute seule, avec la piscine, le sauna et un frigo rempli des meilleurs fromages du coin ? Oh ! je pense que je vais survivre...

— OK, s'esclaffe-t-il. Je devrais être rentré dans quelques heures. Je t'emmènerai dans mon bistrot préféré.

— Super, j'ai hâte !

— Appelle si tu as besoin de quoi que ce soit.

Il se penche pour me donner un lent baiser, avant de disparaître à l'intérieur de la maison. Mon cœur se serre douloureusement. La culpabilité monte encore d'un cran quand j'entends la porte d'entrée se refermer et le moteur de sa voiture ronfler, alors qu'il s'éloigne dans l'allée.

Je suis seule. Enfin.

J'attrape mon téléphone et envoie un texto à Max.

La voie est libre.

Il répond sans tarder.

J'arrive.

J'essaye de ne pas penser à ce qu'il a dit à Annabelle - ou à ce que je dirai à Saint. Pour le moment, je dois me concentrer sur l'essentiel.

Je n'aurai pas de deuxième chance. Il faut que ce soit la bonne.

Je rentre enfiler rapidement un legging moulant et un débardeur moins couvrant que mon sweat. Je lance de l'électro détente pour l'ambiance et puis je fais le tour de la maison, en quête de l'endroit parfait.

Je passe devant la buanderie... la bibliothèque... Puis j'ouvre une porte près de la cuisine et tombe sur un escalier en pierre qui mène à une sorte de cellier qui fait aussi office de cave à vins.

Jackpot.

Je descends une chaise et pars en quête de ce qu'il me manque encore. Je ne pouvais pas prendre le risque d'emporter quoi que ce soit qui aurait éveillé la suspicion de Saint, alors je me suis dit que je trouverais le nécessaire sur place, et j'ai bien fait.

Je rassemble de la corde à linge, du scotch pour les matériaux électriques et une vieille boîte à outils dans laquelle il y a un marteau, de vieilles pinces et des clous tout rouillés. Je serais incapable de les utiliser, mais Max n'a pas besoin de le savoir. L'essentiel, c'est qu'il me prenne au sérieux.

Une fois que tout est prêt, je tourne nerveusement en rond au rez-de-chaussée, jusqu'à ce que j'entende enfin une voiture dans l'allée.

Mon pouls s'accélère. Pour la première fois, je mesure le risque démentiel que je prends. Jusque-là, j'étais tellement concentrée sur le fait d'amener Max ici que je n'ai même pas réfléchi un instant au fait que j'allais me retrouver toute seule au milieu de la campagne avec un type dont je suis bien placée pour mesurer la dangerosité.

Si les choses tournent mal… il n'y aura personne pour me sauver.

Donc, il faut que ça marche comme prévu. Debout devant le miroir de l'entrée, je prends une profonde inspiration et vérifie mon apparence. Je donne un peu de volume à mes cheveux et ajoute de l'eye-liner pour forcer le trait de la séduction. C'est bon. Je ressemble à une petite amie abandonnée qui s'ennuie et cherche un peu de frissons.

La sonnette retentit. C'est parti pour le show.

— Tu es venu, roucoulé-je en ouvrant la porte d'entrée. J'avais peur que tu n'oses pas…

Max esquisse un sourire arrogant avant d'entrer. Il a les traits tirés par la fatigue et les abus divers derrière ses lunettes de soleil.

— Et pourquoi ça ? Ce que Saint ignore ne risque pas de le blesser.

— C'est vrai.

Je me force à rire et l'embrasse sur la joue. Il a visiblement la gueule de bois : une vague odeur d'alcool s'accroche à sa peau et ses yeux sont injectés de sang quand il retire ses Ray-Ban pour jeter un œil à la maison. Je tente de maîtriser mon dégoût.

— La soirée était très sympa ! À quelle heure vous avez fini ? demandé-je en l'entraînant plus loin à l'intérieur.

— Qui a dit que c'était fini ? réplique-t-il avec un large sourire. Tout le monde s'éclatait encore quand je suis parti.

— Ah bon ? Et tu as réussi à t'éclipser discrètement ?

Quand je tourne la tête pour le regarder, ses yeux sont braqués sur mon cul. Charmant...

— Annabelle passe la journée au spa, un soin diamant ou je sais pas trop quoi, donc tu m'as tout à toi...

— J'ai de la chance, minaudé-je. Je peux te servir quelque chose ?

— Avec plaisir. Un petit verre pour soigner les excès de la veille !

— Ça arrive tout de suite !

Pendant que Max s'avance dans le couloir, visiblement familier de la maison, je rejoins rapidement la cuisine. Saint a mixé un pichet de bloody mary ce matin, alors je nous en sers deux verres. J'ajoute un peu de vodka dans celui de Max et une branche de céleri frais pour ne pas confondre nos verres. Puis je commence à verser le contenu de la première fiole.

Le liquide transparent a l'air parfaitement innocent. Phillip m'a bien prévenue de calculer la dose en fonction du poids de Max pour le mettre KO... mais pas trop.

Je m'immobilise, pétrifiée sous l'afflux des multiples questions qui m'envahissent.

Et s'il n'en prend qu'une gorgée ? Et si je n'arrive pas à bien jouer la comédie et qu'il se rend compte de quelque chose ?

On est seuls tous les deux. Saint ne rentrera pas avant plusieurs heures, et Max est dangereux.

D'un coup de poignet, je verse la moitié de la fiole dans son verre.

— Dommage que le ciel soit nuageux, bâille Max en entrant dans la pièce. On va devoir faire notre topless à l'intérieur, j'imagine ?

Je cache rapidement la fiole.

— Pas le choix ! réponds-je gaiement en mélangeant son bloody mary revisité à la cuillère. Extra-fort pour la gueule de bois ! Cul sec !

J'avale une gorgée de mon verre pendant que Max vide le sien aux trois quarts.

Merde, c'était rapide ! Est-ce que c'est fait pour être avalé aussi vite ? Aucune idée, mais je m'oblige à sourire. J'espère au moins que ça le mettra KO avant qu'il veuille passer aux choses sérieuses. Parce que, si ce monstre pose une main sur moi... je n'arriverai pas à cacher mon dégoût, même pour mener mon plan à bien.

— Alors, où on en était ? demande-t-il en s'approchant. Tu sais, j'ai eu direct l'intuition que tu étais une vilaine, très vilaine fille... Depuis le premier jour où Saint t'a présentée.

Il effleure mon bras du bout des doigts et je lutte pour contrôler ma nausée et ne pas l'écarter sèchement.

— Ah bon ? Qu'est-ce qui m'a trahie ? murmuré-je en battant des cils.

Il lâche un rire bas.

— J'ai un excellent instinct pour ce genre de choses... Un don, même. Je peux dire, juste en regardant une femme, à quel point elle aime le sexe.

Quel connard prétentieux ! Je déglutis.

— Et qu'est-ce que ton instinct te souffle à propos de moi ?

Je prie intérieurement pour que le produit fasse effet très vite.

— Je suis un gentleman, voyons, plaisante-t-il. Mais disons que j'ai l'impression que tu aimes repousser les limites. Loin. Exactement comme moi.

Il n'a pas tort. C'est juste qu'il ne sait pas jusqu'où je suis capable de repousser les limites pour le piéger.

— Dommage que je ne t'aie pas rencontré en premier, alors...

Je m'écarte dans un pas de danse en feignant d'aller changer la musique. Je ne fais que gagner un peu de temps avant qu'il ne veuille passer à l'étape supérieure.

— On dirait que j'ai perdu mon temps avec le mauvais mec, poursuis-je avec une moue boudeuse.

— Dans ce cas, on ferait bien... On devrait...

Max vacille légèrement et s'agrippe au comptoir de la cuisine pour retrouver l'équilibre.

— Qu'est-ce qui se passe ? marmonne-t-il d'une voix pâteuse.

Enfin !

— Tu te sens bien ?

Il lutte visiblement pour rester debout.

— Non... je...

Il s'effondre d'un seul coup. Je ne perds pas de temps. Phillip m'a prévenue : l'action du sédatif durera juste assez pour passer à la phase deux de mon plan.

Mais quand je me retrouve à hisser Max vers le cellier, je réalise que j'ai oublié de prévoir la difficulté qu'il y aurait à traîner un homme adulte inerte sur plusieurs mètres. Il me faut une éternité pour descendre quelques marches. Arrivée à mi-chemin de l'escalier, je perds ma prise et Max s'écroule en avant, cognant sur les dernières marches avant de s'écraser sur le sol poussiéreux.

Merde !

Je me précipite vers lui. Heureusement, il n'y a pas de sang et je n'ai pas vu sa tête cogner. Je pousse un bref soupir de soulagement avant de le hisser sur la chaise. Puis je lui lie les mains derrière le dos avec la corde à linge.

Le temps qu'il soit correctement attaché, je suis épuisée et en sueur. Il est temps de passer à la suite...

Je sors la seconde fiole confiée par Phillip et en transfère le contenu dans la seringue qu'il m'a donnée. Du sodium penthotal : d'après Phillip, c'est ce qui se rapproche le plus du sérum de vérité. C'est censé calmer le système nerveux, afin de rendre le sujet plus influençable et ouvert. Résultat, il devient plus difficile de garder le fil de ses mensonges...

Je saisis le bras de Max et lui injecte le contenu de la seringue sans hésiter.

À bout de souffle, je me laisse tomber sur la dernière marche et je n'en bouge plus jusqu'à ce que Max se réveille.

— Mmmghhh...

Il marmonne des sons indistincts, visiblement désorienté et groggy, les yeux plissés dans la pénombre du cellier.

— Tessa ? dit-il en me remarquant. Qu'est-ce qui se passe, putain ?

— Qu'est-ce que tu crois ? répliqué-je froidement, debout face à lui, les bras croisés.

Il cligne plusieurs fois des paupières et je vois qu'il tente de rassembler les pièces du puzzle. Il est attaché dans une cave, seul avec moi...

Soudain, son visage s'éclaire :

— C'est un scénario sexy ?

Il teste ses liens, avant de rire :

— Waouh, tu fais pas semblant. Mais juste pour te prévenir, je te retournerai la faveur quand ce sera mon tour.

Je le fixe, hallucinée. Il est sérieux ?

— On va plutôt parler. Et tu vas me dire la vérité, cette fois.

Son sourire vacille et la confusion reparaît sur ses traits.

— De quoi tu parles ? C'est pas un jeu, alors ?

— C'était un jeu quand tu as kidnappé ma sœur ? Quand tu l'as attachée pour lui faire Dieu sait quoi ? Tu as de la chance que je ne recrée pas toute l'expérience pour toi.

Quelque chose se rompt en moi et je perds le contrôle.

— Ton alibi ne tient pas. Je sais que c'était toi ! Tu l'as enlevée à la soirée Blackthorn, tu lui as fait du mal... Tu... tu l'as détruite !

Après tout ce temps à chercher, m'interroger, me rendre à moitié folle dans cette chasse à l'homme, il est enfin en mon pouvoir. Et ma rage explose quand je pense à ce qu'il lui a fait.

Elle a payé un tel prix à cause des crimes de ce salopard !

Max se débat plus fort.

— T'es une psychopathe, s'alarme-t-il en regardant partout autour de lui. Tu as besoin d'aide.

— Non. J'ai besoin de réponses. Et tu vas me les donner.

Je vérifie l'heure sur mon téléphone. Phillip a dit qu'il faudrait patienter dix minutes pour que le sérum de vérité fasse effet. Ça devrait fonctionner, à présent.

— Sérieux, tu t'es bien amusée, ça suffit maintenant. Tu as fait flipper ce bon vieux Max, ha ha. Tu es en train de filmer tout ça, pas vrai ? Allez, tu as eu ce que tu voulais, laisse-moi partir.

Je ne réponds rien.

— Détache-moi, espèce de salope ! gronde-t-il, furieux.

Le voilà... le vrai Max. Le monstre.

— Tu n'iras nulle part, articulé-je lentement. Je veux entendre toute l'histoire. Tout ce que tu as manigancé. Tout ce que tu lui as fait. C'est maintenant, Max, l'heure des comptes a sonné.

— Je sais pas de quoi tu parles ! s'emporte-t-il, le visage rougi. Je n'ai rien fait du tout à Wren ! Est-ce que j'en avais envie ? Bien sûr. Elle était sexy, dans le genre bibliothécaire hot. Mais j'en ai pas eu l'occasion. Il ne s'est rien passé entre nous !

— Tu mens !

— Je te jure que non !

Je pointe un doigt accusateur vers lui.

— Tu l'as attirée à la soirée Blackthorn. Tu as drogué son verre.

— Quoi ? Non ! Je l'ai invitée, c'est vrai. J'ai pensé que, peut-être, on pourrait s'éclipser et s'amuser un peu, c'est pas un crime ! Et de toute façon, je te répète qu'il ne s'est rien passé ! Elle a juste disparu.

— Non ! crié-je en secouant la tête. Tu mens encore !

Les drogues sont censées marcher, il devrait se confesser, alors pourquoi continue-t-il à mentir ?! Je sens la rage m'aveugler, dévorante.

— C'était toi ! Tu lui as fait du mal et tu vas payer pour ça !

— Tessa ?

La voix choquée me fait faire volte-face. Saint se tient en haut des marches, son regard rempli d'horreur rivé sur moi.

Merde.

Chapitre 16

Tessa

Le temps semble s'arrêter. Je vois Saint essayer de comprendre la situation. Son regard passe de moi à Max, puis il revient sur moi à nouveau.

— Saint ! Merci, putain ! Elle a complètement vrillé ! Éloigne-la de moi, je sais pas ce qu'elle fout !

Le visage de Saint se ferme et je saisis le moment exact où il comprend ce qui se passe.

— En haut, lâche-t-il sombrement avant de tourner les talons pour remonter à la cuisine.

— Saint ? appelle Max. Non, reviens ! Libère-moi !

Je prends une brève inspiration et le suis à l'étage.

La lumière qui passe à travers les fenêtres m'éblouit. Saint va et vient dans la pièce comme un lion en cage. Il glisse une main crispée dans ses cheveux. À l'instant où je referme la porte du cellier, il explose :

— Bordel, Tessa ! Qu'est-ce que tu fous ?

— C'est lui, Saint ! Je sais que c'est lui !

— Il était à l'hôpital...

— On ne sait pas pendant combien de temps ! le coupé-je. Annabelle m'a confirmé qu'il va tout le temps se faire poser des perfusions de médocs pour se remettre de ses gueules de bois. Il a très bien pu sortir de là en une heure et avoir tout le temps nécessaire pour la suite. C'est le dernier suspect sur la liste !

Je sais que j'ai l'air vraiment désespérée. Mon plan part complètement en vrille et je ne sais pas quoi faire si je ne vais pas au bout !

Je supplie Saint :

— C'est lui, j'en suis sûre ! On doit juste trouver un moyen de le faire avouer.

— Et comment ? En le terrifiant pour qu'il dise tout ce que tu veux entendre ? Il y a une bonne raison si la torture n'est pas efficace !

— Non, non, c'est pas ça. Le sérum de vérité devrait bientôt faire effet.

— Le *quoi* ? lâche Saint, atterré. Depuis quand tu prépares ça ? Tu m'as menti pendant tout le voyage ?

Je déglutis.

— Je suis désolée, vraiment, mais je savais que, si je t'en parlais, tu n'allais pas être d'accord.

— Évidemment ! s'emporte-t-il. Tu as attaché un homme dans la cave, Tessa ! À quoi tu pensais ? Tu as complètement perdu l'esprit ?

— Peut-être que oui ! Peut-être que je suis un peu folle, je m'en fous ! Tout ce qui importe, c'est que Max s'en est pris à ma sœur et qu'on doit lui arracher la vérité ! Plus de mensonges, plus de faux-semblants ! Je veux savoir, une fois pour toutes, ce qui est arrivé à Wren ! C'est pas ce que tu veux aussi ?

Saint pousse un soupir.

— Bien sûr que si, mais...

— Mais quoi ? Le sérum doit fonctionner, maintenant, insisté-je nerveusement. Seulement, l'effet ne durera pas longtemps. S'il te plaît... je dois le faire. Je le dois à Wren. Je t'en supplie.

Ma voix se brise sous une pression trop forte. Saint cesse brusquement ses va-et-vient.

— On lui pose des questions, c'est tout, lâche-t-il, furieux.

Un intense soulagement m'envahit. Il ne va pas se mettre en travers de mon chemin.

— Bien sûr. Juste des questions.

Je me dirige déjà vers le cellier.

Pour le moment, ça me va. Quant à savoir ce que je ferai une fois que j'aurais obtenu les réponses… c'est une autre histoire.

On redescend dans la pénombre où Max attend.

— Pourquoi vous avez mis si longtemps, bordel ? s'énerve-t-il en regardant Saint. Détache-moi et éloigne cette folledingue de moi !

Saint ne répond pas. Il va s'adosser contre le mur et m'adresse un bref hochement de tête. Sans hésiter, je me place devant Max et cette fois, je garde un ton froid, maîtrisé.

— La soirée Blackthorn. Tu y as emmené Wren. Pourquoi l'avoir agressée, elle ? Elle t'a rejeté, c'est ça ? Tu as eu envie de lui donner une leçon ? Prendre ce qu'elle n'avait pas voulu t'accorder ?

La rage qui coule dans mes veines est glaciale à présent. Face à mon calme, Max explose :

— Putain, je te l'ai dit ! J'ai rien fait du tout à ta sœur ! Saint, tu dois intervenir, là ! Elle a complètement perdu les pédales, tu le vois bien, aide-moi !

Saint semble pris dans un conflit intérieur, mais il tient bon.

— Réponds à ses questions.

Je reviens à l'attaque.

— Tu n'as pas passé le week-end à l'hôpital à cause d'une intoxication, pas vrai ? Tu as menti à ce sujet.

Je vois son visage se tendre imperceptiblement, comme une première fissure dans ses mensonges…

— Dis la vérité… Tu es retourné au manoir Lancaster. Tu avais enfermé Wren quelque part là-bas, pour prendre tout ton temps…

— Non ! coupe-t-il en secouant la tête. C'était pas elle.

— Comment ça, *pas elle ?* Qui alors ? intervient Saint.

— J'étais pas avec Wren ! Je l'ai déjà dit à ta tarée de copine ! Wren a disparu, alors je suis revenu et j'ai trouvé quelqu'un d'autre avec qui m'amuser.

— Dans ce cas, pourquoi mentir à tout le monde ? Pourquoi raconter cette histoire d'hôpital ? Pourquoi tous ces efforts pour couvrir une histoire de cul lambda ?

Max émet un grognement de frustration.

— Parce que je baisais la cousine d'Annabelle, OK ?!

Le silence tombe. Saint s'approche, tandis que je reste sidérée.

— Continue.

— Tu vas quand même pas le croire ? m'écrié-je. Il est désespéré, prêt à raconter n'importe quoi !

— Non, me corrige posément Saint. Il est particulièrement docile à cause de ce que tu lui as donné. Je ne pense pas qu'il soit capable d'inventer quoi que ce soit pour le moment.

— Merci ! s'exclame Max.

Je ramène mon attention sur lui, toujours sceptique.

— Qui c'est, cette femme ?

Il s'agite, mal à l'aise, avant de marmonner.

— Kitty Aldridge.

Saint s'étouffe à moitié :

— Quoi ?! T'as baisé Kitty ?

Max hoche la tête et un sourire gamin apparaît sur ses lèvres.

— Cette petite coquine a un côté sauvage. Elle a bien failli me renvoyer à l'hôpital quand elle en a eu fini avec moi.

— Kitty est une mondaine, m'explique Saint. Effectivement, c'est la cousine d'Annabelle, et elle a... quoi ? dix-sept ans ?

— Abuse pas, elle en a dix-huit, proteste Max.

Saint lève les yeux au ciel.

— En tout cas, elle n'est pas *seulement* la cousine d'Annabelle. Son père dirige la commission de régulation des médias et de l'audiovisuel.

— Tu vois pourquoi je ne pouvais rien dire ? confirme Max en hochant furieusement la tête. Mon père me menace déjà de me couper les vivres si je ne fais pas profil bas. Épouser Annabelle est la seule chose qui le rendra heureux... Si le bruit se répand que j'ai couché avec Kitty... Le scandale ne m'éclaboussera pas seulement moi ! Toute l'entreprise Lancaster en pâtira. Bye-bye les projets de fusion. Papa me tuerait de ses propres mains ! Personne ne doit savoir !

— Je suis désolé, dit calmement Saint en me fixant.

— Pas moi ! s'écrie Max. Maintenant, est-ce que vous pouvez me faire sortir de cette putain de cave ?

Je l'observe. Est-ce que c'est un bluff de plus pour nous éloigner de sa piste ?

— Tu peux prouver ton histoire ? N'importe quoi qui confirme que tu étais bien avec cette Kitty ?

Max s'agite un peu plus, l'air vraiment mal à l'aise.

— Oui, y a une preuve. En fait, je... je l'ai mise enceinte.

— Max !

Saint a l'air profondément choqué.

— C'était un accident, lâche Max, avec la tête d'un gamin qu'on a pris la main dans le pot de confiture. Elle a dit qu'elle prenait la pilule. Enfin bref, sa famille pense que c'est l'œuvre d'un type du coin et ils gardent tout ça secret pour sauver la face. Mais elle a fait un test ADN. Le bébé est de moi et les dates correspondent. J'ai dû lui promettre de l'entretenir à vie pour lui faire signer cette saloperie d'accord de confidentialité. La baise la plus chère de ma vie, conclut-il à regret.

Je m'appuie contre le mur, terrassée par la violence du choc. Tous mes espoirs viennent de se fracasser sur le sol poussiéreux de cette maudite cave. Max est un pauvre type égoïste et inconscient, mais je ne lis que la vérité sur ses traits. Il ne ment plus. Ce n'est pas lui que je cherche.

— Tu as encore un peu de sédatif ? me demande calmement Saint.

Je hoche la tête, abattue, et lui tends la fiole.

Saint remonte, et redescend une minute plus tard avec un verre d'eau.

— Tiens, bois. Ça va te détendre pendant qu'on te détache. Tu seras dehors très vite, dit-il à Max en portant le verre à ses lèvres.

Max boit sans problème.

— Je sais que les meufs folles sont les plus passionnées au pieu, mais sérieux, elle en vaut pas la peine, dit-il à Saint avant de sombrer dans l'inconscience.

— Je vais le mettre au lit, lâche Saint en desserrant les liens.

— Il ne se rappellera pas grand-chose. Il se réveillera dans le flou. On pourrait juste lui dire qu'il a trop bu, qu'il a un peu trop fait la fête, tenté-je, soudain dépassée par la situation.

— On va rien lui dire du tout, aboie Saint en jetant le corps inerte de Max sur son épaule. Monte dans la chambre et attends-moi.

Son ton sec et son regard furieux ne m'incitent pas à discuter. Je le laisse emmener Max dans l'une des chambres d'amis et je vais l'attendre dans notre chambre, comme il me l'a ordonné.

Maintenant que le voile de la rage s'est rompu, je prends lentement conscience de la colère qu'il doit ressentir envers moi.

Et je le comprends.

Vu de l'extérieur, j'ai agi comme une véritable psychopathe. Attirer Max jusqu'ici... Le droguer... L'attacher pour l'interroger... C'était de la folie pure.

Pourtant, je le referais sans hésiter. Saint devrait comprendre que je suis prête à tout pour découvrir la vérité, non ?

Des pas approchent dans le couloir et il entre, les mâchoires serrées. Sans dire un mot, il retire sa cravate et se débarrasse de ses chaussures. Il défait sa ceinture et reste un moment immobile à la fixer entre ses doigts, l'air sombre.

— J'ai bien envie de te renverser sur mes genoux pour te donner une bonne correction, sauf que ça ne changerait rien du tout.

Je prends une inspiration tremblante.

— Je suis désolée...

Il me défie d'un regard noir.

— Non, tu ne l'es pas.

— OK, c'est vrai. Qu'est-ce que tu veux que je te dise ? On avait besoin de réponses. J'ai fait ce qu'il fallait pour les obtenir.

— *On* avait besoin de réponses, justement ! gronde-t-il, les yeux brillants de fureur. Toi et moi ! Tu m'as promis que tu n'allais pas foncer dans le tas à l'aveugle !

— Qu'est-ce que tu voulais que je fasse ? rétorqué-je en criant à mon tour. J'ai juré de retrouver son agresseur, quoi qu'il en coûte !

— Et tu m'as juré à moi que tu ne me tiendrais plus à l'écart ! Bordel, Tessa ! On est censés être une équipe !

— Tu m'aurais suivie là-dedans ? Vraiment ? Si j'étais venue te dire que je voulais droguer Max pour l'obliger à dire la vérité, tu aurais été avec moi ?

— Oui.

La réponse de Saint me fige sur place.

— Non, c'est faux, insisté-je en secouant la tête.

— Si.

En un instant, il marche jusqu'à moi et prend mon visage dans ses mains. Je peux lire la rage désespérée qui brille dans ses prunelles.

— Tu ne comprends pas ? Je ferais n'importe quoi pour toi. N'importe quoi. Tu me rends complètement fou, mais je brûlerais le monde entier si tu me le demandais, si ça pouvait nous faire avancer dans la mission que tu t'es donnée. Quand est-ce que tu vas enfin comprendre ? Enfin y croire ? Je suis avec toi, Tessa. Jusqu'au bout.

Je le fixe, sans voix, le cœur battant. Son visage est l'image même du tourment et ça n'a rien d'étonnant vu ce que je lui fais endurer.

Les amitiés qu'il a dû briser... Les risques qu'il a dû prendre...

Une vague brutale d'émotions enfle en moi. Soudain, le désir prend toute la place. Je me jette dans ses bras et m'empare de sa bouche avec passion. J'ai besoin de sentir sa peau contre la mienne, besoin de lui montrer combien sa loyauté compte à mes yeux.

Saint gronde contre mes lèvres et il lâche prise à son tour. Il me plaque contre le mur, ses mains se posent sur mon corps comme s'il lui appartenait. Et c'est le cas : je suis à lui, entièrement.

Le contact rude provoque des frissons sur ma peau, tandis que je m'accroche à lui. J'ai besoin de le sentir en moi. L'impatience me dévore.

Ses doigts se posent sans douceur sur mes seins, pincent les pointes presque douloureuses. Je crie sous la morsure du désir.

— Chut, gronde-t-il, les yeux encore scintillants de fureur. Si tu n'es capable de m'obéir que lorsque tu es nue, tu vas vraiment m'écouter cette fois.

Saint me débarrasse de mes vêtements. Je me retrouve nue et haletante contre le mur. Sans hésiter, il me fait faire un brusque demi-tour et je me retrouve face au mur, les paumes à plat de part et d'autre de mon visage. D'un geste du pied, il me fait écarter les jambes.

Je suis entièrement exposée, à sa merci. Mon cœur bat à tout rompre, mais je suis déjà tellement excitée que sa domination absolue ne fait qu'alimenter le brasier qui couve entre mes reins.

J'essaye d'arquer les hanches contre lui, mais il me maintient en place.

— Ne bouge pas. Je t'interdis de faire le moindre mouvement.

Je gémis quand il referme le poing dans mes cheveux pour exposer un côté de mon cou. Sa langue chaude caresse, mordille ma chair délicate qui se couvre de frissons. Ses dents s'enfoncent un peu plus fort et ma peau réagit à ce cocktail nouveau : plaisir et douleur, impatience teintée d'une pointe d'inquiétude.

Qu'attend-il de moi ? Qu'essaye-t-il de prouver ?

— Est-ce que tu comprends l'effet que tu as sur moi ? demande-t-il, fébrile.

Il presse sans douceur son corps contre le mien et je sens son érection contre mes fesses, à travers son pantalon. Le désir devient insupportable et je m'agite à nouveau, mais il ne desserre pas un instant son étreinte.

— Putain, Tessa... je deviens fou à chaque fois que tu entres dans la pièce... Et quand je pénètre en toi... gronde-t-il dans un soupir torturé. Quand je te sens serrée autour de moi... je serais un homme comblé même si je cessais de respirer dans l'instant.

— Alors baise-moi, le supplié-je, haletante, désespérée. Prends-moi, Saint, j'ai besoin de toi.

— Oui, tu as besoin de moi. Tu bazardes toute ma vie sans même y réfléchir une seconde, mais quand il n'y a que nous deux, tu sais que c'est moi qui commande.

Il m'écarte brusquement du mur et me met à genoux devant lui.

— Alors, pour une fois, c'est toi qui vas te plier aux règles du jeu, ordonne-t-il en ouvrant sa braguette pour libérer son sexe tendu. Pour une fois, tu vas être une gentille fille obéissante. Suce-moi.

Sa main crispée dans mes cheveux m'attire plus près pendant qu'il saisit sa queue dans son autre main et la presse sans douceur sur mes lèvres.

Ma bouche s'entrouvre d'elle-même, sous l'effet du choc et du désir. Je l'ouvre plus grande pour prendre ardemment sa queue.

— Oui, c'est ça... gronde Saint en s'enfonçant dans ma bouche.

J'ai à peine le temps de reprendre mon souffle qu'il recommence, plus loin encore. Il me maintient en place d'une main ferme et je gémis, excitée et choquée à la fois.

— Non, mon cœur, cette fois, tu ne vas pas en faire qu'à ta tête, lâche-t-il d'un ton inébranlable.

Quand je lève les yeux vers son visage, j'y lis une détermination nouvelle, un besoin de contrôle désespéré, comme s'il essayait de se prouver quelque chose à lui-même, plutôt qu'à moi.

— Tu vas prendre ce que je te donne et dire « merci » comme une gentille fille.

Il s'enfonce à nouveau, plus loin, encore et encore, et je le laisse me baiser la bouche à sa guise, tandis que la chaleur monte de plus en plus entre mes cuisses. Mes muscles intimes sont tellement crispés que je tremble de tout mon corps.

Saint me tire finalement en arrière et je reprends mon souffle. Je ne l'ai jamais vu comme ça, si dominateur. Ça m'excite tellement que je suis déjà trempée, en manque.

— Qu'est-ce que tu me dis ? me rappelle Saint, sa main toujours dans mes cheveux.

— Merci, soufflé-je, follement excitée par ma propre soumission.

Il ne me récompense pas pour autant. Il me hisse sur mes pieds avant de me jeter en travers du lit à plat ventre.

— Je parie que tu es déjà toute mouillée pour moi. Oui, regarde-toi, gronde-t-il avec satisfaction en écartant mes cuisses.

Je gémis plus fort entre les draps quand il me tire jusqu'au bord du lit pour se placer entre mes jambes.

— Tu veux que je te touche, mon cœur ? murmure-t-il en se penchant au-dessus de moi. Tu veux que je joue avec ta jolie petite chatte jusqu'à te faire crier ? Je pourrais la lécher et te montrer comme c'est bon ?

— Oui... oui ! gémis-je, perdue dans un tourment de frustration.

Je m'agite et m'agrippe aux draps, en quête d'un semblant de libération. N'importe quoi pour apaiser la morsure brutale qui m'embrase le ventre.

— Saint, s'il te plaît...

— Non.

Il entre en moi d'une seule poussée, agrippant mes hanches pour s'enfoncer le plus loin possible. Je crie de plaisir, consumée par la délicieuse friction de son membre.

— Saint !

L'intonation désespérée de ma propre voix me choque. Saint y répond sur un ton enfiévré.

— Putain, mon cœur, je sais. Je sais...

Il pose une main au bas de mon dos, presque tendre, puis, sans avertissement, il me prend sauvagement, si fort que des éclats de lumière s'impriment sur ma rétine sous la force glorieuse de ses coups de reins.

J'étouffe un nouveau cri de plaisir entre les draps, ou peut-être que je n'ai jamais cessé de crier. Je ne sais pas, tout est brouillé. Le monde disparaît autour de moi, je n'arrive même plus à former de pensée cohérente. Plus rien ne compte, sinon le poids de son corps sur moi et la sensation puissante de sa queue en moi, encore et encore, m'amenant toujours un peu plus au bord du gouffre.

J'ai l'impression d'être hors de mon corps, au-delà des sensations, comme si je vivais une expérience spirituelle. C'est ça, être baisée par cet homme : c'est vivre une sorte de miracle.

Et Dieu sait que je voudrais que ça dure éternellement, mais déjà, je sens l'orgasme monter en moi. Il prend racine au bas de mes reins, me fait gémir et trembler.

— Oui, ma belle, c'est bien. Tu le sens monter ? Ton corps ne peut pas me mentir, lui. Même quand ta jolie bouche le fait si bien.

Sa main s'abat sur mes fesses et ce qui devrait être douloureux provoque une explosion de plaisir supplémentaire. Chacun de ses coups de reins, chacun de ses grondements de plaisir me rapprochent un peu plus du précipice. Quand il me redresse à quatre pattes et continue de me prendre avec une vigueur renouvelée, mon corps cède violemment.

C'est trop bon. Trop fort.

La jouissance se répercute en moi, brisant le peu de self-control qu'il me reste. Je sanglote presque d'extase sous son étreinte.

Saint n'arrête pas. Il continue de m'entraîner plus loin dans cette passion quasi animale, son corps surplombant le mien, me soutenant quand je ne contrôle plus rien. Ses va-et-vient font monter en moi un feu ardent qui me consume tout entière.

— Encore ! N'arrête pas ! supplié-je, au bord de la libération.

— Jamais, mon cœur, jamais, répond-il dans un grondement désespéré.

Ses mouvements se font plus frénétiques encore et je perds le fil. Je suis liquide entre ses bras, alanguie et haletante, captive des nouvelles vagues de plaisir qui me ravagent, m'emmenant tout droit vers mon prochain orgasme.

— Tessa !

Mes muscles intimes se contractent convulsivement autour de son membre. Il vient en moi une fois, deux fois, avant de jouir à son tour dans un cri sauvage, bestial.

Nous nous laissons tomber sur le lit, à bout de souffle, éperdus.

— Je ferais n'importe quoi pour toi…

Ses mots parviennent à percer le voile de béatitude qui enveloppe mon esprit. Si j'avais encore le moindre doute, la façon dont il vient de me prendre les a totalement dissous. Je suis bouleversée par la force de sa passion et la violence de mon plaisir.

Il n'y a rien de comparable à ce qui se passe quand nos deux corps entrent en fusion. Rien qui puisse s'en approcher.

Alors, pourquoi est-ce que je ne peux pas abandonner cette quête destructrice avant qu'elle ne détruise tout ce qui compte pour moi ?

Pourquoi je ne peux pas enfin m'abandonner à l'amour que je ressens pour lui ?

Chapitre 17

Saint

Jusqu'où suis-je prêt à aller pour cette femme ?

La question n'a plus rien de théorique désormais. Elle a kidnappé un de mes meilleurs amis, l'a attaché, drogué et menacé. Et qu'est-ce que j'ai fait ?

Je l'ai aidée.

Pire encore, je n'en ressens aucun regret, pas même à la froide lumière du matin.

Debout sur la terrasse à l'arrière de la maison, j'avale une gorgée de café, la respiration légèrement tremblante. Je laisse mon regard errer sur les champs et les vignes qui s'étendent à perte de vue.

Tessa a dormi comme un bébé. Ça n'a rien de surprenant après la façon dont je l'ai baisée hier.

Moi, je suis resté éveillé toute la nuit, à me demander comment j'allais me débrouiller pour gérer la situation avec Max.

Peu importe notre amitié, Tessa risque de finir en prison après ses prouesses d'hier. Je peux juste prier pour que ce qu'elle lui a donné fonctionne à merveille et qu'il se réveille en ayant tout oublié : tout ce que Tessa lui a fait subir, sans s'arrêter un seul instant pour considérer les conséquences, pour aucun d'entre nous.

Bordel. Je sentais bien qu'elle se laissait gagner par le désespoir, qu'elle était plus déterminée que jamais à agir dans l'urgence.

En revanche, je n'avais pas prévu qu'elle irait aussi loin. Ni d'ailleurs que je franchirais la ligne juste après elle, sans plus me soucier de loi, d'éthique, ni de quoi que ce soit d'autre que de ce qu'elle veut.

Un mot d'elle et je suis à genoux.

Je suis pourtant un homme solide, entêté même, selon certains. Je ne m'incline devant personne.

Seulement, quand Tessa me lance ce regard désespéré, je suis incapable de lui refuser quoi que ce soit. Ni dans la vie, ni au lit...

Quand je suis en elle, quand elle gémit et supplie comme hier, je suis à sa merci.

Bien sûr, elle m'a obéi sans discuter, elle s'est mise à genoux pour me prendre dans sa bouche jusqu'à me rendre à moitié fou, elle n'a refusé aucun de mes ordres furieux. Mais je sais, même quand je la fais crier de plaisir, même quand ses yeux s'abîment dans la jouissance, quand ses magnifiques seins s'agitent au rythme de mes coups de reins, que ce n'est qu'une domination momentanée, un contrôle passager.

Tessa est une force contre laquelle je ne peux pas lutter. J'en ai conscience depuis le tout premier jour. Et c'est pour ça que je l'aime à ce point, sans réserve, sans mesure.

J'avale le reste de mon café et rentre à l'intérieur. Je découvre Max debout au milieu de la cuisine, en train de se frotter les yeux. Il a une mine affreuse, alors qu'il a dormi plus de vingt heures d'affilée.

Je m'immobilise dans l'encadrement de la porte-fenêtre, sur mes gardes.

De quoi se souvient-il ? Est-ce que toute cette histoire délirante va virer à la catastrophe ?

— Putain, j'ai horriblement mal à la tête, marmonne Max. Tu as encore un peu de café ?

— Je vais t'en préparer un, réponds-je prudemment en rallumant la machine à expresso.

Il s'appuie au comptoir en bâillant bruyamment, puis il prend une des viennoiseries que j'ai rapportées du village ce matin.

— Je me fais vieux, grommelle-t-il en secouant la tête. Les gueules de bois m'ont jamais fait cet effet-là avant...

Il pense à une gueule de bois. Il ne se rappelle rien.

Je fais de mon mieux pour cacher mon soulagement et lui offre un sourire compatissant.

— Tu y es allé vraiment fort. On n'a pas réussi à suivre...

Je m'en veux de lui mentir ; cela dit, je ne vois pas d'autre option.

— Ouais... Tu veux bien me rappeler ce qui s'est passé ? Tout est flou.

Je ris.

— Où sont passés tes superpouvoirs de fêtard ?

Max lâche un sourire qui pourrait aussi bien être une grimace. Il a déjà l'air plus détendu.

— Je peux toujours te faire rouler sous la table, quand tu veux, lance-t-il en mâchonnant sa pâtisserie. Laisse-moi deviner, Tessa et toi, vous êtes allés vous coucher tôt comme deux petits amoureux bien sages ?

— Bingo, confirmé-je en posant une tasse de café devant lui. Apparemment, tu t'éclatais assez pour nous deux. C'était qui, ces filles ?

Il cligne des yeux, visiblement surpris, puis il jette un regard autour de lui.

— Aucune idée. Je me rappelle même pas comment j'ai atterri ici.

— Avec ta voiture. Avec deux nanas russes. Apparemment, elles ont appelé un taxi et sont parties avant que je me réveille.

Mon ventre se serre à chaque mensonge, mais je n'ai pas le choix. Mieux vaut qu'il croie avoir passé une nuit de folie dans un plan à trois que drogué et ligoté dans la cave à vins.

— Maintenant que tu en parles, ça me rappelle vaguement quelque chose... dit-il avec un sourire suffisant.

Au même instant, Tessa entre dans la cuisine, les cheveux lavés et mouillés, emmitouflée dans un luxueux peignoir.

Dès qu'elle voit Max, elle se fige et me lance un regard anxieux.

— Je racontais à Max ses folies d'hier soir avec les deux mannequins russes.

— C'est clair ! Impossible de suivre le rythme, répond-elle, toujours sur ses gardes.

— Eh ouais, comme je le disais à ton mec, vous devez laisser ça aux experts, fanfaronne Max.

Je me détends tout à fait. Il n'a manifestement aucun souvenir et il croit complètement à l'histoire que j'ai inventée.

— Tu veux plutôt dire aux professionnelles, rétorqué-je. Tu ferais mieux d'aller vérifier ton portefeuille, mec. Tu serais pas le premier à avoir une mauvaise surprise au réveil.

— Merde, t'as raison !

Il part en courant, avant de crier depuis la chambre où je l'ai installé.

— Tout va bien ! Mes performances ont dû leur suffire niveau paiement !

Tessa s'approche nerveusement pour me chuchoter :

— Il n'a vraiment aucun souvenir ?

— Rien du tout.

C'est à son tour de pousser un profond soupir de soulagement.

— Dieu merci.

— Tu le crois, maintenant, hein ? C'est pas lui.

Elle hoche la tête, les sourcils froncés.

— Je sais. Mais Saint... Il était notre dernier suspect. Le dernier de tes amis à avoir ce tatouage. S'il n'est pas coupable, qu'est-ce qu'on fait ?

Je n'ai malheureusement aucune réponse à lui apporter. Avant que je puisse parler, mon téléphone se met à vibrer. Un message. Puis un autre. Puis un appel de mon frère apparaît sur l'écran.

Tessa fronce les sourcils.

— Qu'est-ce qui se passe ?

— Je sais pas, c'est Robert.

Je ne décroche pas, mais j'ouvre les messages. L'espace d'un bref instant d'angoisse, je m'imagine que mon père a refait une attaque. Mais ça n'a rien à voir.

— Valérie DeJonge...

— Et ben quoi ? s'alarme Tessa, perturbée par ma lenteur.

Je lève les yeux sur elle, secoué.

— Elle est morte.

Nous prenons le premier vol disponible et atterrissons à Heathrow en début d'après-midi.

— Tu as reçu plus de détails sur ce qui s'est passé ? me demande Tessa quand je vérifie mon téléphone.

— Robert dit que c'est un accident de voiture. Il ne sait rien de plus.

— C'est tellement soudain. On l'a vue il y a trois jours à la réception Ashford et maintenant...

Je serre sa main dans la mienne.

— T'es sûre que tu dois repartir à Oxford ? insisté-je, inquiet de la façon dont elle va gérer cette nouvelle impasse dans son enquête.

Tessa soupire, apathique.

— Je peux pas continuer à louper des cours. Franchement, je serais surprise que ma carte de bibliothèque fonctionne encore. Ils ont dû bloquer mes accès.

— Je peux appeler le doyen de l'université et lui toucher un mot de la situation... C'est un grand fan.

Raison pour laquelle je suis toujours en congé officieux pour aider ma famille, d'ailleurs.

Tessa me répond d'un pâle sourire.

— Je te dirai à quel point je suis dans la merde. Je vais peut-être avoir besoin de ton intervention, pour le coup. On verra.

Je l'embrasse, la mets dans un taxi et repars directement chez mes parents, dans leur maison londonienne de Hampstead, pour en apprendre davantage.

C'est une vaste propriété tout près du parc, avec des jardins somptueux qui font la fierté de ma mère.

Celle-ci m'accueille et m'embrasse vaguement sur la joue.

— Quelle tragédie, soupire-t-elle. Alors que nous étions si près de lancer le nouveau médicament.

— Mère ! Tu ne peux pas dire une chose pareille.

Elle est égale à elle-même, dans une chemise impeccable et un pantalon large du meilleur goût. Elle a beau être de nature froide, je suis surpris de la voir aussi peu affectée par la mort brutale de Valérie. Est-ce qu'elle est au courant de sa liaison avec mon père ?

— Je voulais dire que c'était affreusement dommage qu'elle ne puisse pas voir l'aboutissement de son travail, voyons. Qu'est-ce que tu as imaginé ?

— Non, non, rien. Papa est là ?

Elle fait un geste vague de la main en direction du bureau de mon père à l'arrière de la maison.

— Il a passé la journée au téléphone, à tenter de rassurer les investisseurs pour leur promettre que tout ça ne changeait rien au planning. Tout ce stress, ce n'est pas bon pour lui. Rappelle-lui de boire son jus détox, ajoute-t-elle comme je m'éloigne dans le couloir. Et qu'il ne le jette pas dans les plantes comme il l'a fait toute la semaine !

Je toque à la porte du bureau.

— Entrez.

Je trouve effectivement mon père en plein appel téléphonique. Il me fait un signe de tête et m'indique de m'installer en face de lui tout en continuant sa conversation.

— Non, Lionel, ça ne change absolument rien. C'est une tragédie, bien entendu, mais les recherches sont le fruit du travail de toute une équipe et, en l'occurrence, cette équipe est excellente et nous sommes toujours prêts à annoncer très prochainement les résultats des essais... Mhmhm... Oui, exactement. Toute mon affection à Carole.

Il raccroche et lève les yeux sur moi en poussant un soupir.

— Ça n'arrête pas, aujourd'hui. L'équipe d'Ashford, les actionnaires, tout le monde s'affole de ce que ça implique pour l'entreprise. Je n'arrête pas de leur répéter que tout va bien. Elle était très talentueuse, évidemment, ajoute-t-il précipitamment, mais l'essentiel de sa contribution s'est fait au début du projet. Maintenant qu'on termine les essais, il y a plein de monde pour prendre la relève et terminer.

Je fronce les sourcils, stupéfait de l'entendre parler avec un tel détachement de la disparition de la femme avec laquelle il couchait. La femme qu'il entretenait royalement sur les fonds d'Ashford.

— Qu'est-ce qui s'est passé, exactement ? l'interrogé-je en me penchant en avant.

Il détourne le regard.

— La police a dit que c'était un accident. Sa voiture a glissé sur une route détrempée et a foncé dans un pylône.

L'explication n'a rien d'étrange, pourtant, quelque chose dans son expression me met la puce à l'oreille.

— Papa ?

Il pousse un soupir, avant d'ajouter :

— Elle était un peu... émotive, ces derniers temps. J'ai rompu avec elle, comme on en avait discuté, et elle est devenue hystérique. J'ai tenté de la calmer, seulement, elle ne voulait rien entendre, alors j'ai préféré partir.

Il pousse un nouveau soupir.

— Je ne sais pas ce qu'elle fabriquait dehors si tard dans la nuit. La police pense qu'elle avait bu... C'est tragique. Tout simplement tragique, achève-t-il lentement.

Je me laisse retomber contre le dossier de mon fauteuil. Au moins, il y a un semblant de logique dans toute cette histoire.

Valérie avait l'air d'être une femme calme et intelligente, mais si elle était en détresse émotionnelle, en colère et avait trop bu… Qui sait quelle folie elle a pu commettre ?

Malgré tout, j'ai la sensation désagréable que mon père ne m'a pas tout dit.

Il se lève et rassemble quelques papiers sur son bureau.

— Comment s'est passé votre petit séjour en France ? Est-ce que vous avez pu profiter un peu de ce court répit ? Tu n'aurais vraiment pas dû écourter vos vacances, on pouvait très bien gérer sans toi ici.

Très bien, le message est passé : le sujet « Valérie » est clos.

— C'était sympa, merci, réponds-je en me levant à mon tour.

— Ça m'a fait plaisir de te voir, mon grand, dit-il avec un mince sourire. Et ne t'inquiète pas de ce qui est arrivé à Valérie. On va surmonter ça. Rien ne viendra gâcher ce lancement.

Une fois dehors, je prends une profonde inspiration, secoué et vaguement écœuré. Je ne devrais pas être aussi surpris de la réaction froide de mes parents au décès du Dr DeJonge. Après tout, je les ai vus faire d'Ashford leur priorité toute ma vie : le nom de famille, notre héritage et l'entreprise. Voilà ce qui compte à leurs yeux.

Pourtant, tout cela me laisse un goût amer. Mon père m'a paru plus soulagé qu'autre chose que sa maîtresse ne soit plus dans l'équation. Et tout ce qui les préoccupe, lui et ma mère, ce sont les potentiels effets négatifs de sa mort sur le lancement de leur nouveau traitement, pas du tout le fait qu'une femme brillante ne soit plus de ce monde, ni qu'elle laisse probablement derrière elle une famille dans le deuil.

C'est exactement pour ça que j'ai gardé mes distances le plus longtemps possible avec les affaires familiales. Ashford finit par rendre froid et indifférent à tout ce qui n'est pas dans l'intérêt de la famille.

Ça ne fonctionnera pas avec moi. Je sais quelle est ma première priorité. Et la deuxième. Et la troisième.

Tessa. Ce sera toujours Tessa.

Tandis que je prends la route d'Oxford, pressé de la retrouver, je revois son expression de fureur désespérée quand elle interrogeait Max, et l'horrible sentiment de défaite qui l'habitait, ce matin, en sachant qu'on était revenus au point de départ.

Je déteste ce que cette enquête lui fait. Je déteste la voir prise au piège de cette bataille sans fin pour la vérité.

Ça la détruit à l'intérieur.

Combien de temps pourra-t-on encore continuer comme ça ?

Chapitre 18

Tessa

Je me réveille dans la chambre d'Oxford, un poids douloureux au creux du ventre. Je reste étendue un moment, encore embrumée, dans un demi-sommeil.

La maison est calme, j'entends les oiseaux chanter dans le jardin et les rayons du soleil matinal passent entre les rideaux. Tout est tellement paisible, tellement parfait... à commencer par l'homme qui dort encore dans le lit près de moi. Saint a passé un bras possessif en travers de mon ventre.

Je ne devrais pas avoir aussi mal à l'intérieur... Alors, pourquoi ? Brusquement, je comprends.

C'est l'anniversaire de Wren. Elle aurait eu vingt-neuf ans aujourd'hui.

La douleur se répand dans ma poitrine, me serre violemment le cœur.

Sur la table de chevet, mon téléphone vibre doucement. C'est ma mère qui m'appelle en visio. J'ai évité de parler avec elle depuis des semaines, me contentant de rapides messages pour dire à quel point je suis débordée par les études, mais que je m'éclate.

Aujourd'hui, je ne peux pas. Je sais qu'elle a besoin de me parler.

Je me glisse hors du lit, enfile une robe de chambre et descends sur la pointe des pieds jusqu'au salon.

— Coucou, la salué-je, la gorge serrée d'émotion en voyant son visage familier s'afficher à l'écran. Tu es encore debout à cette heure ? Il est plus de minuit chez toi, non ?

— Je n'arrivais pas à dormir. J'ai pensé que je pouvais essayer de t'avoir avant que tu sois trop prise par ta journée. Comment vas-tu ?

Ma mère m'adresse un sourire tendre. Je peux lire la tristesse dans ses yeux.

Je me blottis sur le canapé.

— Je ne sais pas encore. Je viens de réaliser quel jour on est en me réveillant.

— Prends soin de toi, aujourd'hui, ma chérie. Tout le monde dans le groupe dit combien c'est important de respecter ses émotions. Il ne faut pas juste essayer d'aller de l'avant et faire semblant que tout va bien.

Elle parle de son groupe de soutien au deuil. Elle a commencé à s'y rendre après le décès de Wren. Elle me répète régulièrement que ça l'aide énormément d'être en lien avec d'autres parents qui ont perdu leur enfant. Je suis heureuse qu'elle ait des gens à qui parler, qu'elle ne soit pas seule pour affronter la journée à venir.

— Est-ce que vous allez sur sa tombe avec papa, aujourd'hui ?

On n'a jamais retrouvé le corps de Wren. Il s'est abîmé dans les profondeurs du lac Michigan, mais mes parents ont quand même fait ériger une pierre tombale dans le cimetière d'à côté pour avoir un endroit où se recueillir.

Ma mère hoche la tête sur l'écran.

— Ensuite, on ira planter un arbre pour elle dans le parc au pied de la colline. Tu te rappelles comme vous adoriez aller jouer là-bas, enfants ? Enfin, bref, j'ai parlé au conseil municipal et ils ont approuvé ma demande de planter un arbre commémoratif pour elle.

Je sens les larmes monter, me serrer la gorge. Heureusement, je parviens encore à articuler :

— C'est une très jolie idée, maman.

— Et toi, alors ? Tu as été tellement occupée ! Je suis contente, tu as l'air de passer un merveilleux séjour.

— C'est vrai, réponds-je avec un sourire forcé.

— Et ce jeune homme que tu voyais ? C'est toujours d'actualité ? interroge-t-elle, pleine d'espoir.

Je hoche la tête.

Je n'ai pas raconté le quart de ce qui s'est passé avec Saint à ma mère, juste que je voyais quelqu'un.

— Ça se passe super bien. Il est... il est spécial, maman. Il me soutient vraiment dans toute cette histoire...

Elle n'imagine pas jusqu'où Saint est capable d'aller pour moi... jusqu'à interroger ses amis. Elle pense qu'on a partagé quelques dîners romantiques et des cinés. Je sais désormais qu'il est prêt à aller jusqu'au bout... La boule dans ma gorge enfle encore.

— Oh ! je suis si heureuse, ma puce ! s'exclame-t-elle, visiblement soulagée. C'est vraiment rassurant de savoir que tu as quelqu'un sur qui compter. Et que tu profites de ta vie là-bas. J'étais tellement inquiète pour toi. Je sais combien tu admirais ta sœur, mais c'est vraiment merveilleux que tu te construises une vie à toi.

Je déglutis.

Que penserait-elle si elle savait que tout ça est un mensonge, que la mort de Wren continue de me consumer, que je ne suis venue ici que pour suivre les traces de son fantôme ?

— Papa est réveillé ? demandé-je pour changer de sujet.

— Oh non ! Il s'est effondré il y a des heures. Il est à fond dans une série, tu sais avec ce médium détective... Tu l'as vue ?

On papote encore un moment... du voisinage, de son club de jardinage, avant qu'elle se mette à bâiller et me souhaite une bonne journée. Je lui dis que je l'aime et, après avoir raccroché, je reste là, les yeux fixés sur les oiseaux qui virevoltent dans le jardin.

Elle est en train de guérir. Je l'ai senti à sa voix, à la façon dont elle arrive à parler de Wren et des souvenirs heureux sans cette insoutenable douleur dans le regard. La blessure ne se refermera jamais, mais elle a trouvé un moyen de reprendre sa vie en main pour avancer, sans vivre exclusivement dans le passé.

Moi, non.

Je tourne les yeux vers la porte en entendant Saint toquer doucement. Il porte un bas de jogging et un T-shirt, les cheveux encore ébouriffés.

— Salut, dit-il doucement et je devine à son regard tendre et compatissant qu'il a entendu au moins une partie de notre conversation.

— Salut.

Il vient s'asseoir près de moi et passe un bras autour de mes épaules. Je me blottis contre lui, nichée dans son étreinte chaude et solide.

— Comment va ta maman ?

— Elle va bien, réponds-je, le cœur serré. Ils vont planter un arbre aujourd'hui. Pour Wren.

Il me presse gentiment la main.

— Je vais annuler mes réunions du jour. On peut rester tranquillement à la maison, ou bien aller quelque part. Ce que tu veux.

Je me redresse lentement.

— Ça va.

Saint m'adresse un regard entendu.

— Les anniversaires, c'est toujours dur. Après qu'Edward... Enfin, je ne savais pas quoi faire de moi-même dans ces moments-là.

— Moi non plus, admets-je. C'est pour ça que je devrais juste laisser la journée se dérouler comme d'habitude. Agir normalement. J'ai des tonnes de cours à rattraper et j'ai au moins deux disserts en retard.

Saint fronce les sourcils.

— Tu es sûre ?

Je hoche la tête, déterminée. Si je laisse le chagrin prendre toute la place, même pour un court moment, j'ai peur qu'il me consume.

— Sûre et certaine, mens-je avec un sourire que j'espère convaincant. On se voit ce soir. On pourra discuter au dîner.

Je me lève avant qu'il puisse discuter et rejoins la douche.

Quand je reviens au salon, habillée et prête, l'inquiétude n'a pas quitté son regard. Heureusement, son téléphone sonne, alors j'en profite pour déposer un bisou sur sa joue et prendre mon sac.

— À plus tard, chuchoté-je avant de m'éclipser.

Il ne me faut que quelques minutes pour rejoindre le cœur de la ville, où les vieux bâtiments universitaires se cachent derrière de hauts murs d'époque.

J'ai un cours prévu à 9 heures, alors je me mêle à la foule d'étudiants. Jeunes ou vieux, ils ont tous l'air studieux et concentrés. Je les entends discuter de leur soirée de la veille, ou s'inquiéter de leurs notes.

Je sais que, d'un point de vue extérieur, rien ne me différencie de cette foule d'étudiants. Mon sac est plein de livres, je porte le même sweat au logo de l'université... Pourtant, j'ai l'impression d'être de l'autre côté d'une barrière invisible, comme si je les regardais à distance.

Autour de moi, la foule diminue et, une fois que 9 heures ont sonné, il ne reste plus que quelques retardataires qui me dépassent en courant.

Je n'arrive pas à entrer. Je reste immobile, pétrifiée.

Qu'est-ce que je fous ici, de toute façon ?

Je suis venue à Oxford pour une seule raison : retrouver l'agresseur de Wren. Et me voilà, des mois plus tard, pas plus proche de la vérité.

J'ai échoué.

Sans même y réfléchir, je continue jusqu'aux portes principales d'Ashford. Quand j'entre, mon gardien préféré, Bates, m'adresse un salut enthousiaste. Je parviens à peine à lui répondre d'un faible signe de la main.

Dans une sorte de brouillard, je traverse la vaste cour, passe les cloîtres, parcours les grandes pelouses à l'arrière. Mes pas me portent jusqu'au petit sentier qui court le long de la rivière jusqu'au bois qui marque la frontière du domaine.

Je n'ai pas réussi. J'ai laissé tomber Wren.

Toutes ces recherches, ces risques, ces trahisons... et je n'ai aucune piste. J'ai mis ma vie entre parenthèses, je suis partie à des milliers de kilomètres de chez moi, je me suis fait accepter à Ashford grâce à un prétexte...

Et tout ça pour quoi ?

Rien d'autre que des impasses et des fausses pistes.

Les indices de Blackthorn m'ont menée à Saint et à son groupe d'amis, mais tous les hommes qui portaient le tatouage ont un alibi en béton pour le week-end où Wren a été enlevée.

Saint n'était pas en Angleterre. Sebastian Wolfe était à New York. Max Lancaster couchait avec la cousine de sa fiancée. Hugh Ambrose donnait une conférence à Stockholm.

Aucun d'eux n'a pu l'enfermer et je n'ai plus aucune piste à suivre. Peut-être qu'à cause du brouillard qui embrumait son esprit, Wren n'a pas pu décrire le bon tatouage.

Qu'est-ce qui me reste ?

Mon téléphone vibre dans ma poche. C'est Saint.

— Je voulais juste voir comment ça allait, dit-il d'une voix posée. Tu es partie tellement vite ce matin...

— Ça va, réponds-je, sauf que ma voix se brise dans un sanglot déchirant.

— Oh ! mon cœur, ça va aller. Où est-ce que tu es ?

Je renifle.

— Au bord de la rivière, à Ashford.

— J'arrive.

En l'attendant, je trouve un endroit ombragé au pied d'un arbre. Il ne lui faut pas longtemps pour apparaître et s'installer près de moi, ses longues jambes étendues sur l'herbe.

— Tu as choisi un bon endroit.

— Pour ma petite crise de nerfs ? tenté-je de plaisanter.

— Pour te souvenir d'elle. Moi aussi, je venais marcher ici. C'est calme, paisible. Edward passait son temps à me répéter que le lien à la nature était vital, ajoute-t-il en levant les yeux au ciel avec tendresse.

Je parviens à sourire.

— Wren était pareille. Elle écoutait ses podcasts de pleine conscience et avait toute sa petite routine bien-être. Elle m'envoyait des liens vers des articles qui décrivaient comment le cerveau répond à la présence des arbres ou aux rayons du soleil… Un moyen subtil de me forcer à bouger mes fesses du canapé…

Saint rit.

— Ils se seraient sûrement bien entendus tous les deux.

— J'en suis sûre. C'est tellement injuste qu'ils ne soient plus là. Ne plus pouvoir lui parler, c'est…

— Tu peux toujours lui parler, dit doucement Saint.

Je lève les yeux vers lui, surprise.

— Tu ne peux simplement plus espérer qu'elle te réponde, ajoute-t-il avec un sourire moqueur. Moi, je parle à Edward tout le temps. Je lui raconte ce qui se passe dans ma vie et j'imagine ce qu'il répond. Habituellement, il me dit d'arrêter mes conneries et de me poser.

Je lui rends son sourire.

— Wren dirait l'inverse. Elle voulait que je vive de grandes aventures, que je découvre le monde, que je tombe amoureuse, que je fasse des choses exceptionnelles.

— Tu peux encore le faire. Tu peux faire absolument tout ce que tu veux, Tessa.

— Sauf trouver le type qui lui a fait du mal. La seule chose que je me suis promise. Je sais pas comment agir maintenant, Saint. Comment je vais pouvoir le retrouver ? J'ai suivi toutes les pistes, le moindre bout d'information, et je n'ai toujours rien !

— Tu m'as, moi, dit-il aussitôt en prenant ma main.

Je m'y agrippe, comme à une corde qui me maintiendrait hors de l'eau.

— Écoute, je sais que tu es déterminée à obtenir des réponses, et si tu veux continuer à chercher, je suis avec toi, poursuit-il, l'expression marquée par l'inquiétude. Mais où est-ce que tu traces la limite ? Qu'est-ce qui se passe s'il n'y a plus rien à découvrir ?

Sa question flotte entre nous, dévoilant mes peurs les plus profondes.

Depuis que Max n'est plus suspect, je me demande comment poursuivre mon enquête, épuisée de trouver des impasses à chaque tournant. Est-ce que je vais passer le reste de ma vie à pourchasser un monstre qui a peut-être disparu depuis longtemps ?

Et si je mets un terme à ma quête, est-ce que la culpabilité et le regret me submergeront ?

— Qu'est-ce que je vais faire, de toute façon ? Retourner aux États-Unis ?

Ma quête de justice me tient depuis si longtemps que je ne peux même plus imaginer d'autre voie.

— Tu pourrais rester et te construire une vie ici, en Angleterre.

J'essaye de me projeter, en vain.

— Je n'ai pas ma place à Oxford. Je n'arrive pas à suivre le rythme des études. En fait, j'en ai même pas envie. Ce matin, je suis restée devant le bâtiment, incapable d'entrer.

— Alors, n'y retourne pas, répond Saint dans un haussement d'épaules. Abandonne.

J'écarquille les yeux, stupéfiée par son ton posé.

— Juste comme ça ?

— Tu n'es venue à Ashford que pour suivre la trace de Wren. Et moi, je ne suis là que parce que je veux rester près de toi. Emménage avec moi, à Londres. Je t'aime, Tessa. Je veux un avenir avec toi.

Mon cœur se gonfle brutalement d'émotion. Je suis à la fois stupéfaite et au bord des larmes.

— Mais ce n'est pas moi qui importe pour l'heure, reprend-il. Toi aussi, tu mérites un avenir. Tu as déjà un super job que tu aimes à la Fondation Ambrose. Tu peux les aider, faire une vraie différence. Tu pourrais recommencer à zéro, dit-il en prenant mon visage dans ses paumes. Te construire une vie à toi, cette fois, plutôt que suivre les pas de Wren...

Je prends une inspiration douloureuse, secouée par la possibilité que ses paroles dessinent.

— Mon visa...

Saint secoue immédiatement la tête, un sourire aux lèvres.

— ... ne sera pas un problème. Mes avocats peuvent gérer le dossier, ou bien la Fondation montera une demande pour toi. Dans un cas comme dans l'autre, tu peux rester. Si tu en as envie...

J'en ai envie, je le sais au plus profond de moi.

Je peux me projeter sans souci dans cette vie-là, avec Saint : me réveiller dans sa maison de Kensington, discuter autour du café matinal, avant de prendre le métro jusqu'aux bureaux de la Fondation ; travailler avec Priya et le reste de l'équipe sur des projets utiles, puis retrouver Saint le soir pour un dîner romantique. On passerait nos week-ends à explorer Londres. On irait au ciné Southbank, on se baladerait dans Hyde Park, on flânerait au marché de Portobello... Et toutes les nuits, on se découvrirait l'un l'autre un peu plus.

Plus de secrets, plus d'intentions cachées, plus de quête éperdue, hantée par le passé.

Un nouveau départ. Juste nous deux.

J'en ai tellement envie que j'en ai mal jusqu'au plus profond de moi.

— Je dois y réfléchir, soufflé-je, submergée par l'émotion.

Saint me sourit tendrement.

— Bien sûr. Je vais juste faire de mon mieux pour te convaincre, ajoute-t-il avec un regard joueur. Et te rappeler tous les avantages que tu gagnerais au deal...

— Hâte de voir ça, plaisanté-je en me blottissant contre lui. Petit déj au lit, par exemple ?
— Toujours.
— Massage des pieds ?
— Ça me fera une excuse pour te toucher constamment.

Nous restons assis au bord de la rivière un moment, à regarder les rayons du soleil jouer sur l'eau au milieu des canards.

Saint ne reparle plus de sa proposition. Nous discutons de Wren et de mes plus jolis souvenirs avec elle. Parler d'elle m'aide vraiment.

Il sait ce que je traverse, parce que lui aussi est passé par là. Lui aussi a dû naviguer entre le besoin d'honorer la mémoire d'un être aimé et laisser derrière lui un passé douloureux pour pouvoir avancer.

Quand il commence à faire trop froid pour rester davantage, nous reprenons le chemin de la maison, main dans la main. Avec ses rues pavées, Oxford est vraiment magique et, à chaque pas, je sens le poids qui pèse sur mon cœur s'alléger un peu plus, comme si l'étau se desserrait enfin.

De retour à la maison, Saint propose :

— Tu as faim ? Je peux nous faire un petit truc à déjeuner. Il reste du poulet rôti et...

Je le coupe d'un baiser.

Après avoir tellement discuté, j'ai surtout envie de le sentir près de moi. Cette fois, je ne veux pas qu'il soit une distraction ou une échappatoire, je ne veux penser qu'à nous, à l'avenir qu'il m'offre. Cet avenir que mon cœur brûle d'accepter.

Les bras autour de son cou, je l'embrasse, mon corps pressé contre le sien. À travers mon baiser, j'espère lui dire, sans parole, tout ce que je n'ai pas encore réussi à lui avouer.

Et il comprend.

Saint referme les bras autour de moi et me tient serrée contre lui. Il m'embrasse à son tour, jusqu'à ce que la tête me tourne et que je halète de désir.

Il s'écarte pour prendre ma main et m'entraîner à l'étage, sans un mot. Dans la chambre, il me déshabille sans hâte à la chaude lumière de l'après-midi. Je savoure chaque caresse sur ma peau, tout en faisant courir mes mains sur les muscles puissants de son corps, retirant une à une chaque épaisseur de tissu pour qu'on se retrouve enfin nus.

Mon souffle s'accélère à mesure que la chaleur s'intensifie entre mes reins. J'ai besoin de lui. Désespérément.

Pourtant, nous prenons tout notre temps.

Saint m'allonge sur le lit et couvre mon corps d'une pluie de baisers délicats, parcourant de ses lèvres et de sa langue mes seins, mon ventre, l'intérieur de mes cuisses, jusqu'à ce que je tremble de désir.

Je gémis de plus en plus fort, enivrée par sa lente exploration, arquée contre sa bouche qui se pose enfin entre mes cuisses. Sa langue me savoure, lente, insistante, et je sens la tension merveilleuse monter en moi.

J'agrippe ses épaules pour l'attirer vers moi.

— Saint... j'ai besoin de toi.

Mes mains se referment sur ses fesses musclées et je l'attire au creux de mes reins, douloureusement prête pour lui.

— Je suis à toi, souffle-t-il, ses yeux dans les miens.

Il entre en moi avec une lenteur dévastatrice et je gémis en arquant les reins à sa rencontre.

C'est différent cette fois, plus intense, plus fort. Nos yeux ne se quittent pas et l'intimité incroyable que nous partageons me coupe le souffle. Je vois la passion qui brûle dans son regard, la tendresse incroyable de chacun de ses gestes quand il se penche sur moi, nos deux corps soudés.

Je me crispe autour de lui, les yeux à demi clos d'extase.

— Mon cœur... souffle-t-il, haletant.

C'est le paradis.

Quand il commence à bouger lentement en moi, je m'abandonne entièrement au plaisir aveuglant. Je n'ai jamais ressenti ça de ma vie : une telle connexion, une telle perfection... Je ne savais même pas que ça pouvait exister.

— Je t'aime.

Ce n'est que lorsque je vois son regard s'illuminer d'émerveillement que je réalise que j'ai prononcé les mots à voix haute.

— Je t'aime aussi, mon amour, murmure-t-il en posant les lèvres sur les miennes, en même temps qu'il va et vient en moi. Il n'y a personne d'autre, Tessa. Je suis à toi.

Je le tiens serré entre mes bras, entre mes cuisses, submergée par le contact enivrant de nos corps, par les battements de nos deux cœurs à l'unisson. Nous sommes dans une bulle parfaite de plaisir et de bonheur.

Bientôt, je me mets à trembler, tout au bord du précipice.

— Saint... supplié-je, pantelante.

Il ne ralentit pas un seul instant, m'entraînant toujours plus loin sur le chemin de la jouissance.

— Je suis là, mon cœur. Jouis pour moi. Maintenant.

Son ordre me fait basculer et l'orgasme monte en moi, implacable. Au même instant, je sens Saint s'abandonner à son tour.

Le plaisir enflamme mes veines, rayonne dans tout mon corps, chasse les ombres et la noirceur qui m'habitent, et plonge mon âme dans un éblouissement merveilleux.

Je me révèle dans ses bras, lumineuse et comblée.

Je tourne les yeux vers Saint, effondré sur le lit à côté de moi. Il a fermé les paupières et j'admire ses longs cils et les mèches de cheveux sombres qui retombent en désordre sur son front. D'habitude, il a toujours l'air sur le point de commettre un péché, mais là, avec ce sourire immense qui éclaire ses traits, il a seulement l'air d'un homme heureux.

Mon cœur se gonfle d'amour. J'aime tellement cet homme. Soudain, le futur me paraît si simple, si accessible.

Je m'approche de son visage pour murmurer :

— Oui.

Il répond avec un sourire arrogant.

— Donne-moi cinq minutes, mon cœur.

Je ris.

— Oui, je veux emménager avec toi.

Saint rouvre les yeux et cherche mon regard.

— Tu es sûre ?

Je hoche la tête, sans hésiter. J'entrelace mes doigts aux siens et pose nos mains jointes sur son cœur.

— Je suis sûre de nous deux. Je veux un avenir avec toi. Je veux être heureuse.

Je prends une profonde inspiration et conclus :

— Il est temps que je laisse Wren partir.

Chapitre 19

Tessa

Une fois ma décision prise, tout se met en place naturellement.

Je demande un rendez-vous à Ashford et leur explique ma décision de partir en arguant que la pression est trop forte et que je ne veux faire perdre de temps à personne.

Sans surprise, on ne me demande pas de prendre plus de temps pour y réfléchir...

Comme l'essentiel de mes affaires est déjà dans la maison londonienne de Saint, je n'ai que deux sacs à remplir, avant que nous prenions la route pour Londres. Dans le rétroviseur, je regarde les clochers rêveurs d'Oxford disparaître peu à peu.

Le ciel est d'un bleu immaculé, l'air froid et pur quand on arrive dans la capitale. Je décide de le prendre comme un heureux présage.

Je suis en train d'ouvrir un tout nouveau chapitre de ma vie, à l'abri de la colère et de l'amertume du passé. Je veux me forger un avenir bien à moi.

À nous.

— Qu'est-ce que t'en penses ? me demande Saint en me faisant découvrir l'espace qu'il a libéré pour moi dans son dressing, le samedi suivant. Si ça ne suffit pas, tu peux utiliser la chambre du fond pour ranger tes autres affaires.

— Quelles autres affaires ? protesté-je en riant. J'ai à peine de quoi remplir une tringle.

Je me prépare pour le dîner qu'on organise ici ce soir. Chez *nous*.

Les invités ne devraient pas tarder, mais Saint m'a distraite sous la douche, résultat, on est en retard tous les deux.

— Pour le moment... réplique-t-il avec un sourire machiavélique. Une autre virée sur Bond Street avec Imogen devrait y remédier.

— Je t'interdis de m'acheter d'autres habits, le préviens-je en enfilant un jean classique avec un haut en cachemire fluide. Tu as déjà été bien trop généreux.

Et je ne mentionne même pas le loyer offert, toutes mes dépenses prises en charge et l'avocat qui gère mon changement de visa.

— Je ne vois pas de quoi tu parles, prétend-il d'un air innocent. En plus, c'est toi qui as un job stable. Moi, je suis juste un ancien prof qui vole l'héritage familial.

Il porte un jean noir et un sweat décontracté, mais avec ses cheveux encore humides en bataille et ses yeux brillants de malice, il n'a vraiment pas grand-chose d'innocent.

— Parce que les futurs ducs peuvent voler leur héritage ?...

— C'est une longue tradition, confirme-t-il. C'est même ce qu'on fait de mieux.

Il m'attire pour prendre mes lèvres en un baiser langoureux.

— J'ai oublié où on en était... La salle de bains des invités ? L'escalier ?

Sa bouche dépose une pluie de baisers sur mon cou, en même temps que ses mains descendent plus bas. Il a insisté pour qu'on baptise chaque pièce de la maison afin de célébrer mon emménagement.

Le souffle court sous ses caresses, je lui rappelle :

— On l'a déjà fait dans l'escalier. Deux fois.

— Tu sais ce qu'on dit... Jamais deux sans trois... murmure-t-il en baissant la braguette de mon jean.

La sonnette de l'entrée nous interrompt.

— Plus tard, promets-je en m'échappant hors de sa portée. Va jouer les hôtes accueillants, pendant que j'essaye de faire en sorte que mes cheveux ne trahissent pas les choses inavouables que tu m'as faites contre la paroi de la douche.

Je fais de mon mieux pour avoir l'air présentable avant de le rejoindre au rez-de-chaussée.

En un rien de temps, le petit jardin résonne de rires et de bavardages. À la lumière des guirlandes et des bougies, nous profitons d'un magnifique buffet.

— Ça vient d'un traiteur, j'espère ? plaisante Imogen pour exaspérer Saint.

— Dis-leur, Tessa. Je suis parfaitement capable de me débrouiller en cuisine.

Je lève un sourcil moqueur.

— Capable de passer quatre heures à préparer ce plat de lasagnes ?

Il passe un bras autour de mes épaules, un large sourire aux lèvres.

— OK, j'ai peut-être mieux à faire de mon temps...

Je lui réponds d'un sourire. Je me sens parfaitement à l'aise dans ce petit groupe de convives : Imogen, Annabelle et Max, Hugh et son *date*, et quelques nouveaux visages. Assise près de Saint, à picorer dans son assiette, je me sens chez moi, tout simplement.

Quand je pose les yeux autour de la table, c'est un soulagement intense de ne pas avoir à me méfier de qui que ce soit. Je peux tous les considérer comme des amis, plutôt que comme des suspects, maintenant que j'ai vérifié l'alibi de chacun.

— Il est temps de porter un toast à notre hôte d'honneur ! s'exclame Annabelle, rayonnante. Je suis tellement heureuse pour toi et Saint... et de pouvoir t'inviter à mon enterrement de vie de jeune fille !

Quelques grognements retentissent, et Imogen commente avec amusement :

— Tout ne doit pas forcément avoir un lien avec le mariage, Annabelle.

— Je veux seulement dire que je suis heureuse qu'on soit amies, proteste cette dernière. Et... Tessa, sérieusement, le timing est parfait ! Une copine du pensionnat vient juste de se casser la cheville et, avec son plâtre, elle risquait de ruiner les photos ! Maintenant, tu peux prendre sa place ! Il y aura un déjeuner, puis un spa et ensuite notre équipe de choc ira se balader...

— Le plus beau jour de ta vie, qu'ils disaient... soupire Max avec un sourire sardonique. Plutôt les six mois les plus abrutissants de ta vie, oui !

— Oooh, pauvre cœur. Tu m'aimes vraiment, pour supporter tout ça, roucoule Annabelle en l'embrassant.

— Je suppose que oui, réplique-t-il en levant exagérément les yeux au ciel avant de passer un bras autour de son épaule.

Je ressens une pointe de culpabilité. Grâce au sérum de vérité, je connais le secret inavouable de Max. C'est le seul point d'ombre qui subsiste à la suite de mon enquête : je ne sais toujours pas si je dois ou non en parler à Annabelle.

— Revenons à Tessa, lance Hugh en levant son verre pour le toast. Je pense que je parle au nom de tous en affirmant que je ne pensais pas voir ce jour arriver : Anthony St Clair engagé dans une relation stable.

Saint rit de bon cœur aux acclamations et lève son verre à son tour.

— Tessa, au nom de tous, sache-le : on est trop heureux que tu sois arrivée pour le mettre à genoux !

— Bravo ! s'exclament tous les autres en chœur.

J'adresse un sourire en coin à Saint et murmure à son oreille :

— Tu as vu ça ? Ils savent que tu aimes te mettre à genoux...

— Seulement pour toi, mon cœur. Tu n'as qu'un mot à dire.

Ses doigts tracent des cercles légers à la base de mon cou et je frissonne de délice.

— C'est l'heure d'une petite pause salle de bains ! déclare Annabelle en se levant d'un bond. Viens, Tessa, je veux te parler de cette décoratrice d'intérieur incroyable que je connais. Elle ferait des merveilles ici...

— Qu'est-ce qui va pas avec ma maison ? proteste Saint.

— Rien du tout, si ce n'est que la déco est masculine et ennuyeuse.

— Tu veux dire « classique ».

Annabelle écarte ses protestations d'un geste de la main.

— Tu vas vite apprendre à être simplement d'accord sur ce genre de sujets. C'est bien plus simple de ne pas se disputer à tout bout de champ.

— Mais bien moins drôle, répond Saint en m'adressant un regard brûlant.

Ce matin, il m'a coincée sur le bras du canapé pour me lécher jusqu'à me rendre folle. J'étais sur le point de lui arracher les yeux quand j'ai joui tellement fort que j'ai presque perdu connaissance.

Je toussote en me levant, rougissante, et je suis Annabelle à l'intérieur de la maison. Elle doit avoir surpris l'échange de regards avec Saint, car elle rigole.

— La phase lune de miel, c'est le meilleur... quand c'est impossible de ne pas se toucher constamment.

— C'est... sympa, acquiescé-je, ce qui est l'euphémisme du siècle. Et puis, maintenant qu'on vit ensemble, on peut vraiment profiter l'un de l'autre, sans avoir l'impression que tout ça est temporaire.

— Si tu aimes le permanent, attends qu'il te passe la bague au doigt !

Je rougis de plus belle.

— Je sais pas trop, pour ça.

— Moi, je sais. Je te le dis, cet homme est ensorcelé.

Pendant qu'Annabelle rejoint les toilettes du rez-de-chaussée, je reste dans la cuisine à rincer quelques verres. Je réfléchis à un moyen d'amener la conversation sur Max et ce que j'ai appris.

Enfin, si c'est ce que je dois faire...

Je sais qu'à la place d'Annabelle, je voudrais savoir que l'homme que je suis sur le point d'épouser a un enfant secret quelque part, *avant* de prononcer mes vœux.

Seulement, Annabelle semble avoir un point de vue différent sur la question. Est-ce que je ne risque pas de mettre mon nez dans ce qui ne me regarde pas ?

J'attends qu'elle ressorte en passant en revue la collection de vin de Saint pour choisir une nouvelle bouteille.

— C'était sympa de se voir en France. Peut-être même un peu *trop* sympa, comme soirée. Ces excès, c'est pas pour tout le monde.

Annabelle part d'un rire léger.

— Max a besoin de décompresser, rien de plus. « Pas de dégât, pas de faute », c'est pas ce que vous dites aux États-Unis ?

Je ne suis pas certaine qu'un enfant caché ne constitue pas en soi une victime et donc un dégât très clair, mais avant que je puisse aborder le sujet, Annabelle me lance :

— Je t'ai dit que mon père et Cyrus Lancaster font des affaires ensemble ?

Je cligne des paupières, un peu surprise.

— Euh, non.

— Les affaires de papa allaient mal l'an dernier, et Cyrus l'a sorti du pétrin grâce à un gros investissement. Ils sont inséparables maintenant et ils attendent ce mariage comme des enfants attendent Noël. C'est le titre, tu comprends. En dépit de sa fierté de self-made-man qu'il ramène tout le temps sur le devant de la scène, Cyrus est complètement gaga à l'idée que ses petits-enfants appartiendront à la lignée des héritiers de la couronne. C'est grâce à ça que je peux totalement avoir confiance en Max pour ne jamais me mettre dans l'embarras, lâche-t-elle avec un regard entendu. Il fera toujours ce qu'il faut pour gérer son bazar et rendre son père heureux. Et moi, au passage ! Oooh, un Dom Pérignon 97 !

Avant même que j'aie pu digérer ce qu'elle vient de dire, elle brandit une bouteille, tout sourire.

— On devrait y retourner. Qui sait ce qu'ils fabriquent sans nous !

Elle passe son bras sous le mien et m'entraîne vers le jardin. Tout le monde s'est déplacé sur les canapés d'extérieur autour du brasero. Je me glisse juste à côté de Saint, incroyablement bien dans la chaleur de son étreinte.

— Tout va bien ? s'assure-t-il.

Je hoche la tête, parce que, cette fois, il n'y a plus aucun poids qui demeure dans ma poitrine. Annabelle a été très claire à sa façon particulière : elle connaît Max et est parfaitement consciente qu'il a des squelettes dans le placard – squelettes qu'elle ne veut absolument pas voir ramenés à la lumière du jour. Même si je ne comprends pas son fonctionnement, je dois respecter son choix.

Je me sens merveilleusement soulagée que le dernier point opaque qui restait à clarifier ne soit plus un problème. Le futur s'ouvre enfin devant moi, vaste et sans ombre.

— Il doit pleuvoir demain, soufflé-je à Saint en me serrant tout contre lui. Qu'est-ce que tu voudrais faire ?

Je songe à un après-midi embrumé au coin du feu et à une promenade en K-way sous le vent.

— C'est toi que je veux me faire, réplique-t-il avec un regard sensuel qui me fait rire et vibrer à la fois.

— Toute la journée ?

— Toute la semaine. Toute l'année.

Il soulève mon menton pour m'embrasser avec passion. J'ai le vertige et j'oublie en un instant les invités qui discutent et rient autour de nous.

— Je vous dirais bien de prendre une chambre mais c'est ce que vous avez fait, lance Hugh quand on émerge de notre brume sensuelle.

— T'as raison ! déclare Saint en se levant. La fête est finie ! Du balai !

Je pense qu'il plaisante, mais il me saisit soudain pour me jeter sans cérémonie sur son épaule et rejoindre la maison à grands pas.

— Vous trouverez la sortie. On est occupés ! crie-t-il à ses invités.

— Saint ! protesté-je en riant, ballottée sur son épaule. On ne peut pas juste quitter notre propre soirée !

— Pourquoi pas ? On peut faire exactement ce qu'on veut.

Il grimpe l'escalier et me dépose au milieu de la chambre d'amis. En un instant, je me retrouve plaquée contre le mur, les poignets maintenus en l'air, son grand corps emprisonnant le mien. Mon pouls s'accélère immédiatement et le désir enflamme mes veines.

— Ils vont tous savoir que... commencé-je en rougissant.

— ... que je vais t'enlever ta petite culotte et te savourer jusqu'à ce que tu cries ? achève-t-il.

Il tombe à genoux devant moi, les mains sur mon jean. Bordel, il est tellement sexy que mes jambes flageolent, et je dois m'adosser contre le mur. La porte de la chambre est toujours ouverte et je peux entendre les rires et les éclats de voix en provenance du jardin par la fenêtre ouverte.

Ils savent tous...

Cette idée transforme mon sang en lave brûlante et je gémis déjà quand Saint baisse ma culotte et passe les doigts entre mes cuisses pour me découvrir déjà prête pour lui.

— C'est vrai... sourit-il en me regardant. Tu aimes avoir un public, pas vrai, ma belle ? Si tu cries assez fort, ils sauront combien tu aimes sentir ma langue en toi.

Il pose la bouche sur moi et je dois mordre mon poing pour étouffer mes gémissements de plaisir. La sensation de sa langue qui m'explore, alliée au risque de cette porte ouverte, est tout simplement exaltante. L'excitation coule comme une drogue dans mes veines et j'agrippe ses cheveux en m'arquant contre sa bouche sans honte.

Je retiens mes gémissements de plus en plus difficilement, jusqu'à ce que je perde la bataille. Alors, je jouis tellement fort que je crie son nom, sans plus me soucier d'être entendue.

Il n'y a plus rien d'autre qui compte que le plaisir qui explose et se répercute en moi. C'est une euphorie incomparable.

— C'est bien, ma belle... gronde Saint sans cesser de me lécher jusqu'aux dernières vagues de l'orgasme.

Je suis à deux doigts de m'effondrer dans ses bras quand il se relève et me jette en travers du lit. En quelques secondes, il s'est débarrassé de ses vêtements.

Heureusement, je n'entends plus rien dans le jardin et je prie pour que tout le monde soit parti, parce que l'expression vorace de Saint quand il prend son sexe dans son poing m'annonce des délices incomparables.

— Mais c'était seulement un petit échauffement, me confirme-t-il en se hissant au-dessus de moi. Je veux que tout le voisinage t'entende quand je te baise fort. Alors écarte les jambes et crie pour moi, mon cœur.

En bonne fille obéissante, c'est exactement ce que je fais.

Deux heures et quelques orgasmes délicieux plus tard, je m'étonne que personne n'ait appelé les flics pour tapage nocturne.

— Les voisins vont me détester, gloussé-je, à bout de souffle et en sueur entre ses bras.

— Tu rigoles ? Ils doivent tous être excités de t'entendre, répond-il en dessinant des cercles lents sur mon dos.

Ma peau se couvre de frissons à cette idée et il rit.

— Tu aimes ça, pas vrai ?

— Peut-être...

Je lui souris. J'adore qu'il soit si intimement connecté à mes désirs secrets.

— Je vais le garder en tête, promet-il. On pourra organiser quelque chose au club...

Je devine son esprit délicieusement pervers imaginer mille scénarios délicieux et je pousse un soupir de satisfaction qui finit en bâillement.

— Dors, murmure-t-il en embrassant tendrement mon front. La journée a été longue.

— Mais il y a plein de bazar en bas...

— Je m'en occuperai demain matin.

— Merde, j'ai oublié mon téléphone sur la terrasse.

— Je peux aller te le chercher, propose Saint.

— Non, j'ai soif. Je vais me prendre un verre d'eau. Je reviens tout de suite.

J'enfile une robe de chambre et redescends pieds nus.

Un ange de l'organisation – probablement Imogen – a rapporté toute la vaisselle dans la cuisine.

Je sens mes joues s'enflammer en repensant à la façon dont on s'est échappé de notre propre soirée. Mais mon corps vibre encore de plaisir et je ne ressens aucune honte. De toute façon, ils doivent tous être habitués aux manières peu conventionnelles de Saint.

Dehors, le jardin est plongé dans le noir. Je regrette de ne pas savoir où sont les interrupteurs, tandis que je cherche mon téléphone dans l'obscurité. Est-ce que je l'ai laissé près du brasero ?

Je m'immobilise quand j'entends soudain un bruit provenant du fond du jardin.

Il fait nuit noire et je ne vois rien d'autre que des ombres. Ma peau se hérisse et un frisson glacé court le long de ma colonne vertébrale.

Un autre bruit. Comme une personne qui cogne dans quelque chose, puis des pas précipités.

Mon cœur bat à toute allure. Il y a quelqu'un tout près.

— Hello ? Y a quelqu'un ?

Je fais de mon mieux pour ne pas paniquer quand je ne reçois aucune réponse. Je fais un pas de plus, tentant de percer l'obscurité du regard.

C'est peut-être un animal pris au piège ou qui a installé son nid tout près...

— Chhh, ne crie pas.

Une voix émerge des ombres. Une voix si familière que je suis un instant persuadée qu'elle n'existe que dans ma tête.

C'est impossible...

Puis une silhouette sort des fourrés et mon cœur cesse de battre.

— Non... soufflé-je, tellement choquée que je ne peux pas esquisser le moindre geste.

— Si, c'est bien moi, Tessa, répond le fantôme.

Sauf que ce n'est pas un fantôme, ni une hallucination. Je le sais, parce que je la connais depuis le jour de ma naissance. Je la reconnaîtrais n'importe où, même ainsi, dans la pénombre, les cheveux teints et le regard anxieux. Même un an après avoir senti mon cœur se briser à ses funérailles et lui avoir dit adieu.

Elle n'est pas morte. Ni disparue.

Elle se tient là, devant moi.

Wren.

À suivre...

Édité par HarperCollins France

Composition et mise en pages
Nord Compo à Villeneuve-d'Ascq

Achevé d'imprimer en janvier 2025.

CPI
FIRMIN-DIDOT

à Mesnil-sur-l'Estrée (Eure)

Dépôt légal : février 2025.

Pour limiter l'empreinte environnementale de ses livres, HarperCollins France s'engage à n'utiliser que du papier fabriqué à partir de bois provenant de forêts gérées durablement et de manière responsable.

Imprimé en France